KB166051

—아가씨.

그 날, 당신은

그 손을 내게 뻗었다.

쿠퍼 방피르

〈백야 기병단〉 소속의 암살자로
메리다의 가정교사. 메리다를
단련시켜왔으나, 기어이 무정한
암살 명령이 떨어지고…….

어새신즈 프라이드

암살교사와 업화검무제 7

메리다 엔젤

《팔라딘》 가문 출생이지만 마나를
가지지 않아 그 출생을 의심받고 있다.
쿠퍼에게 받은 클래스는 《사무라이》.

엘리제 엔젤

《팔라딘》의 힘을 물려받은 메리다의
사촌 자매. 메리다 외에 다른
사람에게는 무뚝뚝했으나 살라샤와
뮬과도 친밀한 관계를 쌓고 있다.

「저, 조금 무서워요.
사실을 이야기함으로써
무언가가 변해 버리면……」

「리타는 아무것도 모른다고 하잖아.
리타를 비난하지 마.」

살라샤 쉬크잘

창의 명수 《드라군》 클래스를 가진
쉬크잘 가문의 영애. 친구들과의 우정을
소중히 할 수 있기를 소망한다.

「흐―응, 이에요.」

「쿠퍼 선생님이
신사로 있고자 할수록
저는 불타오른다구요.」

뮬 라 모르

라 모르 공작 가문의 영애로 클래스는
《디아볼로스》. 메리다와 쿠퍼에게
의미심장하고 수수께끼 같은 행동을
반복한다.

「알고 있는 거 아니었니?
나, 선생님을
무척 연모하고 있어.」

여유만만한, 어른스러운 미소가
얼버무리려 하지도 않고 고 했다.
──메리다에게 있어 동경의 대상인
여자애가 최대의 적이 되었다는 사실을.

"그러면 메리다, 더 다양한 게임으로 승부를 볼까?"
"어어? 그, 그래도 되지만……."
"그리고 이왕이면 상품을 붙이자."
뮬은 그렇게 말하고 메리다를
자기 쪽으로 쭉 끌어당겼다.
"좋아하는 사람과의 입맞춤 같은 걸로."

「키스라니……, 바로 그 키스라고?
뮬 양, 선생님과……
할 수 있겠어?」

「메리다 엔젤은 팔라딘이 아니야——」

죄 많은 천사가 《금색》을 번쩍이고 있었다.

「부정당한 자는 사라져야 하는지. 아니면 거역할 방법이 남아 있는지.」

「각오해…… 지금 나의 일격은 공작 가문의 당주님에게도 필적하니까.」

「심판의 시간이다.」

「메리다 아가씨가 있는 곳으로 갑니다

―끝까지 지켜보러」.

쿠퍼는 이번에야말로 뛰기 시작했다.
투기장 내부로 이어지는 출입구를 향해.
소녀들에게 보여주었던 해사한 미소와는 정반대로
――그 모습이 통로의 그늘에 섞이고
후방으로부터의 시선이 끊어지자마자
그의 표정은 일변했다.

어새신즈 프라이드

ASSASSINSPRIDE

❧ 암살교사와 업화검무제 ❧

7

아마기 케이

NOVEL ENGINE

ASSASSINSPRIDE7
CONTENTS

CHARACTER

쿠퍼 뱅피르

《백야 기병단》에 소속된 마나 능력자.
클래스는 《사무라이》. 메리다의
가정교사 겸 암살자로서 파견됐으나
임무를 어기고 메리다를 육성하고 있다.

메리다 엔젤

3대 공작 가문인 《팔라딘》
가문 출신이지만 마나를 가지지
않은 소녀. 무능영애라고 멸시당해도
마음이 꺾이지 않은, 다부지고도
심지가 강한 노력가.

엘리제 엔젤

메리다의 사촌 자매로 《팔라딘》
클래스를 가진 마나 능력자.
학년 제일의 실력을 자랑한다.
말이 없고 무표정.

로제티 프리켓

정예부대 《성도 친위대》에
소속된 엘리트.
클래스는 《메이든》.
현재는 엘리제의 가정교사.

뮬 라 모르

3대 공작 가문의 일각
《디아볼로스》의 영애.
다른 영애들과 동갑이지만
어른스러운 신비한 분위기가 특징.

살라샤 쉬크잘

3대 공작 가문 《드라군》의 영애로
뮬라와 같은 학교에 다니는 친구.
얌전하고 심약하다.

세르주 쉬크잘

젊은 나이로 작위를 이은 《드라군》
공작이자 살라샤의 오빠.
《혁신파》의 수괴라는 얼굴도 가진다.

블랙 마디아

《백야 기병단》에 소속된
변장의 엑스퍼트.
클래스는 자유자재의
모방능력을 가진 《클라운》.

윌리엄 진

란칸스로프 테러 집단
《여명 희병단》에 소속된
구울 청년.
은밀하게 쿠퍼와 내통하고 있다.

네르바 마르티요

메리다의 동급생으로
그녀를 괴롭혔지만,
최근엔 관계성이 변화.
클래스는 《글래디에이터》.

란칸스로프	밤의 어둠에 저주받은 생물이 괴물로 변한 모습. 다양한 종족으로 나뉘어져 있고, 아니마라고 하는 이능을 지닌다.
마나	란칸스로프에 대항하기 위한 힘. 이것을 지닌 자는 란칸스로프의 위협으로부터 인류를 지키는 대신에 귀족의 지위를 가진다. 능력의 방향성에 따라 다양한 클래스로 구분된다.

기본 클래스

펜서	높은 방어성능과 지원능력을 자랑하는 방어특화의 방패 클래스.	글래디에이터	공격·방어가 두루 빼어난 성능을 가지는 돌격형 클래스.
사무라이	민첩성이 뛰어나고, 《은밀》 어빌리티를 보유한 암살자 클래스.	거너	다양한 총기에 마나를 담아 싸우는 원거리전에 특화된 클래스.
메이든	마나 그 자체를 구현화해서 싸우는 일에 뛰어난 클래스.	위저드	공격지원에 특화되었으며, 《주술》이라는 디버프 계열 스킬을 가지는 후위 클래스.
클레릭	방어지원능력과 아군에게 자신의 마나 를 나누어주는 《자애》를 가지는 후위 클래스.	클라운	나른 1개 클래스의 이능을 모방할 수 있는 특수한 클래스.

상위 클래스
3대 기사 공작 가문인 엔젤 가문, 쉬크잘 가문,
라 모르 가문만이 계승하는 특별한 클래스.

팔라딘	전투력, 아군 지원, 그 밖의 모든 부문에서 높은 수준을 자랑하는 만능 클래스. 전 클래스 중 유일하게 회복 어빌리티 《축복》을 지닌다. 엔젤 공작 가문이 대대로 계승.
드라군	《비상》 어빌리티를 가지는 클래스. 가공할 만한 도약력과 체공능력을 살려 관성을 남김없이 공 격력으로 바꾼다. 쉬크잘 가문이 지니는 클래스.
디아볼로스	상대의 마나를 흡수할 수 있는 고유 어빌리티를 가져, 정면전투에서는 비할 데 없는 강력함을 발휘하는 최강의 섬멸 클래스. 라 모르 가문이 계승.

HOMEROOM EARLIER

"——앞서 말한 《무능영애》, 메리다 엔젤의 살처분이 결정되었습니다."

휘이이익, 어디선가 휘파람 소리가 났다. 이어서 비웃는 목소리가 들린다.

칠이 벗겨진 내벽에 음침한 음성이 반사된다. 어두컴컴한 천장에 갖가지 숨결이 빨려 들어간다. 그칠 줄 모르는 조소를 쿵쿵, 둔탁한 음색이 가로막았다.

교탁인 양 두들긴 것은 신단으로, 거기에 선 것은 강사 같은 스타일의 안경을 쓴 남자였다.

"정숙. 《수업 중》이에요."

"잘못했어, 닥터."

전혀 미안해하는 기색도 없이 긴 의자 맨 앞줄에 앉은 소년이 응답했다.

옛날에 버려진 신전의 유적지. 잔해에 걸터앉는 상스러운 자, 의자를 발길질하는 불경스런 태도……. 어두운 곳에 흩어져 있는 수십 명은 결코 참배자가 아닐 것이다.

닥터라고 불린 남자는 가볍게 안경을 올렸다. 신단에서 전원의 주목을 모은다.

"이것은 우리 《여명 희병단(길드 그림피스)》의 우수고객인 몰드류 경의 최종선고입니다. 상황을 지켜보는 기간은 끝났다⋯⋯. 그 아이의 존재는 공연한 혼란을 부를 뿐이다, 라고 하더군요. 바로 이 암살계획에 우리도 참여합니다. 커다란 보상을 기대할 수 있을 테니까요."

"백야 기병단(길드 잭 레이븐)은 어떻게 나온대?"

다른 장소에서 목소리가 났다. 닥터의 시선이 그리로 향하고 발언자의 질문이 계속된다.

"엔젤 공작 가문에는 놈들의 자객이 숨어들어 있잖아? 사서관 인정시험 때의 불상사를 잊어버린 건 아니겠지? 또 충돌해 둘 다 피를 볼 가능성은?"

"그런 걱정은 할 필요 없습니다."

닥터는 매끄럽게 대답하면서 다시 안경다리를 밀어 올렸다.

"──그들도 《무능영애》 암살에 합의했습니다. 이번 임무는 프란돌의 양지와 음지의 2대 지하조직── 여명 희병단과 백야 기병단의 유례없는 공동작전이 되는 셈이지요."

오오, 하고 무심코 흘러나온 목소리는 과연 환호였을까, 전율이었을까.

맨 앞줄의 소년이 또 웃음소리를 냈다. 후방을 돌아보며 동료들을 요란하게 부추긴다.

"설마 거기에 등화 기병단(길드 페르닉스)까지 가담하는 일은 없겠지?!"

"그럼 프란돌 전군을 총동원해 두들기는 거잖아!"

그거 좋은데, 하고 폭소가 겹쳤다. 품위 없는 음색 속에서 따분해 보이는 한숨이 하나.

"……귀찮아."

똑같이 맨 앞에 앉아 있는 소녀 하나가 "후아암." 하고 하품을 하며 옆으로 늘어졌다. 그 소녀를 자기 쪽으로 끌어안은 것은 바로 《수업》에 자꾸 참견하는 소년이었다.

남의 눈을 거리끼지 않는 연인들의 태도에 닥터도 "하아." 하고 한숨을 흘린다.

"제퍼, 티아유, 나중에 하세요."

소년의 이름과 소녀의 이름이 잇따른다. 그러나 당사자들의 귀에는 닿지 않았다.

다른 동료들은 두 사람의 분방함에 익숙한 모양이다. 또 다른 장소에서 목소리가 난다.

"그런데 그만한 전력을 모으는 의미가 있는 건가? 어엉, 닥터 애너벨?"

윽박지르는 듯한 목소리는 굵직했고, 발언한 것 또한 긴 의자를 혼자 메울 만큼 커다란 거구의 남자였다. 이 《수업》에 출석한 학생은 남녀노소 다양하여 개중에는 백발의 노인까지 섞여 있다.

그들을 이어주는 공통분모는 단 하나——.

『인조 란칸스로프』라는 피보다도 진한 동료의식이었다.

"고작 계집애 하나 없애버리는 데 《애너벨의 사도》를 거의 다

소집하다니! 전쟁이라도 벌일 셈이냐고, 닥터?"

"이해가 빠르군요. 그 말대로입니다."

"──뭐, 뭐라고?"

그 말에는 거구의 남자도 움찔하고 어깨를 흔들지 않을 수 없었다. 다른 동료들도 깜짝 놀라 신단에 주목했다.

닥터는 다시 안경을 올렸다. 렌즈 뒤의 동공이 순간적으로 뱀을 닮은 잔혹함을 드러냈다.

"《무능영애》의 암살계획이 실행되는 그날, 우리는 프란돌의 현 체제를 향해 공격을 가합니다. 그것은 영애의 죽음과 어우러져 역사의 전환점이 될 만큼 커다란 타격이 될 겁니다."

"……제정신인가? 닥터."

"장소가 중요합니다."

통통, 닥터는 신단을 두드렸다. 이번만큼은 예배당도 쥐죽은 듯 조용해졌다.

"몰드류 경이 손녀가 죽을 장소로 선택한 곳은 바로 셀레스트 텔레스 개선문 지구입니다."

"개선문 지구라고?!"

"등화 기병단의 총본산이잖아!"

함성이 오가는 것을 이번만큼은 닥터도 막으려 하지 않는다.

소란스러워진 것도 당연하다. 도시국가의 수도 성왕구로 가는 유일한 교통로를 가진 셀레스트텔레스 개선문 지구는 다시 말해 프란돌의 최종 방어선이다. 그곳에는 정규 군사조직 등화 기병단이 총본부를 끼고 있고, 의심할 바 없는 최대의 병력이 칼을 갈고 있다고 한다.

 닥터가 후속발언을 위하여 숨을 들이마셨을 때 그 입술의 움직임을 전원이 주시했다.

 "셀레스트텔레스 개선문 지구에서는 이제 곧 《강철궁 박람회》가 개최됩니다. 말하지 않아도 다 아는, 최대급 무기의 제전이죠……! 우리 여명 희병단에게는 꺼림칙한 이벤트입니다만."

 간단히 말해 제전에서는 전시회와 견본시장이 열리는데, 그 규모가 보통이 아니다. 무기 제조업계의 최대 파벌이 한자리에 모여 제각기 최고걸작을 피로하고 선전한다. 자기들이 만든 무기가 기존의 물건보다 얼마나 우수한지, 얼마나 참신한 설계가 담겨 있는지, 적대하는 란칸스로프나 테러리스트를── 얼마나 효율적으로 죽일 수 있는지 따위를.

 그와 같은 제전이 수도 성왕구 코앞에서 열리는 데는 물론 프란돌의 국위를 안팎으로 알린다는 의도도 포함되어 있다. 닥터는 계속 말했다.

 "2일간의 개최 기간에는 다양한 공연이 예정된 모양입니다. 학생들을 동원한 사용설명회, 그리고 투기회……! 그것들이 한창일 때 앞서 말한 메리다 엔젤을 테러처럼 보이게끔 처리한다는 것이 몰드류 경의 계획입니다."

 "그리고 우리는 거기에 편승해서……?"

 "혁명의 봉화를 올린다──."

 닥터는 어딘가 황홀한 표정으로 양 손바닥을 펼쳤다. 보이지 않는 위광이 쏟아진다.

"군사상의 최중요 거점에 우리 같은 적대자를 불러들인다는 것이 무엇을 의미하는지 몰드류 경은 모르고 있어요. 철옹성인 줄 알았던 개선문 지구에서, 국위를 선양해야 할 박람회장에서 반란군이 봉기하면 과연 어찌 될까? 일반 방문객들에게서 막대한 희생이 나온다면? 현 체제는 단숨에 지반이 무너져 내릴 겁니다……!!"

"그, 그렇게 잘 풀릴까?"

"승산은 아직 《두 개》입니다."

어느새 실제 강의 이상으로 진지해진 눈빛을 전원이 닥터에게 쏟고 있었다.

"우리가 지금까지 몇 차롄가 포착한 정보가 있습니다. 개선문 지구 한쪽 구석에 세워진 필로소피아 군사 연구소 지하 깊은 곳에 프란돌의 최고기밀이 숨겨져 있다……는 정보죠!"

"최고기밀?"

"뭔데, 그게?"

"자세한 것은 불명입니다."

깨끗이 선을 그으며 닥터는 턱을 당긴다. 희미한 빛이 안경 렌즈를 타고 미끄러졌다.

"하지만 도시국가의 기원에 이르는 최중요 기밀이라는 말도 있더군요……. 우리는 《무능영애》 암살과 동시에 필로소피아 군사 연구소로 침입해 이 최고기밀에 접촉, 분석 후 파괴 혹은 탈취를 목표로 합니다. 성왕구 바로 옆에서 일어난 테러에 공작 가문 영애를 포함한 일반인의 대량 살상 그리고 최중요 기밀의 누설……! 이번 작전이 성공하게 되면 현 체제에 안길 타격은 헤아릴 수 없을 겁니다!!"

"그런데 닥터. 그렇게까지 하면 아무래도 백야 기병단이 적으로 돌아서지 않을까."

여전히 신중한 한 명이 일어나 반론했다. 동료들을 한 바퀴 둘러본다.

"군사기지 한복판이다. 아무리 우리 《애너벨의 사도》가 전원 나선다고 해도 말이야."

──이번엔 거꾸로, 전력이 부족한 게 아닌가.

그런 고민의 시선이 예배당을 오간다. 이 상황에서 사기를 끌어모을 수 있을지 지금이 닥터에게는 중요한 국면이었다. 조금 전부터 연신 안경을 누르고 있는 것도 다 표정을 감추기 위해서다.

"……이건 맹주도 인정하신 정식 작전입니다. 순조롭게 수행할 수 있도록 맹주는 여명 희병단 최고의 《병기》를 우리에게 주셨습니다."

신단 아래에 준비해둔 비장의 카드를, 만반의 준비를 하고 신단 위에 올린다.

먼저 오른손. 병에 담긴 악마 같은 불꽃 덩어리다.

"《몸을 베는 불꽃》 이블 라보스!"

오옷, 장내가 다시 술렁거린다. 흥분이 가시지 않은 사이에 이어서 왼손을 신단 위에.

"《임계에 도달한》 헌티드 키마이라!!"

마찬가지로 병에 담겨 있었던 것은 추악하다고 표현할 수밖에 없는 보랏빛 고깃덩이였다. 두 병에 전원의 시선이 꽂힌 것에 만족하면서 닥터는 등줄기를 바로잡는다.

　"──완성형입니다. 작년 여름에 격퇴당한 불완전한 시작형과는 다릅니다. 모든 스테이터스를 임계치까지 높인 상태이며 《주위를 먹어 자신을 개량》하는 무한의 가능성도 갖추고 있습니다………! 사체를 남기지 않고 처리하는 데에도 안성맞춤인 셈이지요."

　전원이 긴 의자에서 몸을 내밀어 자그만 병 두 개를 주시한다.

　"이럴 수가……. 여명 희병단의 비장의 카드! 《일곱 개의 재해》가 둘이나……!"

　"셋입니다."

　그들의 안색이 바뀐 것을 확인하면서 닥터는 지체 없이 마저 말했다.

　"이것이 제 두 번째 승산……! 현 체제에 대항하기 위해서 준비되어온 최종병기 《일곱 개의 재해》. 《몸을 베는 불꽃》 이블 라보스, 《임계에 도달한》 헌티드 키마이라. 그리고 우리, 인조 란칸스로프 부대 《애너벨의 사도》!! 의심의 여지 없는 여명 희병단의 최대전력인 이 세 가지가 이번 작전을 완수할 겁니다……!"

　꿀꺽. 몇 명이 동시에 침을 삼켰다.

　닥터가 모두의 반응을 기다리길 몇 초. 맨 앞줄에서 손이 쑥 올라온다.

　제퍼라고 불린 소년이 병적인 미소를 띠고 신단을 올려다보고 있었다.

"그런데 말이야, 닥터. 여명 희병단은 몰드류 경으로부터 무기를 도매로 사들이고 있잖아? 그의 요구는 손녀를 처리하라는 것이지, 프란돌을 뒤집으란 건 아니잖아. 간과하지 않을 것 같은데?"

"각오한 바입니다."

닥터는 한 마디 한 마디에 힘을 주었다.

"확실히 이 작전을 실행하면 이후 몰드류 경과의 거래는 불가능해지겠죠. 그렇지만! 셀레스트텔레스 개선문 지구에 대군을 투입할 기회 또한 이번을 놓치면 두 번 다시 찾아오지 않을 겁니다……!! 맹주는 결단하셨습니다. 강철궁 박람회를 프란돌의 전환점으로 만들기로! 그날을 경계로 도시국가의 세력도는 극적으로 새롭게 칠해질 겁니다!!"

"흐으음……!"

반론하긴 했지만 제퍼는 닥터의 그러한 대답을 기다리고 있던 모양이다.

의자를 박차고 일어나더니 흡사 엔터테이너같이 동료들을 뒤돌아본다.

"좋은데, 까짓것 해보자!! 다들 겁낼 게 뭐 있다고 그래?! 현체제를 뒤집자 맹세한 건 거짓이었어? 음지에서 개미를 밟아 죽이면 마음이 좀 달래지냐고? ──아니잖아!! 우리가 인조 란칸스로프가 된 것은 이루고 싶은 이상이 있었기 때문인데!"

쳐다보는 동료들의 눈동자에 불꽃이 깃든다. 제퍼의 목소리에 이끌려 더욱더 활활 타오른다.

"굴욕을 떠올려!! 더럽혀진 명예를, 자신을 욕보였던 소리를! 짓밟고, 비웃었던 악마들의 얼굴을 잊지 마! 지금이야말로 힘을 합쳐…… 그 자식들에게 복수하는 거야!!"

""""복수를!! 복수를!! 복수를!!""""

동료들은 의자를 걷어차며 앞다투어 일어나 악착같이 주먹을 쳐올린다. 맨 앞줄에서 일어난 소녀가 연인의 목에 팔을 감고 눈동자를 글썽였다.

"나도 그렇게 생각해, 제퍼."

이 예배당에 모인 이들은――.

모두, 저마다의 사정으로 사회의 양지에서 《불필요》해진 자들이었다. 유복한 집안 출신도 드물지 않다. 각별한 동기가 없다면 스스로 란칸스로프로 모습을 바꿀 정도로 깊은 복수심을 간직한 자는 범죄조직이라 해도 그리 흔하지 않을 것이다.

여기에 있는 30명 정도 되는 란칸스로프의 발밑에는 《실패작》이 수북이 쌓여 있다고 한다.

"아아, 제퍼…… 역시 너는 멋지구나……. 나의 최고 걸작다워……!"

셀 수 없을 정도로 많은 피험자를 메스로 잘게 썰어온 남자가 바로 신단에서 환희에 목소리를 떨고 있었다. 인조 란칸스로프를 만들어내는 《닥터》이자, 본인도 《라미아》의 인자를 이식한 그는 눈물을 감추는 것처럼 안경을 눌러 보였다.

"아트모스, 크로달, 라켈디……. 비블리아 고트에서의 임무로 《트라이 에지》를 잃고 만 것은 큰 타격이었습니다만 그들의 희생을 헛되이 하진 않겠어요……! 이번에야말로 애너벨의 사도 전 병력으로 프란돌에 큰 재앙을 일으키는 겁니다……!!"

전원의 사기가 하나로 묶인 가운데 열광에 가담하지 않는 자가 딱 한 명 있었다. 제퍼가 그것을 깨닫고 얼굴조차 들려고 하지 않는 그 인물을 향해 눈썹을 치켜세운다.

"──윌리엄 진!! 뭘 읽고 있는 거야, 《수업 중》이라고!"

나른한 듯이 앉은 채 리포트에 시선을 떨구고 있었던 《구울》 청년이었다. 제퍼는 난폭하게 바닥을 울리며 그에게 걸어가서 손에 든 양피지를 낚아채려고 했다.

진은 손을 잽싸게 당겨 그 손을 피했다.

"이야기는 잘 듣고 있어. ──너무 그러지 마, 나는 백야 기병단의 이중 스파이라고. 작전을 성공시키려면 더더욱 저쪽의 동향을 파악해둬야 해."

"누가 보낸 편지지? 알겠다, 또 그 《귀축교사》로군!"

제퍼는 위에서 덮듯이 얼굴을 가까이 대고 부리부리한 눈으로 진을 노려본다.

"너는 요즘 그 자식하고만 소통해! 어떻게 아무렇지도 않은 얼굴을 하고 인간과 이야기할 수 있지? 우리 같은 반인반마와 서로 이해할 수 있는 건 똑같은 반인반마뿐이야!!"

진은 붕대에 숨겨진 표정을 조금도 까딱하지 않는다.

"그렇군."

"그 냉혈남은 진짜 지독하더라! 제자가 버려졌는데도 도무지 당황할 줄을 몰라. 분명 《무능영애》의 시체를 앞에 두고도 자기와는 상관없다는 얼굴로 냉소할 게 틀림없어!"

"…………."

진은 도움을 바라는 듯한 시선을 신단으로 보냈다. 하지만 이런 경우 닥터가 편을 드는 쪽은 정해져 있다.

"사과하세요, 윌리엄 진. 《수업 중》입니다."

"……죄송합니다, 닥터."

진은 과장되게 어깨를 움츠린 다음 리포트를 난잡하게 주머니에 쑤셔 넣었다. 아직도 노려보는 제퍼를 올려다보고 "헤드뱅잉이라도 할까?" 하고 입술을 비죽인다.

제퍼가 집단 속에서 특별한 존재감을 발하고 있는 까닭은 그가 《신세대》이기 때문이다. 옆에 있는 연인 티아유와 다름 아닌 닥터 애너벨 본인도 여기에 해당한다.

그 특징은 《인간과 란칸스로프의 모습을 구별해 사용할 수 있다》는 점이다.

《켄타우로스》 제퍼, 《하르퓌아》 티아유, 《라미아》 애너벨——이들은 말하자면 장인이 정성을 담아 만든 예술품이고, 그 과정에서 태어난 시금석이 진과 나머지 인원인 셈이다. 맨 앞줄로 돌아가 다시 연설하는 제퍼의 씩씩한 모습을 진은 조용히 쳐다보았다.

"다들, 나를 따라줘! 목표는 강철궁 박람회! 그날, 우리의 세상은 바뀐다. 마음속에 그려왔던 세상으로! 《무능영애》의 죽음을 발단으로 귀족 놈들의 체제는 와해하고! 그 잔해의 정점에 우리가 군림하는 거야! 강철의 묘비가 세워지는 가운데 프란돌은 무너지리라!!"

환호성이 폭발하고 반인반마들의 우렁찬 외침이 높은 천장에 메아리친다.

신조차 귀를 막을 법한 소름 끼치는 소리가 되어서——.

윌 리 엄 진

종족 : 구울

HP	8907	AP	464		
공격력	558	방어력	756	민첩력	483
공격지원	—	방어지원	—		
사념압력	??%				

주 요 스 킬 / 어 빌 리 티

다케이드 바디 LvX / 염사경화(念糸硬化) Lv8 / 봉인공격 Lv7 / 빈티지 데드 /
주령박쇄(呪靈縛鎖) / 카오틱 헤를루가

Secret Report 인조 란칸스로프

간단히 말해 인간으로서의 기억과 인격을 유지한 채 육체만 란칸스로프로 새로 만드는 기
술이다. 이렇게 하지 않으면 그들은 란칸스로프가 된 순간 과거의 이념을 잊고, 눈앞의
동지에게 덤벼드는 존재가 되기 때문이다.
이러한 리스크를 안고 있으나, 마나 능력자에게 정면으로 대치할 수 있는 병력은 범죄조직
에 매우 중요하다. 인조 란칸스로프는 틀림없이 여명 희병단의 중핵을 이루는 요소라 할
만하다.

LESSON：I ～Home Sweet Home～

　으스스한 실루엣의 나무들에 둘러싸여 메리다 엔젤은 칼을 움켜쥐고 있었다.

　호흡이 가쁘다. 이마에는 구슬 같은 땀방울이 빛나고 있다. 작은 동물 같은 심장의 고동이 매우 또렷하다. 루비색 눈동자가 안절부절못하고 좌우로 시선을 어지른다.

　이 어두운 숲 한복판에서 색채를 지닌 것은 트레이닝복을 입은 그녀의 모습뿐이다.

　그러나 목소리가 들렸다.

　"──《어빌리티》라는 것은."

　청년의 목소리다. 그렇지만 모습은 보이지 않는다. 메리다는 눈이 핑핑 돌 정도로 빠르게 위치를 바꾸며 주위를 경계했다. 여전히 눈동자에 비치는 것은 울창하게 늘어선 나무들뿐이지만.

　사령(邪靈)을 방불케 하는 목소리는 마치 귓가에서 속삭이고 있는 것처럼 이어졌다.

　"다양한 국면에서 유리한 효과를 가져오는 전투기능을 말합니다. 여태까지 몇 번인가 설명해드렸듯이 어빌리티는 원래 마나 속에 간직된 잠재능력! 이것을 훈련으로 각성시킴으로써 효과를 발휘하고, 정밀도를 높이는 것 또한 가능해집니다."

메리다는 순간적으로 뒤를 돌아보았다. 그러나 잡았다고 생각한 기척은 환상으로, 나뭇가지에서 귀에 거슬리는 울음소리를 지르며 까마귀가 날아간다.

가정교사의 목소리는 그런 것은 전혀 개의치 않고 이어졌다.

"어빌리티는 전 클래스가 공통적으로 쓰는 《범용 어빌리티》와 각 클래스 전용의 《고유 어빌리티》로 나누어집니다. 이 가운데 후자는 그 클래스의 개성을 결정짓는다고 해도 과언이 아닙니다⋯⋯! 우리, 사무라이 클래스의 대표적인 고유 어빌리티는 누가 뭐라 해도 《은밀》이지요. 《은밀》에는 자신으로부터 바깥 세계로 발신되는 지각정보를 감소시키는 효과가 있습니다."

위인가?! 메리다는 얼굴을 쳐들었다.

그런 그녀의 어깨를 뒤에서 통통 두드리는 손바닥.

"이렇게."

"꺄아아악?! 서, 선생님, 어느 틈에?!"

불쑥 나타났다고밖에 생각되지 않는 장신의 청년은 시치미 떼는 얼굴로 팔을 거두었다.

"이것이 한계까지 다다른 《은밀》 어빌리티의 힘입니다. 한시라도 육안으로 잡아두지 않으면 사무라이의 모습을 찾아내는 것도 어려워지는 거지요."

단, 하고 쿠퍼는 집게손가락을 세워 보충했다.

"《은밀》 어빌리티를 발동 중엔 마나 압력이 대폭 줄어듭니다. 이게 무슨 뜻인지 아시겠습니까?"

"으으음, 《은밀》을 사용하면서는 공격할 수 없다……?"

"그뿐만 아니라 《유탄》에 맞았을 때 방어 리스크가 급격히 상승합니다……. 상시 이상으로 전황 분석이 필요한 셈이지요. 기억해두시길 바랍니다."

쿠퍼는 다시 발소리를 내지 않고 걷기 시작했다. 가죽 구두 밑에서 낙엽이 바스러진다.

"그것을 도와주는 쌍벽의 고유 어빌리티가 《심안》. 《심안》에는 거꾸로 자신의 지각능력을 확장하는 효과가 있습니다. ── 어디, 마음껏 공격해 주세요."

제자에게 등을 돌린 채 양팔을 펼쳐 보인다. 1년 넘게 목검을 겨누었던 메리다가 그런 말을 듣고 공격을 망설일 이유는 하나도 없었다.

"이야앗!"

머리 측면을 쓸어버리는 가차 없는 일섬이었지만, 당연하다는 듯이 허공을 갈랐다. 가볍게 머리를 숙인 쿠퍼는 그대로 훌쩍 앞으로 뛴다. 칼을 거두면서 가한 메리다의 공격은 옷자락을 스치는 데 그쳤다.

조금 악이 받친 메리다는 돌격하면서 3연타를 날렸다. 찌르기, 찌르기, 가로 베기. 넋을 잃을 만큼 아름다운 마나의 궤적이 그려졌지만, 쿠퍼는 완벽하게 타이밍을 맞추어 점의 공격을 좌우로, 선의 공격을 상하로 지나가게 하였다. 메리다의 팔에 헛스윙을 한 피로가 쌓인다.

그렇다면, 하고 메리다는 오른팔을 당기면서 그 힘을 이용해 왼발 돌려차기를 날렸다. 이것을 쿠퍼는 왼쪽 무릎으로 간단히 막아냈다. 오히려 강철 같은 근육에 메리다의 발등이 튕겨 나가고 말았다.

"어째서……?!"

"전부 보입니다. 360도."

쿠퍼는 등으로 대답했다. 거기에 분명히 있는 《시선》에 메리다는 꼼짝없이 긴장한다.

"피부에 닿는 바람은 아가씨의 움직임을, 낙엽이 밟히는 소리는 아가씨의 발걸음을 그리고 아가씨의 호흡은 공격 타이밍을 가르쳐줍니다. ——어라?"

갑자기 쿠퍼는 엉뚱한 방향을 본 다음 어딘지 알 수 없는 저편을 가리켰다.

"지금, 저쪽 나무에서 사과가 떨어졌군요."

"그런 것까지!"

"이것이 《심안》 어빌리티의 힘입니다. ——아가씨의 숙련도는 아직 많이 부족하군요?"

쿠퍼는 다시 제자를 향해 돌아본 다음 약간 표정을 다잡았다.

"추가로 하나 더, 아가씨가 먼저 단련해 주었으면 하는 어빌리티가 있습니다. 모든 클래스가 습득 가능한 범용 어빌리티이자 개인으로 싸우는 기사가 가장 중요시해야 하는 기술이——《항주(抗呪)》."

"《항주》……."

"저는 항상 그 중요성을 말해왔습니다. 기억하고 계십니까?"

메리다는 등줄기를 꼿꼿이 바로잡았다. 교실에서 지명되었을 때처럼 딱 부러지게 대답한다.

"특정 란칸스로프의 공격은 마나 능력자의 스테이터스를 감쇠시키기도 합니다. 《저해공격(디버프)》이라 불리는 계통입니다. 마나 능력자 측에서는 위저드 클래스가 사용하는 《주술》이 여기에 속합니다."

"좋습니다. 팀으로 싸우는 기사라면 한 명의 능력이 모자란다 해도 다른 멤버가 서포트할 수 있어요. 하지만 혼자서 싸우는 기사의 경우……?"

쿠퍼의 시선이 다음에 올 말을 재촉하자 메리다가 그 무게를 음미하는 것같이 이어 말한다.

"스테이터스의 감소는 패배로 이어진다……."

"죽음으로 이어지는 겁니다."

한순간 쿠퍼의 위압감이 한 단계 부풀어 오른 듯한 착각이 들었다.

기분 탓은 아닌 것 같다. 어느 틈엔가 쿠퍼의 마나 압력이 상한을 돌파하고, 지면이 삐걱거리며 균열이 생길 정도로 엄청난 압력이 솟구치고 있다.

메리다가 보고 있는 앞에서 그의 머리카락 색이 하얗게 변했다. 푸른 불길을 나부끼는 왼쪽 눈에는 혹독한 감정이 깃들어 있다. 야성미가 더해진 입가가 평소와 같은 어조로 마저 말했다.

"이 《저해》에 대항하는 유일한 수단이 《항주》 어빌리티입니다. ——아가씨, 지금부터 제 아니마로 아가씨에게 부하를 주겠습니다. 3분, 그걸 끝까지 버텨 보이세요. 3분이 지날 때까지 저는 무슨 일이 있어도 압력을 줄이거나 하지 않겠습니다."

"……!"

메리다의 예쁜 얼굴이 재차 긴장하고, 그녀가 자세를 취한 직후 화악! 눈부신 불길이 힘차게 솟구쳤다.

흡혈귀화 한 쿠퍼는 천천히 손바닥을 내밀었다. 앞서 말한 대로 봐줄 마음은 없다.

"갑니다."

직후 쓰나미와 비슷한 맹렬한 압력이 메리다의 등을 찌부러뜨렸다.

메리다가 본 환상은, 절망으로 도배된 검은 하늘과 악의에 가득 찬 얼음 폭풍이었다. 광풍이 날리는 예리한 바늘이 마치 빗방울 같은 밀도로 쏟아진다. 소녀의 가냘픈 무릎은 순식간에 무너져 지면에 주저앉았다. 등에서 치솟는 황금색 불길이 단 한순간에 꺼질 뻔했다.

"아아…… 으으으윽……?!"

"왜 그러세요? 아직 30초도 지나지 않았습니다."

아주 좋아하는 그의 목소리가 얼음처럼 차갑게 마음을 푹푹 찌르기 시작했다. 겉에 쓴 가면을 도려내고, 양식이란 외피를 벗겨버리고, 깊숙한 곳까지 가차 없이 날카로운 칼날을 들이밀어 소녀의 생존본능을 들추어낸다.

"춥습니까? 괴롭습니까? ──그렇다면 저항하세요! 그렇게 고개를 떨구고 있으면 적은 기꺼이 목을 칠 겁니다. 자, 마나를 태우세요!!"

"……으!!"

메리다의 등에서 불똥 같은 마나가 조금씩 흩어진다.

그것은 몇 번이고 꺼졌지만, 끈질기게 다시 타올랐다. 마침내 시계의 초침이 세 바퀴를 돌았을 무렵 메리다는 앞으로 엎어져 있었다. 부드러운 뺨을 흙으로 더럽히고, 입술만 헐떡이며 공기를 갈구했다. 이따금 사지가 경련하는 것 또한 의도한 바는 아닐 것이다.

쿠퍼는 인간의 모습으로 돌아온 다음 좌우 손바닥을 들어 올렸다. "자, 빨리 일어나세요!" 하고 야단치려는 것이다.

"…………."

그러나 결국 그는 박수로 재촉하는 대신 손바닥을 내리고서 품을 뒤졌다.

물통을 꺼내고 메리다 옆에 무릎을 꿇는다. 복숭앗빛 입술에 물통을 가져가 천천히 물을 먹여 준다.

"……5분간 휴식하겠습니다."

어설프게 정을 주는 자신을 쿠퍼는 속으로 혐오했다.

"개인전 능력 강의를 했으니 이번엔 집단전 강의를 해볼까요."

일부러 엄격한 음성을 의식하면서 쿠퍼는 군복 오른쪽 주머니를 뒤졌다.

꺼낸 것은 두꺼운 가죽 부대. 나이프로 칼집을 넣자마자 뭐라 할 수 없는 시큼한 냄새가 흘러나온다.

메리다는 견디지 못하고 자그마한 코를 붙잡은 채 가정교사 뒤로 대피했다.

"헌행님…… 뭐혜요, 히거?"

"향주머니입니다. 향료나 약초를 건조해 오일에 절여서 숙성시킨 것으로…… 특정 란칸스로프가 좋아하는 향이 발산됩니다. 한마디로 그들을 유인하는 미끼지요."

"네에?!"

"——어이쿠, 벌써 하나 낚았군요."

제자가 놀라고 있을 틈도 없이 쿠웅, 쿠웅! 하고 엄청난 땅울림이 다가왔다.

나무들을 쓰러뜨릴 듯한 기세로 질주해온 것은 고릴라처럼 생긴 대형 마물이었다. 양팔은 통나무같이 굵고 가슴팍은 암벽을 연상케 할 만큼 두꺼우며, 신장은 장신인 쿠퍼보다 더욱 크다. 자그마한 메리다는 올려다봐야 할 정도다.

지면을 도려내면서 급정지한 마물은 소름 끼치는 포효를 주종에게 내던졌다.

"이 숲을 근거지로 하는 란칸스로프로 정식 명칭은 알려지지 않았습니다. 저는 예전부터 대충 《자이언트》라고 부르고 있습니다."

쿠퍼는 아주 간단히 설명하고서 짐승의 발밑에 향주머니를 놓았다. 그러나 상대 처지에서 본다면 먹이를 받은 개 같은 취급이라, 잠자코 있을 수는 없을 것이다.

그 이름에 부끄럽지 않은 《자이언트》급의 위압감을 발휘해 무시무시한 외침으로 숲을 뒤흔든다.

쿠퍼는 순간적으로 칼을 뽑았다. 그의 행동은 언제나 물과 같이 매끄럽고 빛과 같이 빠르다. 검은 칼에 미끄러지는 푸른 불길을 보고 나서 메리다도 황급히 애도를 뽑아 들었다.

"너무 기를 쓸 필요는 없습니다, 아가씨. 이 녀석은 체격 하나는 훌륭하지만, 아니마의 압력으로 따지면 낮은 축에 속하니까요. 지성은 짐승 수준. 움직임도 둔하고 기발한 공격방법도 없습니다. ──단 날카로운 발톱만큼은 주의가 필요합니다만."

거기에 덩치가 보증하는 월등한 생명력을 갖추고 있다. 요컨대 최적이다.

──《움직이는 표적》으로서.

자이언트는 오른팔을 휙 치켜들었다. 메리다가 보기에도 동작이 매우 완만하다. 쿠퍼는 순간이동같이 파고들어 자이언트가 내려친 일격을 팔꿈치 언저리로 받았다.

이어서 오른발을 미끄러뜨리며 온몸으로 태클. 두 배의 거구가 벌렁 뒤집혀 날아갔다.

진짜 고릴라처럼 상체 근육만 우락부락한 자이언트는 일어나는 데 애를 먹고 있다. 쿠퍼는 파고든 거리를 여유 있게 되돌아온 다음 입을 열었다.

"아가씨. 하나의 적을 상대로 집단전에 나설 경우의 대전제를 이야기해 두겠습니다."

만약 자이언트에게 지성이 있다면 굴욕적이기 짝이 없는 상황일 것이다. 메리다는 등줄기를 바로 세우고 강의의 다음 내용에 귀를 기울였다.

왼손에 칼을 들고 쿠퍼는 평소와 같이 집게손가락을 척 들며 말했다.

"이를테면 저와 아가씨가 각자 《백》의 힘을 가지고 있다 치고, 협력해서 적과 싸울 경우, 그 종합 전투력은 《이백》이 된다 ──는 건 아닙니다."

"이백이 아니라고요?"

어리둥절하며 고개를 갸웃거리고서 메리다는 갑자기 전격을 맞은 듯한 표정을 지었다.

"두, 두 사람의 유대감이 기적을 일으켜 다섯 배, 열 배로까지 힘이 불어나니까?!"

"아, 아쉽게도 그렇지는……. 오히려 내려갑니다."

"네에?!"

메리다는 몹시 실망한 반응을 보였지만, 이것은 설령 아무리 끈끈하게 묶인 반려자끼리라도 마찬가지다. 쿠퍼는 가볍게 헛기침을 하면서 다시 이야기했다.

"두 명보다 세 명, 세 명보다 네 명── 팀으로 싸우는 사람 숫자가 늘어날수록 개인이 발휘할 수 있는 전투력은 내려가는 법입니다. 어째선지 아십니까?"

"으~음…… 모르겠어요!"

"한결같이 신경을 쓰니까요──."

쿠퍼는 다시 천천히 적에게 돌아섰다.

바위 같은 주먹을 꾸우욱, 꾸우욱 지면에 눌러 자이언트는 간신히 상체를 일으키는 중이었다.

"근처에서 아군이 싸우고 있으면 신경을 쓰지 않을 수 없습니다. 『아군이 거기에 있으니까 이쪽으로는 움직이지 않는 편이 좋아.』『지금은 아군이 공격하고 있으니까 자신은 삼가자.』『위험하다! 커버해야 해!』. 이러한 배려가 개인의 전투력 저하를 초래합니다."

쿠퍼는 천천히 칼집을 휘둘렀다. 칼집에 자이언트의 오른팔이 걸렸다.

겨우겨우 지탱하던 버팀목을 잃고 고릴라 같은 안면이 지면을 들이받았다. 지면이 부풀 정도로 큰 진동과 함께 『부갸아악?!』 하고 찌부러진 비명이 새어 나온다.

그렇게 시간을 번 다음 쿠퍼는 태연한 얼굴로 강의를 계속했다.

"개인이 지니는 전투력과 비교하여 팀 전체의 힘을 《종합 전투력》으로 정의하겠습니다. 팀원의 숫자가 늘면 늘수록 1인당 개인 전투력이 내려가는 것은 말할 필요도 없을 겁니다. 아무리 숫자가 많은 쪽이 우위라곤 해도 한 팀에 20명, 30명이나 쑤셔 넣어버리면 군 전체의 기능을 고려할 때 효율이 매우 낮지요……."

어깨너머로 제자를 돌아보고 쿠퍼는 손가락을 척 세운다.

"기병단 부대, 유닛이 《5명》으로 운용되는 데에는 이러한 이유가 있는 겁니다."

이 단계에서 자이언트는 간신히 태세를 정비했다. 있는 대로 바보 취급을 당해 머리는 화산과 같이 끓는 중. 분노로 일그러진 표정에 메리다도 한 발, 두 발 뒷걸음질 치고 있다.

물론 쿠퍼의 장신은 미동도 하지 않았다.

"종합 전투력을 효율적으로 높이려면 우선 팀의 《리더》를 정해두어야 합니다. 리더는 어떻게 싸울지 방침을 제시하고, 멤버는 《어떻게》 싸울지가 정해지면 그 이외의 불필요한 행동은 일절 행하지 말아야 합니다──."

쿠퍼는 애용하는 검은 칼을 치켜들었다가, 무슨 생각을 했는지 칼집에 되돌렸다.

그렇다고 임전 태세를 푼 것은 아니다. 봉술을 연상케 하는 자세로 적의 돌격에 대비한다.

"아가씨. 집단전의 기본적인 두 가지 전술을 실천해봅시다. 하나는 《자유롭게 싸우면서 서로를 보조하는 것》── 앞으로 오세요."

쿠퍼가 시선으로 재촉해서 메리다는 결의를 다지고, 애용하는 칼을 손에 들고 쿠퍼의 옆으로 나아간다.

그러나 새삼 《전술》이라는 말을 들으니 당황스럽다.

"으, 으음……?"

"어렵게 생각할 필요는 없습니다. 《자유롭게》니까요. 평소처럼 자신이 옳다고 생각하는 방법으로 싸우면 됩니다."

"아, 알겠습니다."

메리다는 이제야 왜 쿠퍼가 칼을 거두었는지 깨달았다. 그의 참격은 위력이 너무 날카로워서 메리다가 진가를 발휘할 틈도 없이 적을 쓰러뜨려 버리기 때문이리라.

적은 마냥 기다려주지 않았다. 자이언트는 기세를 내뿜으며 낮은 자세로 돌진해왔다. 적이 볼 때 빈약한 것은 소녀일 테지만 아까부터 적의를 모은 쪽은 청년이다. 오른발을 디디며 라이트 훅을 세게 지른다.

이 공격에 쿠퍼는 또다시 순간적으로 전진하여 대응했다. 짐승의 우람한 팔이 원심력을 싣기 직전. 품으로 파고들어 힘차게 위팔을 누른다.

적의 중심이 오른쪽으로 크게 치우쳐 있어서 메리다는 즉각 좌측으로 뛰어들었다. 무방비인 왼쪽 옆구리를 수평으로 베고, 칼을 거두며 한 번 더 벤다. 생긴 대로 피부가 두꺼워 급소까지는 닿지 않는다.

자이언트의 짜증이 난 듯한 시선이 왼쪽으로 흐른다. 직후에 쿠퍼는 적의 오른 다리를 걸어찼다. 종아리, 허벅지. 견디지 못하고 앞으로 기운 짐승의 턱을 무릎으로 쳐올린다.

자이언트의 커다란 틈을 노려 메리다는 다시금 그 자리에서 팽이같이 회전했다. 참격이 3연속으로 몸통을 찢어 피가 쫙 하고 나선형으로 튄다.

"잘 알겠죠."

쿠퍼는 한두 발자국 간격을 둔 다음 넋을 잃고 볼 정도로 깔끔한 앞차기를 날렸다. 자이언트의 짧은 목덜미를 정확히 강타해 또다시 거구를 날려 버린다.

쿠웅. 묵직한 진동이 퍼지는 것을 바라보면서 쿠퍼는 손짓으로 메리다를 물러나게 했다.

"특별한 아이디어 없이 집단전을 행하면 아까처럼 싸우게 될 겁니다. 이와 달리 또 하나의 전술은 《팀의 메인을 결정》하여 싸우는 것이죠."

"메인?"

쿠퍼는 다시 검은 칼을 뽑았다. 그리고 그것을 메리다에게 던진다.

메리다는 황급히 받아들고 기다란 강철을 왼손에 쥐었다. ── 이도류다.

"이렇게."

맨손임을 좌우의 손으로 어필하고 쿠퍼는 검은 칠을 한 칼집조차 허리띠로 되돌렸다.

"이건 극단적인 상황입니다만, 예를 들면 팀의 누구 하나가 월등한 전투력을 지녔을 때 유효합니다. 《메인》을 맡는 개인의 전투력이 최대한으로 발휘되도록 다른 멤버는 서포트에 전념한다── 아까 말씀드렸죠? 《어떻게》 싸울지가 정해지면 그이외의 전투방법에 눈이 쏠려선 안 됩니다. 리더가 따로 지시를 내지 않는 한은."

쿠퍼는 발을 내디며 메리다보다 반보 앞의 위치를 택했다.

"아가씨, 제가 미끼가 되어 자이언트의 주의를 끌겠습니다. 《틈》을 만드는 게 제 역할이지요. 아가씨는 찬스를 발견하는 대로 쉬지 않고 대미지를 박아주세요. 적을 쓰러뜨릴 수 있을지는 아가씨의 능력에 달려 있습니다."

"네, 네엡……!"

자이언트는 여전히 일어나는 데 시간이 오래 걸렸다. 쿠퍼는 발밑에서 흙을 뜬 다음 적의 정수리 부분을 노려 집어던졌다. 겨냥한 위치로 흙은 정확히 날아갔고 메마른 소리를 내며 튀었다.

"왜, 졸려?"

도발은 종족도 초월한 공통어인가 보다. 자이언트의 근육이 한층 더 부풀어 오르고 찢어진 혈관으로부터 피가 튀었다. 주먹을 내려치자 지면에 균열이 인다.

『브모오오오오오————————!!』

거짓말처럼 민첩하게 벌떡 일어난 자이언트는 치켜든 양 주먹을 모아 쿠퍼를 내려쳤다. 그것을 쿠퍼는 《부드러운》 움직임으로 대응한다. 펼친 양 손바닥이 흐릿해진 것처럼 움직였다 싶었더니 파앙, 파앙 하고 메마른 소리가 연속해서 울린다.

메리다가 눈을 깜빡이는 사이에 쿠퍼와 자이언트의 양다리가 뒤엉켜 서로를 고정하고 있었다. 힘으로 다리를 빼고자 하는 짐승과 물러서지 않고 관절을 꺾는 쿠퍼.

메리다는 자이언트의 등 쪽으로 돌아 들어갔다. 무방비 그 자체의 살로 이루어진 벽을 가로 벤다. 두 자루의 칼을 평행으로 거두어들이며 좌로 우로 한 번씩 더 벤 다음 왼손은 어깨부터 비스듬하게—— 쿠퍼의 애도(愛刀)는 메리다의 칼보다 몇 배는 무거워 다루기가 여간 힘든 게 아니다.

그래서 메리다는 애로사항을 역이용하기로 했다. 칼의 무게를 살린 원심력을 만들어 오른손으로 자이언트를 베어 올리고,

이어서 왼손의 검은 칼을 있는 힘을 다해 내려쳤다. 지금까지 한 공격 중에서 가장 좋은 느낌이 들었고, 실제로 칼날은 적의 옆구리를 날카롭게 도려냈다.

『구가아, 아악!!』

생명의 위기에 처한 자이언트는 엄청난 힘을 발휘했다. 청년의 몸과 뒤엉켜 있었던 네 개의 팔이 도개교처럼 튀어 오른다. 쿠퍼도 무심코 눈이 휘둥그레질 정도의 괴력.

『가아아아아악!!』

한 방 먹일 생각에 자이언트는 사납게 돌아보았다. 메리다의 전신이 저도 모르게 긴장한다. 소녀를 깔아뭉개고도 남을 거대한 그림자가 직후 더욱더 위쪽으로 길어졌다.

"허점투성이입니다."

뒤에서 어깨에 올라탄 쿠퍼는 자이언트의 눈가에서 손날을 왕복시켰다.

나이프보다 날카로운 손끝에서 선혈이 튄다. 시야를 잃은 자이언트는 얼굴을 가리는 것조차 용납받지 못했다. 쿠퍼는 물 흐르는 듯한 움직임으로 통나무 같은 적의 오른팔을 잡은 다음 그대로 우측으로 체중을 치우치게 하였다.

상체가 기우뚱하고 기울길…… 몇 번째인가, 쿠웅!

메리다가 눈을 깜빡이는 앞에서 쿠퍼는 자이언트의 거구를 지면에 깔고 앉아 있었다. 오른팔 관절을 꺾어 누른 채 시선으로 힐끔 재촉한다.

"아가씨, 숨통을 끊으세요."

"어, 아, 네!"

메리다는 곧장 뛰어들어 칼날을 교차시키면서 적의 흉부로 파고들었다. 특히 왼쪽 검은 칼의 소름 끼치는 관통력으로 그 목숨은 싱겁게 끊어졌다.

매끄럽게 일어서는 쿠퍼는 호흡 하나 흐트러지지 않았다.

"《메인》인 한 명이 활약할 수 있도록 다른 멤버는 적의 공격을 방어하고 주의를 끌고 틈을 만들어내는 데 집중한다—— 어떤 전투방법을 선택하느냐에 따라 종합 전투력은 항상 변동하는 법입니다. 리더에게는 전황을 정확하게 확인하는 판단력이 요구되겠죠."

"명심하겠습니다!"

"좋습니다."

쿠퍼는 살짝 입가를 풀고 나서 자이언트의 사체를 돌아보았다.

"그렇게 애를 먹었던 걸……."

"왜 그러세요, 선생님?"

"아무것도 아닙니다. 저도 옛날에는 이 녀석에게 아주 고생했습니다."

발길을 되돌려 메리다의 등에 손을 더하고 걷기 시작한다.

메리다가 내민 검은 칼을 받아 허리의 칼집으로. 아직 이 칼을 손에 넣기 전, 훈련 시절에 맛본 쓴맛을 쿠퍼는 슬쩍 되새겨보았다.

"과거의 숙적을 뛰어넘는다는 것도 감개무량하군."

음미하듯 중얼거렸을 때 메리다의 등에서 황금색 불길이 최후의 빛을 발하고 사라졌다. 마나의 은혜가 뚝 끊기자 메리다는 그만 쓰러질 뻔했다.

"아와와와와……."

"마나를 다 써 버렸군요. 오늘도 열심히 하셨습니다, 아가씨."

"선생님 덕분이에요!"

순진무구 그 자체인 메리다의 웃는 얼굴에 쿠퍼도 매혹적인 미소로 응답한다.

이렇게 끝나나 했지만 "그런데." 하고 바로 덧붙이는 것이 그가 《귀축교사》라고 불리는 이유였다.

"아가씨, 레슨은 아직 끝나지 않았습니다! 마무리로 숙소까지 러닝입니다!"

"네에에에~?! 저 이제 죽을 것 같아요!"

"말대꾸하지 마세요! 늦는 쪽이 오늘 식사 당번입니다!"

"이~~~잉!!"

가정교사가 등을 팡팡 때려서 할 수 없이 메리다는 지면을 박찼다.

쿠퍼는 원래 다정하면서도 엄격하긴 하지만 요즘 들어 열의가 한층 강해졌다. 애당초 저택에서 며칠씩이나 떨어져 이런 외진 숲에 틀어박혀 훈련한다는 것 자체가 흔한 일은 아니다. 짐승이나 다니는 울퉁불퉁한 길을 달리면서 메리다는 무의식중에 그렇게 느끼지 않을 수 없었다.

"선생님, 뭔가 조급해하시는 거 아니에요?"

쿠퍼의 어깨가 움찔 뛰는 것을 공교롭게도 메리다는 보지 못했다. 그에게 등을 돌리고 앉아 있기 때문이다. 쿠퍼는 동요가 손가락 끝에 전해지지 않도록 주의를 세심하게 기울이면서 금세공품보다도 고귀한 메리다의 금발을 빗질했다.

"조급해해요? 제가요? 농담도……! 그렇게 보이십니까?"

"네, 엄청."

"기분 탓입니다. 아무렴요, 그게 틀림없습니다."

그런가? 완고한 그의 태도에 메리다는 저도 모르게 눈썹을 찌푸렸다.

언덕 위에 우두커니 세워진 통나무집 안. 주위의 숲을 포함해 프란돌 근교에 몰래 숨어 있는 듯한 이 장소는 쿠퍼가 훈련병 시절 사용했었던 비밀기지라고 한다.

성 프리데스위데 여학원은 현재 가을 중간방학이 한창이다. 방학이 시작되자마자 쿠퍼는 고대하고 있었던 것처럼 집중강화 합숙훈련을 선언했다. 그리고 오늘 같은 혹독한 훈련을 벌써 일주일째——.

비밀 특훈이라는 이유로 엘리제와 로제티의 동행조차 거절했다. 그렇지 않았다면 흡혈귀화 한 상태에서의 《항주》 훈련 따위는 엄두도 못 냈을 것이다. 메리다도 처음엔 가슴이 설렜다. 고작 일주일이긴 해도 마을에서 떨어진 장소에서 사랑하는 사람과 단둘이 동거한다는 상황에.

——그런데.

쿠퍼는 조금도 달콤한 분위기를 만들지 않았다. 일어나서 훈련, 잘 때까지 훈련이다. 지금도 샤워를 다 마친 메리다가 기껏 평소보다 살짝 노출이 많은 실내복을 골랐는데도, 그가 몰두하고 있는 것은 머리카락 손질이다.

시험 삼아 메리다는 "아아, 덥다." 하고 중얼거리며 어깨끈을 내리고, 옷깃을 가볍게 열어보았다. 바로 뒤에 서 있으니 각도로 보아 가슴이 보일지도 모른다. 어머, 나도 참, 말도 안 되게 대담한 짓을!

그러나 심장이 쿵쾅쿵쾅 뛰는 가운데 그의 얼굴을 살펴보니.

"아가씨의 머리카락을 만지고 있으면 손가락이 행복해지네요."

쾌활하게 금발을 귀여워하고 있을 뿐이다. 메리다는 뿌우우우~!! 볼에 불만을 모으고 쿠퍼 앞으로 돌아섰다. 뾰로통한 표정으로 침대 위에서 엉덩이를 들썩인다.

아니잖아요, 그러는 게 어딨어. 방금 굉장한 찬스였잖아요―.

―내가 얼마나 용기를 냈는데!!

그렇게 메리다가 심통 부리고 있는 틈에 쿠퍼는 티 안 나게 그녀의 흘러내린 어깨끈을 바로잡아주었다. 다 알면서도 살며시 눈을 감을 줄 알아야 신사다.

메리다는 아직 납득이 가지 않았는지.

"조급해하지 않는다면 왜 갑자기 합숙 얘기를 꺼낸 거예요?"

"그건, 으음……."

몇 초의 침묵 동안 쿠퍼는 최적의 대답을 찾는다.

"중간방학이 끝나면…… 강철궁 박람회가 있지 않습니까."

"예? 네."

"그 행사에…… 프리데스위데도 참가하지 않습니까."

"네."

"…………좋은 결과를 남길 수 있으면 좋겠어요."

"네── 아니, 네에?! 그, 그게 특훈하는 이유예요……??"

예상대로 당황한 시선이 날아와서 쿠퍼는 크게 헛기침.

"그게 이유? 아가씨, 무슨 태평한 말씀을!"

"예, 예에에엥……?!"

"박람회에는 많은 분이 오십니다. 작년 학기 말 공개시합과 마찬가지로 아가씨의 성장을 과시할 절호의 기회! 그런데 어떻게 대충 합니까!"

"그, 그렇군요……."

귀여우리만큼 고분고분한 메리다는 가정교사의 기세에 눌려 '응응' 고개를 연신 끄덕인다.

"그렇구나. 저, 선생님을 위해서라도 열심히 해야겠네요……!"

불끈, 가련한 주먹을 쥐고 박람회 날을 향한 열의를 다지는 메리다.

그런 그녀를 정면에서 마주 볼 낯이 없어 쿠퍼는 조용히 금발을 계속 빗었다. 진실로 고해야 할 말이 출구를 찾아 가슴 안쪽을 찌르고 있다.

──아가씨. 그 날, 당신은 목숨을 잃게 됩니다.

『따라서 귀족체제의 유지·안정을 위해 나는 그것을 위협하는 《무능영애》의 적절하고도 항구적인 처리를 이곳에 의뢰하는 바이다. ——헤이미쉬 몰드류.』

그가 직접 보낸 지령서는 그러한 문면으로 매듭지어 있었다. 쿠퍼는 기나긴 편지의 마지막 한 구절만을 마음에 새기면서 얼굴을 들었다.

백야 기병단 본부. 상사는 담배를 태우는 중이다. 쿠퍼는 티르나 포우르 대해구 원정을 막 끝낸 참이었다. 긴늉가의 뒤집힌 성에서의 격투로 인해 피로한 육체에, 몰드류 경의 장황한 한 마디 한 마디가 맹독같이 스며들어 사고를 둔하게 만든다.

"《무능영애》의 진짜 클래스를 사전에 침투시켜놓는다——."

쿠퍼가 지령서를 다 읽는 것과 거의 동시에 상사는 회색 연기를 뿜었다.

"우리의 방침에 대한 몰드류 경의 대답이 《그것》이다. 그는 거부한 거야……. 메리다 양의 클래스는 어디까지나 팔라딘이어야 하고, 핏줄을 의심케 할 만한 사실은 있어선 안 된다는 거지."

"하지만 그녀가 이대로 성장하면 민중이 아는 것은 피할 수 없어."

"그렇다면 성장하기 전에, 죽인다——."

설령 사무라이 클래스라 해도 엔젤 공작 가문에 어울리는 실력을 보여 주위가 인정하게 만든다. 역풍 속을 한사코 기어오르

는—— 그런 고행을 그 노인은 거부했다. 불리한 것은 빈틈없이 뚜껑을 덮어 막고, 보고 싶지 않은 것은 두꺼운 막을 쳐서 가린다……. 굳어진 가치관을 뒤집기란 쉽지 않다. 아직 열여덟 살인 젊은이에게는 더더욱 그렇다.

마냥 서 있는 쿠퍼는 이윽고 사지가 저리는 것을 느꼈다.

상사의 강철 같은 목소리가 얼얼하게 부은 머릿속에 메아리친다.

"이미 메리다 엔젤 하나를 없앤다고 끝나는 상황이 아니야. 지난 1년 사이에 그녀의 세계는 너무 커졌어……. 암살은 신중히 시기를 따져서 철저한 포위망을 전개하며 행할 예정이다."

사고의 탈출구를 막는 것처럼 말투가 점차 단호해진다. 그는 이쪽을 힐끔 올려다보았다.

"그녀의 암살 담당으로서, 그리고 가정교사로서—— 이 결정에 이의는 있는가? 쿠퍼 방피르."

쿠퍼의 입술이 기계같이 대답한다.

"없다."

† † †

그로부터 남은 유예는 눈 깜짝할 사이에 지나——.

지금은 성 프리데스위데의 가을 학기. 중간방학이 끝나고 맞는 주말, 여학생들은 흔들리는 열차에 타 프란돌 제2층 셀레스트텔레스 개선문 지구를 향하는 중이었다. 오늘부터 이틀간 무기의 제

전의 최고봉이라고 불리는 강철궁 박람회가 개최되기 때문이다.

순진한 소녀들의 미소에 걱정은 일절 없다.

향하는 곳이 급우의 사지가 되어 있는 줄도 모르고.

"엘리, 중간방학은 어땠어?"

"리타랑 똑같아. 박람회를 대비해 《맹특훈》."

휴가 후에 사람들이 으레 주고받는 대화를 나누는, 오늘도 천사처럼 아름다운 엔젤 자매. 일주일 만에 사촌 자매의 옆에 걸터앉는 엘리제는 갑자기 메리다에게 얼굴을 쓱 들이밀었다.

"……단둘이 있는 동안 쿠퍼 선생님께 이상한 짓 안 당했어?"

"으음, 평소와 똑같았어!"

"평소와 똑같다라…… 자세하게 말해봐."

"소곤소곤……."

차내는 성 프리데스위데 여학생들로 북적거리고 있어서 쿠퍼가 시선을 돌리는 곳곳마다 이야기꽃이 피어 있었다. 이를테면 메리다와 엘리제 뒷자리에는 선물을 서로 주고받는 네 명의 동급생이 있다.

"어머! 네르바 님, 프리토제리아 호반 공원에 가셨던 거예요?!"

"응. 아빠가 우대 티켓을 줬거든. 다음엔 너희도 초대할게!"

"꼭이요!"

동급생만이 아니다. 창가 소파에는 1학년 병아리들이 모여 있다.

"그럼 다 같이 시험 답안지 공개하기다?"

"난 이번엔 영 좋지 않았는데…….."

"우와! 티치카, 굉장해!"

"에헤헤, 나쁜 점수를 받으면 엄마의 잔주름이 늘어나거든~."

호화열차의 라운지. 긴 융단의 끝부터 끝까지를 최상급생 한 명이 왕복하며 학생들을 감독하고 있다. 떠들썩한 수다에 지지 않는 큰 목소리를 내는 이는 바로 미토나 휘트니 학생회장이다.

"다들, 멀미하는 친구는 없어요? 1학년, 과자를 먹어도 상관 없지만 포장지는 알아서 챙기도록!"

실은 쿠퍼도 꽃을 예뻐하고만 있을 시간은 없다. 가정교사 동료인 로제티와 콘솔 테이블을 나누고 리포트를 교환하면서 이마를 맞대는 중이다.

중간방학의 교육일지를 대충 읽어본 로제티의 미간이 일그러졌다.

"으~음…… 여전히 메리다 님의 성장률? 눈부시네. 심지어 이거, 전 학기 스테이터스잖아? 이번 중간방학 동안 얼마나 더 늘었을지…….."

"엘리제 님이야말로 벌써 3학년과 비교해 손색이 거의 없잖 습니까."

"말은 그래도 처음엔 이쪽이 꽤 앞서고 있었는데 말이지…….. 으으음, 조만간 따라잡히게 생겼는걸."

거기서 쿠퍼는 몹시 진지한 눈빛을 그녀에게 보냈다.

"네, 조만간."

"하여튼 말하는 본새 하곤!"

떠나갈 듯이 소란스러운 가운데 짜악, 짜악 하고 한층 더 날카로운 소리가 울렸다.

샬롯 블랑망제 학원장이다. 차내의 활기찬 분위기를 한동안 즐거운 듯이 바라보다 무거운 허리를 든 것이다. 주름투성이 손으로 손뼉을 치고 느긋하게 소리친다.

"정숙하세요. 다들, 한차례 정숙!"

여기서 수다가 싹 하고 물러가는 것을 보면 여학생들이 교육을 잘 받고 있음을 알 수 있다. 블랑망제 학원장은 지팡이를 짚으며 라운지 중앙으로 걸어 나왔다.

전 학년이 함께 이동하기 위해서 열차 하나를 전세 내긴 했으나 칸 하나에 3백 명을 모두 밀어 넣을 수는 없다. 식당차나 전망실에서도 지금 이곳과 똑같은 집회가 열리고 있을 것이다. 이 칸은 교직원용 칸에 가까운 라운지── 블랑망제 학원장이 전부터 장거리 이동이 어려워졌다는 사실을 2학년 이상의 학생들은 알고 있다.

바이올린 보이스를 발하는 학원장은, 이전에 입은 상처는 조금도 티를 내지 않는다.

"다들, 각자 충실한 중간방학을 보내고 온 것 같아 다행이에요. 오늘부터 다시 학업에 힘쓰도록 합시다. 무엇보다 오늘은 기다리고 기다리던 강철궁 박람회 개최일입니다!!"

가장 기대하고 있는 사람처럼 보이는 학원장은 아이처럼 흐뭇해했다.

"그게 어떤 행사인지는 이미 알고들 있을 거예요. 최첨단 무기 전시회! 진귀한 물건이 잠자는 견본시장! 옥션에서 벌어지는 공방. 장인들의 고집과 고집이 부딪쳐―― 오오, 그 열기를 피부로 느끼는 건 저 역시 오랜만입니다."

"학원장님, 물을――."

미토나 회장이 살며시 유리잔을 내민다. 학원장은 지팡이를 든 손을 바꾸고 받았다.

"고마워, 미스 휘트니."

가볍게 목을 축이고 학원장은 가라앉은 어조로 계속 말했다.

"박람회의 고객이 기병단분들인 이상, 무기를 실제로 사용해 보이는 것은 기병단이 아닌 사람―― 양성학교 학생들이 최적이란 말이 됩니다. 그리고 이번 출품자의 일각인 몰드류 무구 상공회가 영광스럽게도 저희 성 프리데스위데 여학원을 지명해 주셨습니다."

거기서 온 라운지의 의식이 넌지시 메리다에게 향하는 것을 알 수 있었다. 당연하다, 상공회의 총수―― 다시 말해 몰드류 경이 성 프리데스위데를 지명한 것은 손녀가 재적하고 있기 때문이라는 것이 가장 큰 이유일 테니 말이다.

물론 쿠퍼는 혼자 《그 이외의 이유》를 짐작하고 있지만――.

바닥을 지팡이로 가볍게 찍어 블랑망제 학원장은 학생들의 시선을 다시 끌어당겼다.

"저희 외에도 두 학교, 각각 다른 파벌로부터 지명을 받은 양성학교가 초청되었습니다. 여러분은 몰드류 무구 상공회의 이름을 짊어지고 그들과 각축을 벌이게 되는 것이죠. 회장을 방문하는 기병단분들, 하층 거주구의 명사 그리고 일반 관람객! 평상시의 성과를 유감없이 발휘해 그들에게 여전사의 힘을 여봐란듯이 보여주도록 합시다."

이때 라운지 한쪽 구석에서 2학년 한 명이 벌떡 일어났다. 블랑망제 학원장은 티 안 나게 그녀를 손짓으로 가리키면서 연설을 마무리한다.

"여러분이 출장하게 될 이벤트는 두 가지. 우선 첫날의 퍼레이드——."

학원장의 소개에 그 2학년이 또각또각 구두 소리를 내며 걸어나온다.

철사라도 꿴 양 자세가 반듯하다. 시원시원하고 날카로운 말투의 여자아이였다.

"퍼레이드에 참가하는 사람들은 당연히 안무를 완벽하게 외워 왔겠지? 이 내가 처음으로 프로듀스하는 무대니까 실패는 용납하지 않을 거야!"

소노라 파바게나, 2학년. 모친이 극단의 예술감독과 안무가로서 프란돌 전체에 이름을 떨치고 있다. ——이번 퍼레이드에 파바게나 가문의 명예가 걸려 있는 셈이다. 노려보는 듯한 시선에 메리다와 엘리제의 어깨가 움찔 튀었다.

"특히 메리다 양, 엘리제 양에게는 하이라이트 장면을 줬으니까 틀리면 안 돼!"

"트, 틀리긴 무슨, 안 틀려!"

"좋아!"

단호히 고개를 끄덕이고 소노라는 자리에 도로 앉았다.

다소 굳은 분위기를 풀기 위해 블랑망제 학원장이 말 한 마디, 한 마디에 악센트를 준다.

"이어서 2일 차의 집단 전술 투기회── 이름하여 《아스널 스트롱 콘테스트》."

학생들의 시선이 되돌아온다. 학원장은 쾌활하게 미소 짓고 양피지 세 징을 적 늘었다.

"팀 천입니다. 출장자에게는 이미 통지가 갔을 테지만 다시 한번 여기서 발표하죠. 호명된 사람은 일어나도록── 우선 1학년부터. 제니 라이트…… 로멜다 로빈즈…… 이반나 루그붓………… 티치카 스타치."

벌떡 일어난 티치카는 무척이나 칭찬해줬으면 하는 눈빛을 메리다에게 보냈다. 메리다 역시 자기 일처럼 미소 지으며 작게 손뼉을 친다.

1학년 선출을 마치고 학원장은 두 번째 양피지로 바꿔 들었다.

"이어서 2학년. 한나 라플란드. 마젠다 콜리. 유피 슈트레제."

거기서 학원장이 몸속에 축적하듯 숨을 들이마시는 것을 쿠퍼는 알 수 있었다.

"──메리다 엔젤. 엘리제 엔젤."

기쁜 듯이 얼굴을 마주 본 두 사람이 손을 꼬옥 쥐고 일어난다.

학원장은 모르는 척하는 얼굴로 출장자를 계속 낭독했고── 그 안에는 『네르바 마르티요』의 이름도 있어 그녀의 친구들이 요란한 갈채를 보냈다── 이윽고 세 장째 양피지를 읽고, 3개

학년 모든 출장자가 일어섰다.

양피지를 치우는 블랑망제 학원장의 표정이 약간 굳어 있는 것을 쿠퍼는 놓치지 않았다. 긴 이야기를 하느라 지친 건 아닐 터이다. ——정신적인 부담이 원인이리라.

콘테스트 출장자는 1학기까지의 성적순으로 선발되었다. 엔젤 자매는 진작부터 2학년 내에서 인정받고 있으므로, 몰드류 무구 상공회로부터 타진이 있던 단계에서 그 둘의 이름은 당연히 출장 후보 1순위로 올라가 있었을 것이다.

따라서 학원장을 고민케 한 것은 그다음이었다.

서신에는 다음과 같은 단서가 달려 있었다. 『퍼레이드, 콘테스트 양쪽에 메리다 엔젤, 엘리제 엔젤을 출장시키는 것을 초청의 조건으로 삼는다』…….

각각의 가정교사로서 쿠퍼와 로제티도 사정을 들었다. 블랑망제 학원장 측이 매우 고민했으리라는 것은 상상하기 어렵지 않다. 솔직히 이와 같은 사전교섭을 받아들이고 싶지는 않았을 것이다. 두 사람의 출장이 내정되어 있었던 거라면 더욱 그렇겠다.

그렇지만 블랑망제 학원장 측이 몰드류 경의 《진짜 동기》에까지 생각이 미쳤을 가능성은 없다. 그는 단순히 손녀의 화려한 무대를 보고 싶어서 그러는 것이 아니다.

왜냐하면 콘테스트가 열리는 그 날, 메리다는 그 무대 위에서…….

콩콩. 융단을 때리는 지팡이 소리가 쿠퍼의 의식을 되돌렸다.

학원장은 성실함을 보이기 위해서인지 의식적으로 등줄기를 반듯하게 펴고 있다.

"3개 학년, 총 45명. 누차 말하지만 팀 전입니다. 레기온(군단)의 지휘관은 미토나 휘트니가——. 출장 유닛의 리더는 멤버의 스테이터스표를 학생회장에게 제출해 두세요. 레기온 전에서는 클래스의 파악과 운용이 중요하니까 말이죠."

"벌써 많이 받았는데, 아직 제출하지 않는 사람 있나요?"

미토나 회장이 스테이터스표 묶음을 들고 소리친다.

거기서 허둥지둥하며 메리다가 걸어 나왔다.

"저기, 저랑 엘리의 표가 아직……."

마감 직전까지 기다리고도 학생회장은 싫은 표정 하나 짓지 않고 응한다.

"두 사람의 클래스는 팔라딘이지? 활약을 기대하고 있으니까——."

"아니에요!"

그 말은 주행 중인 열차 안임에도 모두의 귀에 매섭게 닿았다.

메리다는 일단 가정교사의 모습을 찾았고, 쿠퍼는 곧바로 시선을 보내며 고개를 끄덕였다.

두 사람의 뇌리에 중간방학 마지막 밤의 광경이 되살아난다. 목욕을 마친 메리다의 머리를 빗기며 쿠퍼는 이렇게 일렀다——.

『아가씨. 스킬이나 어빌리티가 그 클래스의 개성을 나타낸다는 제 이야기를 기억하고 계십니까? 아가씨도 벌써 2학년. 스테이터스, 숙련도 모두 작년 공개시합 때와는 비교할 수 없습니다. 사실 그때도 관객 중 몇 명은 알아챘었지요…….』

『더욱이 이번엔 전 학년 합동 레기온 전이 있습니다. 지금까지와 같이 팀메이트에게 클래스나 전투방법을 얼버무려서는 해 나갈 수 없다는 말입니다.』

『……어떡하면 좋을지 아시겠습니까?』

과거의 회상으로부터 돌아와 메리다는 손가락을 떨면서도 미토나 회장을 향해 돌아섰다.

"제 클래스는── 팔라딘이 아니에요."

미토나 회장의 눈동자가 살짝 휘둥그레진다. 메리다의 목소리는 하염없이 떨렸다.

"사, 사무라이입니다…………."

블랑망제 학원장은 조용히 그녀 쪽을 돌아보았다.

한동안 열차 바퀴와 레일이 맞물리는 소음만이 울려 퍼졌다. 학원장이 연설하고 있을 때보다도 차내가 한층 조용하다. 동경하는 언니를 올려다보는 티치카는 그 눈동자에 어떤 광경을 비추고 있을까. 동급생과 함께 침묵을 지키는 네르바는 평소처럼 메리다를 놀려대고 그럴 수 있을까.

라운지 구석에서는 라클라 마디아 선생이 잠자듯이 눈을 감고 있었다. 메리다의 고백에 살짝 눈을 뜨지만, 아무 말도 하지 않는다. ……왜 아무 말도 해 주지 않는 걸까?

메리다의 목에서 침을 꿀꺽 삼키는 소리가 난다. 의식이 다시 회상 속으로 달아날 것만 같다.

『그런데 선생님. 저 조금 무서워요.』

『기껏 그 이후로 학원 사람들과 친해졌는데…….』

『사실을 이야기함으로써 만약 무언가가 변해 버리면 어떡해야 좋을까요?』

모처럼 북돋운 용기가 급속히 시드는 것을 메리다는 느꼈다.

학생들을 대변하듯 움직이기 시작한 것은 역시 미토나 회장이었다. 메리다의 어깨에 손바닥을 올린다. 혹시 출장이 취소되는 걸까. 어쩌면 성 프리데스위데에서 퇴학당할지도 모른다. 마음의 준비를 단단히 하고 히얗게 뜬 얼굴을 숙이는 메리다에게 날아온 것은──.

당연하다는 듯이 감싸 안아주는 목소리였다.

"언젠가 이야기해줄 거라 생각했어."

메리다는 퍼뜩 얼굴을 들었다. 평소와 똑같은 학생회장의 미소가 그곳에 있었다.

"실은 크리스타 전 회장님과 셴파 언니에게서 이 일에 관해 부탁받았단다."

"오히려 들키지 않은 줄 알았던 게 놀라워!"

실로 어이가 없다는 듯이 어깨를 으쓱하는 네르바. 그것을 시작으로 동급생들도 표정을 풀고 잇달아 동의를 보였다. "티 많이 났었어." "뭐, 어렴풋이." "엘리제 님이랑 전투 스타일도 완전 다르고……." "아니, 아직 말하지 않았었던 거야?!"

1학년 무리에서 뛰쳐나온 티치카가 메리다의 왼팔에 매달린다.

"팔라딘이든 아니든 언니는 티치카의 목표예요."

"……고마워."

참지 못하고 고개를 숙인 메리다에게 반대쪽에서 엘리제가 손수건을 내밀었다.

"애썼어."

"……패앵."

손수건에 코를 대고 아이같이 보살핌을 받는 메리다였다.

물론 환영하는 목소리만 있는 건 아니었다. 이를테면 소노라 파바게나의 경우 입을 떡하니 벌리고는 못마땅한 얼굴로 퍼레이드 진행표를 다시 보고 있었다.

"그런 건 좀 빨리 말해 주면 안 되나——."

짜증을 내는 목소리는 너무 멀어서 메리다의 귀에까지는 닿지 않았다.

좌우간 쿠퍼와 로제티는 벽 쪽에서 안도의 한숨을 쉬며 가슴을 쓸어내렸다. 누가 먼저랄 것도 없이 유리잔을 들고 쨍그랑 부딪친다. 라클라 선생은 미동도 하지 않고 벽에 기댄 채 도로 눈을 감는다. 흥, 희미한 한숨이 들렸다.

이 광경에 가장 감격하고 있는 사람은 어쩌면, 블랑망제 학원장일지도 모른다. 메리다의 팔을 붙잡는 그녀의 작은 눈동자에 눈물이 글썽이는 것처럼 보였다.

"미스 엔젤……. 아니, 메리다…… 용케 결심했군요."

"지금까지 잠자코 있어 죄송합니다, 학원장님."

학원장은 아이처럼 장난스럽게 웃었다.

"여자에겐 비밀이 있기 마련이지."

이때 라운지에 안내방송이 흘러나왔다. 차장의 목소리가 목적지가 임박했음을 고한다. 여학생들은 정숙한 환호성을 지르면서 한쪽 창가로 달려갔다.

쿠퍼는 콘솔 테이블에 유리잔을 놓고 느릿느릿 학생들 맨 뒤쪽으로 가 선다.

학원장도 미토나 회장에게 한쪽 팔을 잡혀 창가로 다가가고 있었다.

"보이기 시작했네요, 셀레스트텔레스 개선문 지구—— 등화기병단의 총본산——."

캠벨(유리용기) 가장자리를 향해 열차가 매끄럽게 빨려 들어간다. 유리로 된 아치를 빠져나간 순간 공기가 변한 것을 전원이 느꼈다. ——단순한 기압의 변화는 아닐 터이다.

어쩐지 무덥고 답답하다. 하늘에는 회색 증기가 껴 있다. 캠벨 전체를 가득 채우는 독특한 공기를 쿠퍼는 정확하게 식별했다.

지겨울 만큼 들이마신 피 냄새——.

요컨대 철 냄새다.

베테랑 블랑망제 학원장의 가늘게 뜬 눈동자에도 복잡한 감정이 돌아다닌다.

"그리운 흑철(黑鐵)의 도시."

창문 건너편에는 일체의 광택이 사라진 검고 거대한 벽이 우뚝 솟아 있었다——.

LESSON: II ~검의 대지로 이어지는 길~

"어디 할 것 없이 온통 새카매요~!"

역을 나와 개선문 지구 중앙을 향하는 도중, 티치카를 비롯한 하급생들은 감탄사를 연발했다. 그럴 만도 하다. 셀레스트텔레스 개선문 지구는 《두 가지 특색》에 의해 다른 캠벨과는 일선을 긋는 경관이 펼쳐져 있기 때문이다.

우선 전체 구조가 그렇다. 개선문 지구의 역은 두 군데. 하층으로부터 이어지는 선로가 다다르는 역과, 상층으로 향하는 역이 정확히 대각을 이루고 있다. 《입구》와 《출구》 같은 관계다.

더욱 중요한 것은 성왕구행 직통편이 나가는 《출구》 쪽이리라. 실제로 그쪽에는 등화 기병단이 최대 규모로 지은 군사거점이 있는데, 태산 같은 성벽이 요새를 이루고 있다.

그리고 요새 바깥에는 거주지가 없다. 《입구》역부터 요새까지는 단조로운 외길이 뻗어 있고 좌우를 새카만 숲이 꽉 메우고 있다.

──그 숲은 까매도 너무 까맣다. 이것이 개선문 지구의 두 번째 특색이다. 숲의 나무들은 나뭇결이 보이지 않을 정도로 검다. 만지면 선뜩하게 딱딱함을 알 수 있을 것이다. 나뭇잎은 단 한 장

도 돋지 않았으며 나뭇가지 끝은 예술적인 라인을—— 그야말로 부자연스럽게 아름다운 모양을 그리고 있다.

　나뭇가지에 매달려 있는 것 또한 랜턴이다. 이 숲 자체를 일대 예술로 봐도 좋다. 처음 이 구역을 방문하는 여학생들은 눈동자를 빛내며 검은 수해에 매료됐다.

　"이 나무는 대체 뭐예요?! 이런 거 본 적 없어요～～～～!"

　"이건 말이야, 티치카 양. 로트 아이언(연철예술)이라고 해!"

　"로트 아이언?"

　의기양양한 얼굴로 집게손가락을 세우는 메리다. 크흠, 헛기침을 한 번.

　"이 숲은 사실 나무가 아니야. 전부 철로 이루어져 있단다!"

　"철?! 이게 전부 말이에요?!"

　"평범한 예술이 아니란 얘기야. 여긴 말하자면 프란돌의 제철 기술이 얼마나 우수한지를 선전하고 있는 셈이거든. 도시에 들어가면 간판이나 계단 난간을 주의 깊게 봐 봐. 분명 개선문 지구의 따, 딱딱한 인상이 바뀔 거야!"

　"우와아～～……!"

　티치카의 눈동자를 반짝거리게 하는 것은 로트 아이언보다는 언니의 자랑스러워하는 표정 쪽이었다.

　"메리다 언니는 박식해요～!!"

　"어? 뭐, 뭘 그렇게. 이 정도는 레이디로서 상식인걸!"

　"티치카도 빨리 언니 같은 레이디가 되고 싶어요."

　"——속으면 안 돼, 티치카."

마침 뒤를 지나가는 네르바가 티치카의 어깨를 통통 두드리고 갔다.

"어차피 쿠퍼 님한테 들은 말을 그대로 읊은 거니까."

"자, 잠깐, 그걸 말하면 어떡해!!"

"어머, 내 정신 좀 봐. 미안합니다~."

별안간 귀부인 같은 동작으로 가던 길을 가는 네르바다.

내막을 밝히자면 봄의 《왕작 순례》로 성왕구를 방문했을 때 메리다 일행은 한발 먼저 이 구역을 지나간 바 있다. 그때 지금의 티치카와 똑같은 반응을 한 것이 메리다이고, 지금의 메리다와 거의 똑같은 설명을 해준 것이 쿠퍼.

'딱딱한'을 말할 때 더듬거리지 않았다면 좋았겠네요, 하고 쿠퍼는 속으로 채점했다. 이러쿵저러쿵하는 사이에 로트 아이언 숲을 빠져나가, 마침내 요새가 임박해왔다.

여기서 여학생들을 더욱 놀라게 한 것은 그 형상일 것이다. 《성벽》이라는 말을 들으면 대개 사람들은 막연히 《원》 모양을 머릿속에 그린다.

그러나 개선문 지구의 성벽은 《별》 모양으로 도시를 에워싸고 있었다. 지그재그로 기하적인 모퉁이가 돌출된 것이다. 이것도 미적 감각에 따른 것인가 하고 티치카를 비롯한 하급생들의 시선이 메리다를 의지했다.

"언니, 이 벽은 왜 이런 모양으로 되어 있는 거예요?"

"어?! 으으음, 그건, 그……."

——어째서일까? 라는 대사는 레이디 언니로서 차마 입에 담

을 수 없었다.

아무래도 거기까지는 가르치지 않았었나 보군, 하고 쿠퍼는 메리다를 도와주기로 했다. 티 안 나게 걸어 나온 장신의 청년에게 여학생들의 시선이 이동한다.

"예술적인 관점이 아니라 《별 모양》이라는 것은 기실 지키기에 쉽고, 공격하기에 어려운 성벽으로서 적합한 모양으로 여겨지고 있기 때문입니다."

"그런가요?"

"그렇습니다. 물론 오늘날까지 성벽으로 활용된 일은 없습니다만――."

이곳은 성왕구의 현관문이자 기병단 최대의 군사거점.

즉 만에 하나 프란돌이 적군의 침략을 받았을 때 최종 방어 라인이 되는 요새다. 아무쪼록 이 땅까지 란칸스로프가 발을 들여놓는 사태는 영구히 찾아오지 않으면 좋으련만―― 그런 염려는 가슴속에 넣으면서 쿠퍼는 시선을 주인에게로 되돌린다.

"――이만하면 괜찮게 설명했나요, 메리다 아가씨?"

"저, 전적으로 그렇다고 생각합니다!"

"종자 노릇도 참 힘든 일이군요……."

에휴, 하며 네르바는 어깨를 으쓱했다.

좌우간 성문에서 수속을 마친 일행은 드디어 요새 안으로 발을 들이게 되었다.

그곳은 모든 것이 철판으로 구축된 도시였다. 리벳으로 고정된 검은 판이 겹겹이 발판을 형성하고, 높직한 건물의 옥상으로부터는 끊임없이 증기가 솟아오르고 있다. 그런데도 보는 이들이 싫증을 내지 않는 것은 역시 근사하고 세련된 로트 아이언 덕택이겠다.

창(槍)을 상기시키는 늠름한 격자무늬. 저도 모르게 마음이 들뜨는 펍의 간판. 집들을 지키는 대문은 생물처럼 복잡한 무늬가 그려져 있어 하나하나가 일류 장인의 작품이라고 해도 과언이 아니다. 여학생들은 "우와아……!" 하고 한동안 발걸음을 멈춘 채 흑철이 빚은 절경을 주시했다.

"——야, 왔어! 저 붉은 교복이야!"

그런 때에 명백히 여학생들을 의식한 목소리가 들려왔다.

바로 펍의 처마 끝에 모여 있었던 수십 명의 소년들이다. —— 숫자가 많다. 게다가 전원이 똑같은 제복을 입고 있다. 허리의 홀더에 무기를 매단 자도 있었다.

"저 교복은…… 장 설리번 전문 아카데미."

블랑망제 학원장의 조금 딱딱한 혼잣말을 들은 자는 있었을까.

성 프리데스위데와 마찬가지로 마나 능력자 양성학교의 학생들이라는 사실은 다들 알 수 있었다. 어쨌거나 진행 방향이다. 미토나 휘트니 학생회장을 선두로 여학생들은 새침한 얼굴을 하고 열을 이뤄 길을 나아가기 시작했다.

펍 앞에 다다르자 남학생들이 갑자기 "어험!" 하고 헛기침을 하더니 진형을 짜기 시작했다. 무슨 일이 시작되나 하고 발을 멈추는 미토나 회장.

"여러분, 이 앞을 좀 봐주겠어요?"

유난히 고상한 말투로 회장은 학우들을 불렀다. 남자들의 얼굴이 긴장한다.

몇십 명의 남학생들은 마치 울타리처럼 주르륵 늘어섰다. 그 앞으로 무기를 든 두 명이 마주 선다. 한 명이 더 무리에서 걸어나온 다음 조금 뒤집힌 목소리를 지른다.

"장 설리번, 숙련된 검술을 보여드리도록!!"

그것을 신호로 무기를 든 두 명이 자루에 손을 가져가고, 소리 높이 검을 뽑는 음색이 겹쳤다.

""이야압!""

기합이 번뜩이고 두 명이 바닥의 철판을 박찼다. 인사 대신에 전력으로 검을 부딪치자 불똥이 팍 튀고 눈부시게 철판을 물들인다. 검을 되돌렸다 다시 이합 그리고 삼합!

다름 아닌 검무였다. 정해진 형식을 모방하고 있는 것뿐이지만 제법 완성도가 높다. 검은 강철의 배경에 잘 어울리는 남자 스타일의 거친 댄스라 할 수 있겠다. ——덧붙여서 말하자면 날카롭게 무기가 부딪치는 소리가 날 때마다 울타리를 만든 남자들이 "오옷!" 하고 추임새를 넣어 분위기를 고조시키고 있다. 두루두루 꼼꼼하다.

박력 있는 승부로 가져간 다음 한쪽이 능숙한 칼솜씨로 상대의 검을 휘감는다. 질 수 없다며 다른 한쪽이 검을 쳐올린다. 두 개의 칼끝이 교차한 상태로 하늘을 찌르고 째앵, 날카로운 쇳소리가 울려 퍼졌다. 직후에 터지는 남자들의 굵은 환호성. 우레와 같은 박수!

"브라보! 브라—보오!!"

사회를 맡은 듯한 소년으로부터 "자, 같이!"라고 말하고 싶은 듯한 눈짓이 오긴 했으나, 여기서 간단히 주도권을 내어 주어서야 반듯한 숙녀라고 할 수 없다.

"그걸로 끝인가요?"

미토나 회장은 짐짓 따분한 시늉을 하며 머리칼을 만지작거리더니 남자를 깨끗이 외면했다.

"갑시다, 여러분."

사회자는 당황한 것처럼 회장의 앞으로 돌아들었다. 학교 제일의 미남으로서 뽑힌 인물인지 다른 학생들의 기대에 찬 눈길을 한 몸에 받고 있다.

미토나 회장 앞에 뛰쳐나온 그는 익숙한 몸짓으로 머리카락을 쓸어 올리며 품에서 봉투를 꺼냈다. 입매가 우수에 찬 미소를 만든다.

"실은 우리, 이따가 파티를 열 예정이야. 너희도 특별히 초대할게."

"됐답니다."

그러자 미남은 한쪽 무릎을 꿇고 양손을 깍지 끼었다.

《간원》하는 포즈다.

"부탁할게."

장 설리번 전문 아카데미는 남학교였다. 미토나 회장은 웃음이 터져 나오는 것을 필사적으로 참으면서 후방의 학우들을 돌아본다.

"어떡할래요, 여러분?"

"저는 교양과목 연습이……."

"언니에게 편지를 써야 해서……."

"할아범이 달인 차 이외에는 못 마셔요."

미리 짜기라도 한 것처럼 좋지 않은 반응이 잇달아 되돌아오자 미남은 점점 울먹이는 표정이 되었다. 마른 침을 삼키며 뒤에서 지켜보고 있었던 남학생들은 절망적인 분위기다.

"어떻게 좀 안 될까! 얼굴만 내밀어 줘도, 건배만 해 줘도 좋으니까──."

"너무 한눈팔지들 마라."

이때 유달리 존재감 있는 목소리가 끼어들었다.

펍의 스윙 도어를 밀고 남성의 실루엣이 걸어 나왔다. 장신이라기보다는 거구라고 불러야 할 엄청난 체격. 그의 모습이 랜턴에 비친 직후 근처에 있던 성 프리데스위데의 1학년이 "꺄악?!" 하고 비명을 지르며 뒷걸음질 쳤다.

무례한 반응이었을까? 하지만 무리도 아니다.

그 남자의 머리가 짐승과 다름없이 말 그대로 사자처럼 생겼기 때문이다. 고급 연미복과 망토를 걸치고 있지만 날카로운 손톱이 자란 손은 털북숭이다. 옷자락 밑으로는 꼬리가 나와 있어, 뱀과 같이 주위를 위협하고 있었다.

"성 프리데스위데…… 여학원. 으르렁……!"

사나운 기색이 역력한 눈동자로 붉은 장미 교복을 힐끗 흘겨

본다. 그가 느릿느릿 발을 내디디자 저절로 여학생들의 울타리는 한 발자국 멀어졌다. 그녀들과 남학생의 중간을 가르는 것처럼 열 앞을 여유 있게 횡단하는 사자남.

뜻밖에도 그 어조는 짐승답지 않은 지성으로 가득 차 있었다.

"안녕하신가, 아가씨들. 이 몸의 이름은 펜드래건…… 장 설리번 전문 아카데미에서 교장을 맡고 있네. 내 학생들이…… 그르렁…… 실례를 한 것 같군?"

"교, 교장……?"

여학생들은 저도 모르게 얼굴을 마주 보았다. 태연한 사람은 쿠퍼 정도다.

"서, 선생님. 저분…… 란칸스로프 아닌가요?"

열 한가운데에서 메리다는 가정교사의 소매를 가볍게 당겼다. 상황이 상황인지라 표정이 굳어 있다. 엘리제는 그보다 더 노골적이어서 아예 쿠퍼의 등 뒤로 숨어 버렸다.

쿠퍼 또한 시선을 쓸데없이 날카롭게 하지 않도록 힘쓴다.

"장 설리번 전문 아카데미에는 《란칸스로프에게 가르침을 청한다》라는, 다른 양성학교에는 없는 특색이 있습니다."

"라, 란칸스로프에게……?!"

"강사 중 몇 명이 인간 측과 계약을 맺은 란칸스로프라고 하더군요. 그 때문에 장 설리번은 실전에서 즉시 전력감이 되는 기사를 많이 배출하는 반면 가혹한 수업으로 죽음에 이르는 자, 혹은 어둠의 기술에 홀려 사도에 빠지는 자가 끊이지 않는 것으로도 유명해서——."

"설명 고맙네, 검은 청년."

상당히 성량을 낮추어 말하고 있었을 텐데, 사자의 귀는 귀신처럼 밝았다.

펜드래건 교장은 기품조차 느껴질 만큼 우아하게 여학생들의 앞을 왕복한다.

"하지만 자네도 군인이라면 잘 알 테지. 전장에 나가면 교과서의 가르침 따원 아무 도움도 되지 않는다는 것을. 찌를 것인가? 벨 것인가? 맞설 것인가, 도망칠 것인가──── 머리에 떠오르는 것은 그뿐이야."

뜻밖에도 그는 미토나 회장 앞에서 걸음을 멈췄다. 보통내기가 아닌 회장도 입술이 굳어진다.

사자의 얼굴은 표정을 읽기 어렵다. 그러나 입꼬리가 치켜 올라간 것이 보였다.

"장 설리번의 강사진 사이에서는 이런 정설이 있네. 성 프리데스위데에서 가장 의미 있는 것은 꽃꽂이 수업이다, 라는."

미토나 회장의 얼굴이 홱 붉어졌다. 펜드래건은 가볍게 발길을 돌린다.

"제군들도 진정한 힘이라는 것이 무엇인지를 알고 싶다면 내가 주최하는 《클로우즈 클럽》에 입숙하게. 소질 있는 자에게는 ──── ."

거기서 눈이 마주친 네르바 마르티요의 어깨가 움찔하고 튀었다.

"────강력한 어둠의 힘을 전수하도록 하지. 으르르, 으르르,

으르렁……!"

"여전히 꼬시는 데 여념이 없군요, 서(Sir) 펜드래건."

겁내지 않고 성 프리데스위데 측에서 걸어 나온 사람은 샬롯 블랑망제 학원장이었다. 메리다에겐 펜드래건의 꼬리가 화약 부푼 것처럼 보였다.

"마에스트로 블랑망제 아닌가! 으르렁…… 옛 상처가 쑤시는 군."

이따금 으르렁거리는 소리가 섞이는 것은 그의 습관일 것이다. 틀림없이 그럴 것이다.

그러나 메리다가 자신에게 그렇게 타일러도 두 학교장 사이에 감도는 험악한 분위기는 얼버무릴 수 없었다. 블랑망제 학원장은 늠름하게 허리를 편다.

"《세 번째》 출장 학교는 당신들이었군요, 서?"

"레이볼트 재단의 클로버 사장의 안목은 굉장하지."

성 프리데스위데 여학생들은 끔찍한 사실을 깨닫게 되었다. 이따 있을 퍼레이드 그리고 내일 콘테스트에서 란칸스로프에게 맹훈련을 받았다는 장 설리번의 학생들과 겨뤄야 한다는, 진절머리가 나는 사실을.

펜드래건 교장은 한 발 앞으로 나왔다. 블랑망제 학원장은 물러서지 않는다.

"또 이렇게 만날 줄이야……. 아직 저세상에서 데리러 오지 않나 보지?"

"네, 덕분에요."

"그거 다행이군! 하지만 사는 게 지루해지면 언제든 말해 주시게. 우수한 뱃사공을 불러와 명부로 바래다 드릴 테니……. 으르르, 으르르, 으르렁."

미토나 회장이 아무리 그래도 너무하다는 생각에 대들려고 했다. 그러나 곧바로 학원장이 제지한다.

펜드래건은 장난스러운 제스처를 취했으나 짐승의 표정은 흉악하게밖에 보이지 않는다.

"야계식 농담이다."

"당신이야말로 제가 선물한 《목줄》의 착용감은 어떠신지?"

블랑망제 학원장의 반격은 타격감이 어마어마했던 모양이다. 펜드래건 교장의 우람한 거구가 쿵 경직되나 싶었지만, 그는 학원장의 콧날에 엄니를 쑥 가져가며 말했다.

"……덕분에 가려워 미칠 것 같군."

일촉즉발의 분위기를 어떻게든 누그러뜨리고 싶은지 장 설리번 측에서 행동을 시작했다. 한 남학생이 뛰쳐나와 과감하게도 교장의 소매를 당긴다.

"교장 선생님, 저분들을 모욕하는 언사는 그만해 주시지 않겠습니까. 성 프리데스위데는——."

힐끗, 그의 시선이 여학생들의 열을 살핀다.

"……제 약혼자의 모교입니다."

"샴록 윌리엄즈."

펜드래건의 감정이 보이지 않는 눈동자가 남학생을 내려다보았다.

샴록이라는 학생은 거무스름한 피부와 대조적으로 색소가
옅은 머리카락을 가지고 있었다. 그리고 《윌리엄즈》라는 이
름……. 메리다는 문득 그의 용모에서 다른 누군가를 포착할
뻔했으나 끝까지 생각나지는 않았다. 위화감은 금세 안개처럼
사라져 버렸다.

펜드래건은 샴록의 어깨에 짐승의 손을 둘렀다.

"장 설리번이 자랑하는 3학년 수석……! 가르르르르. 내일 콘
테스트에서는 냉철하게 지휘봉을 휘둘러 적대하는 자들을 무
찔러주겠지, 안 그런가?"

"……으."

"그리고 저들은 깨달을 거다. 자신들의 평소 노력이 얼마나
무의미했는지를——."

마지막으로 한 번 더 짐승의 눈동자로 여학생들의 열을 흘겨
본다.

그리고 샴록의 어깨를 붙잡은 채 펜드래건은 성대하게 망토를
휘날렸다.

"따라와라, 내 학생들아! 내일 콘테스트까지 단단히 훈련시
켜 주마. 놀고 있을 틈이 있을 거라 생각 마!! 그르르르르!"

"네, 네, 네엡, 교장 선생님!"

그렇게 흔들리는 갈기를 선두로 하여 장 설리번은 펍 앞에서
분주하게 사라졌다. 그 뒷모습이 보이지 않게 된 다음에야 여학
생들은 숨을 돌렸다.

블랑망제 학원장 역시 계속 틀어막고 있었던 듯한 숨을 크게

토해냈다.

"싫은 사람이랑 빨리도 만났군요."

"학원장님. 저분과는 대체 어떤 관계이신가요……?"

미토나 회장이 조심스럽게 물었다. 여학생들도 모두 불안해 보이는 얼굴을 하고 있다.

학원장은 씁쓸한 기억을 입속에 되살렸다.

"……펜드래건은 과거 재미로 사람을 죽이는, 소위 쾌락 살인마였어요. 교묘한 수법으로 인간사회에 숨어들어 젊은 여성을 농락하고 물어 죽이기를 일삼았죠. 그래서 저는 그 성질을 역으로 이용해 그자에게 접근한 다음 토벌하는 데 성공했습니다. ──벌써 몇십 년이나 된 이야기군요."

마지막 말을 빠르게 덧붙인다. 미토나 회장의 표정은 여전히 굳어 있다.

"학원장님을 무척 노려보던데, 괜찮으신 건가요?"

"걱정할 필요 없어요, 그는 석방 전에 《서약서》에 사인을 했거든요. 그 구속력 때문에 인간을 공격하는 것은 절대 불가능합니다."

"서약서?"

순간 학원장은 더 말하기를 주저하는 것처럼 보였다. 별로 들려주고 싶은 이야기가 아니라 그런지도 모른다.

"……저를 비롯한 몇 명의 위저드가 주술의 힘을 집어넣은 서약서입니다. 사인을 한 자가 서약의 문언에 거스르고자 하면…… 견디기 어려운 격통을 주도록 이루어져 있습니다. 그

같은 《목줄》이 없다면 그는 지금도 감옥 속에 있을 테지요."

학원장을 비난하는 시선이 있을 리가 없다. 하지만 그녀는 학생들로부터 등을 돌렸다.

다시 한번 돌아보니 남학생들의 무리는 깨끗이 사라지고 없었다. 그리고 블랑망제 학원장이 선도하는 방향은 그들과는 정반대 쪽 길이다.

"다행히도 우리 숙소는 그들과 반대 방향이군요. 자, 다들 갑시다."

이동을 시작하자 쿠퍼는 바로 메리다의 귓가에 입술을 가져갔다.

"아가씨, 잊지 마시길……."

"아, 맞다."

메리다는 뚜벅뚜벅 구두 소리를 내면서 학원장에게 다가갔다.

"학원장님. 저, 도착하면 얼굴을 보이라고 할아버지께서 말씀하셔서……."

"아하."

몰드류 무구 상공회는 이번 박람회에서 성 프리데스위데의 제휴처이다. 아무리 학원장이라 해도 메리다를 함부로 붙잡을 수는 없었다.

메리다가 집단에서 빠져나가려고 하자 쑥 뻗어온 손이 그녀의 팔을 잡았다. 퍼레이드의 안무가 역할을 맡은 소노라 파바게나였다.

"메리다 양, 좀 있다가 바로 퍼레이드에 참가하거든? 기억해?"

"아, 안 까먹었어! 그때까지는 돌아올 테니까……."

"잊지 말고——."

꽈아악, 으스러뜨릴 것처럼 세게 쥔 다음 소노라는 메리다의 팔을 풀어줬다.

엘리제나 로제티와도 일단 따로 행동하게 되었다. 쿠퍼와 메리다는 오랜만에 단둘이 되어 성문에서 직선으로 뻗은 번화가로 발을 옮겼다.

강철궁 박람회의 전시관은 개선문 지구의 정중앙 부근에 전개되어 있었다. 평소에는 군사시설로 쓰이는 것 같은 두꺼운 격벽 건너편에 수천 개는 될 법한 무수한 강철의 빛이 보인다. 이미 많은 숫자의 손님이 입장해 있고, 아치를 통과한 순간에는 메리다도 무심코 "우와아……!" 하고 탄성을 질렀다.

눈길을 끄는 것은 역시 무기였다. 질서정연하게 기대어 세워진 검의 위용에 전율을 느끼고, 쇼케이스에 장식된 머스킷 총에는 동경을 품게 된다. 유니크한 곳에서는 액자 속에 일곱 종류의 무기가 배치되어 있어 예술적인 감각조차 느껴졌다.

"환영합니다, 미래의 영웅님."

접대원 아가씨가 관내 안내도를 건네주었다. 갑옷을 껴입고 있긴 했지만 그 밑에 입은 것은 속옷이나 다름없어서, 뛰어난 몸매와 화끈한 노출로 손님의 눈을 끌어당기고 있다.

메리다는 무의식중에 쿠퍼의 손을 잡고 서둘러 관내에 발을 내디뎠다.

"하, 할아버지네 부스는 어디쯤 있을까요?"

"바로 눈앞입니다."

쿠퍼의 대답이 너무 간단해서 메리다는 눈을 깜빡거렸다. 듣고 보니 주위에 설치된 스탠드는 전부 몰드류 무구 상공회의 깃발을 달고 있었다. 안내도를 봐도 전시관의 입구 부근을 점유하는 것은 몰드류 무구 상공회를 나타내는 붉은색이다.

"와아, 할아버지께서 아주 좋은 장소를 빌리셨네요!"

"몰드류 무구 상공회는 바야흐로 업계 최강에 다가서는 추세이니 말이죠——."

휘황찬란한 무기가 시야에 새겨지지 않도록 쿠퍼는 눈을 가늘게 떴다.

"이것도 저것도 전적으로 총수의 실력이 굉장하기 때문이지요. 몰드류 경은 최고 평의회라는 지위를 이용해, 높은 마나 전도율과 철의 강도를 양립시키는 이상의 광물——《히히이로카네》의 채굴권을 독점하고 있습니다."

"독점…… 독차지하고 있다는 말인가요?"

복잡한 얼굴로 쳐다보는 메리다에게 쿠퍼는 쓴웃음을 돌려준다.

"그게 바로 장사라는 것이니까요."

물론 고작 1대 만에 상공회를 여기까지 발전시킨 몰드류 경의 수완은 높이 평가받아 마땅하다. 다만 십수 년 전 그의 딸 메리노아와 페르구스 공의 혼인이 몰드류 경의 약진에 한층 박차를 가했다는 것 또한 사실——.

그 사실은 마음속에 살며시 간직하고, 쿠퍼는 메리다의 가냘픈 손을 쥐어 주었다.

"안에 관계자용 천막이 있는 모양입니다. 가시죠."

한 손에는 사랑하는 사람의 손을, 다른 한 손에는 안내도를 들고 걷기 시작하는 메리다.

쿠퍼는 문득 그녀의 발걸음이 가볍다는 것을 깨달았다. 메리다는 엔젤 가문에서 고립되어 있을 텐데 육친과 만나는 것이 우울하지 않은 걸까?

"아가씨, 그—— 몰드류 경은 어떤 분이신가요?"

"네? 아주 다정하신 할아버지예요."

메리다는 활짝 웃는 얼굴을 보였다. 거짓말이 서툰 점을 생각하면 얼버무리는 거로는 보이지 않는다. 다만, 시원스레 대답 뒤에 메리다는 약간 난감한 듯이 웃었다.

"——라고 말해도 유년학교에 들어간 뒤로는 1년에 한 번 보기가 어렵지만요."

"그렇군요."

쿠퍼는 이중의 의미로 고개를 끄덕였다.

이러니저러니 하는 사이, 전시장 안쪽에 무척이나 훌륭한 천막이 보이기 시작했다. 근골이 울퉁불퉁한 장인과 단안경을 낀 상인들이 분주하게 움직이며 무기를 놓을 스탠드 설치에 힘쓰고 있다.

천막 앞에 스크롤을 읽고 있는 노인의 모습이 있었다. 메리다의 표정이 화사해진다.

"할아버지!"

목소리에 반응해 얼굴을 든 쥐스토코르 차림의 노인이 바로 몰드류 경이다.

과연 손녀를 어떻게 맞이하나 궁금했는데, 의외로 평범하게 손녀를 향해 온화한 미소를 보냈다.

"오오, 메리다! 깜짝 놀랐다, 많이 컸구나……!"

근처까지 달려간 메리다는 아무래도 쑥스러운지 가정교사로부터 손을 뗀다.

"오랜만이에요, 할아버지."

메리다의 뒤에 대기하면서 쿠퍼는 내심 다시 한번 납득하는 중이었다. 메리다가 《무능영애》라고 무시당하기 시작한 것은 유년학교에 들어가고 나서. 엔젤 가문의 사람이 그녀를 멀리하기 시작한 것도 비슷한 시기일 것이다. 몰드류 경은 그 이후 메리다와는 셀 수 있을 정도밖에 만날 기회를 갖지 않았으며, 얼굴을 맞댈 때는 사람 좋은 할아버지 행세를 하고 있었던 셈이다.

만약 여기서 그가 손녀의 암살을 계획하고 있다고 고자질한다면 어떻게 될까? 그런 소용없는 공상을 굴리면서 쿠퍼는 무표정하게 두 사람의 대화를 계속 지켜보았다.

몰드류 경은 스크롤을 감은 다음 그것을 치우고 기다란 천 보따리를 집어 들었다. 마른 나뭇가지 같은 팔에는 만만치 않은 듯 양 무릎이 구부러져 있다.

보따리가 무거워서 그러는 것이다. 그것을 건네받은 메리다도 "와앗." 하고 그만 놓칠 뻔했다.

"성 프리데스위데에서 열심히 하고 있는 메리다에게 주는 선물이다. 열어보렴?"

"네, 네에⋯⋯."

쿠퍼는 즉각 무릎을 꿇고 보따리 끝을 떠받쳐주었다.

보따리 안쪽에서 나타난 것은 한 자루의 장검이었다. 왕이나 들 법한 무척 호사스런 검으로, 정교한 장식이 입혀진 데다 보석까지 곁들여져 있다. 메리다의 눈이 휘둥그레졌음은 물론이다.

"하, 할아버지, 이거⋯⋯!"

"이따 있을 퍼레이드에는 이걸 가지고 참가하거라."

구경꾼의 시선을 모을 것이 확실한 특별대우다. 그러나 메리다는 바로 고개를 살짝 저었다. 주목을 받는 건 그다지 좋아하지 않으니까—— 같은 이유는 아니다.

장검은 팔라딘 클래스가 드는 무기이기 때문이다.

"고마워요, 할아버지. 그런데 저——."

손녀가 그 이상 말하기 전에 지체 없이 얼굴을 가까이 대는 몰드류 경.

"사무라이 클래스라는 사실은 숨기고 박람회에서는 팔라딘으로 행동하거라."

메리다의 표정이 확 굳어졌다.

"⋯⋯할아버지도 알고 계셨어요?"

"작년 공개시합에서 알았다. 무기 상인을 얕잡아 보면 안 돼. 《외날칼》을 들고 있었지? 게다가 최후의 일격 때는 마나 칼날을 날렸어——— 그건 사무라이 클래스나 메이든 클래스 특유의 기술이야."

"…………."

아무 대꾸도 하지 못하는 메리다의 어깨에 몰드류 경은 주름투성이 손바다을 올렸다.

"그때는 일반 관람객이 대부분이었지. 그런데 이번엔 그렇지 않아. 전시관은 지금 기병단 기사, 무기 전문가들로 넘치고 있어……. 공개시합 때 같은 짓을 하면 네 클래스가 쫙 퍼지는 것은 피할 수 없다."

"네……."

"그리되면 엔젤 가문의 평판도, 메리노아의 명예도——— 알지? 나는 메리다가 손가락질을 받는 모습을 보고 싶지 않구나."

메리다는 한 발 뒤로 물러난 다음 천 보따리를 안고 꾸벅 인사했다.

"……감사히 받겠습니다."

"오냐. 네 활약을 기대하고 있으마."

여기서 천막 입구로부터 중년 여성이 걸어 나왔다. 조급하게 시선을 돌리다 몰드류 경의 모습을 발견하고 다가온다.

"총수님! 잠시 뵐 수 있을까요?"

"거트루드 회장 아닌가. 무슨 일이지?"

점잖게 돌아서는 몰드류 경과는 정반대로 여성은 긴박한 표정이다.

"총수님께서 데리고 온 그 《조력자》들이 또 분란을……. 천막 설치도 늦어지고 있고, 어떻게 안 될까요?"

"……알았네, 내가 가지. 자네는 먼저 돌아가 있게……."

몰드류 경은 나직이 대답하면서 여성의 등을 밀어 돌려보냈다. 그리고 이쪽을 분주하게 돌아본다.

"아직 할 일이 산더미라서 말이다! 제대로 이야기도 못 나눠 유감이구나, 메리다――."

"사업이 잘되길 빌게요, 할아버지."

"박람회를 즐기거라!"

쉰 목소리로 작별인사를 고한 몰드류 경은 천막 안쪽으로 사라졌다.

주위에는 나무상자와 나무통 등 잡다한 물건이 발에 챌 만큼 많고 사람의 왕래 또한 잦다. 쿠퍼는 메리다의 등에 손을 대고 살며시 그 자리를 뒤로했다.

모퉁이에 들어와 "하아." 하고 어깨를 떨구는 메리다.

"기껏 선생님이랑 그렇게 특훈을 했는데……."

"마음을 굳건히 하세요, 아가씨."

"전력으로 싸우면 안 된다니…… 추욱."

메리다는 어린아이같이 뾰로통해져 있었다. 공연히 가슴이 죄인 쿠퍼는 우선 그녀의 팔에 부담을 주고 있는 천 보따리를 대신 맡아주고 끈으로 등에 매달았다. ――확실히, 열네 살 소녀가 휘두르기에는 불필요하게 무겁다.

그리고 목소리를 밝게 해 기분전환에 힘쓴다.

"아가씨, 퍼레이드까지 아직 시간이 있습니다. 돌아다니면서 전시관을 구경해보지 않겠습니까?"

"네? 하지만 학원 사람들은 아직 밖인데…… 그래도 될까요."

"음, 그러니끼──."

쉬잇. 입술 앞에 집게손가락을 대는 쿠퍼.

"저희 둘만의 비밀로."

메리다는 어리둥절하다가 이내 장난스러운 웃음을 돌려주었다.

똑같이 집게손가락을 세워 복숭아색 입술을 쿡 찌른다.

"……비밀로."

그 꽃과 같은 가련함에 쿠퍼의 가슴이 거듭 죄었다.

절반은 죄악감으로──.

† † †

아무튼 쿠퍼와 메리다는 전시관을 한 바퀴 돌아보기로 했다.

안내도에 따르면 전시관의 구조는 《도넛》처럼 생겼는데, 아랫부분의 태반을 몰드류 무구 상공회의 붉은색이 차지하고 있고, 지도의 좌측 상단, 상공회보다 한결 좁은 부지가 파랑으로 칠해져 있다. 그리고 남은 우측 상단에 세 번째 색인 녹색이 쑤셔 넣어져 있었다.

강철궁 박람회는 이 세 개의 무기 공방이 점유율을 다투는 형
국이었다. 자신의 육친이 선전하는 모습에 가슴을 펴야 마땅한
데도 메리다는 오히려 제2·제3의 파벌에 미안한 기분이 드는
것을 막을 수 없었다.

"한복판에 뻥 뚫려 있는 여기는 뭔가요?"

"콘테스트 회장이군요."

도넛의 중심에는 구멍이 뚫려 있고 그곳은 아무런 색칠도 되
어 있지 않았다. 그러나 쿠퍼의 말대로 두 자루의 검이 교차
해 있고 그 위에 【ARMSTRONG!】이란 문자가 있다. 암스트
롱……《아스널 스트롱》의 약자이리라.

두 사람은 이 구조를 따라 시계방향으로 일주해보기로 했다.
메리다가 부담스러워하는 게 명백했기 때문에 쿠퍼는 빠른 걸
음으로 몰드류 무구 상공회 부스를 지났다.

어느 로트 아이언 아치를 통과한 직후 분위기가 일변했다.

몰드류 무구 상공회의 형형색색 화려한 장식과는 대조적으
로, 이번에 온 부스는 아주 예스러운 장인의 냄새가 나는 투박
하고 꾸밈없는 전시가 돋보이는 곳이었다.

장식을 최저한으로 억누른 것이 특징이다. 무기란 사용해야
무기이고 더러워져야 무기라고 말하듯이 잘 연마된 검이 "나
좀 봐줘."라며 통로에 손잡이를 내밀고 있었다. 공방에서 그대
로 끄집어내온 것 같은 작업대에 메이스가 뒹굴고 있다. 그리고
그것을 대장장이가 손님의 눈앞에서 손질한다. 연마기에 닿은

날에서 눈이 멀 것 같은 불똥이 튄다.

아이들은 매우 즐거워하고 있다. 진지한 얼굴로 음미하는 군인의 모습도 많다.

"여기는 기병단 추기(樞機) 플랜트(공창) 부스 같군요."

쿠퍼는 오히려 상당히 차분한 모습으로 발을 내디뎠다. 그 손에 이끌려 조심조심 따라가는 메리다. 왠지 공방 안을 직접 방문하고 있는 것 같은 심경이다.

"추기 플랜트?"

"확고부동한 무기산업의 최대기업입니다. ……뭐, 근년 들어 몰드류 무구 상공회에 차츰 점유율을 빼앗기곤 있습니다만, 아무튼."

크흠, 헛기침하고 쿠퍼는 마저 말한다.

"그 역사는 오래되어 기병단의 설립과 함께였다고 일컬어집니다. 그들은 머큐리라고 명명된 초거대 공장을 장악하고 있는 것이 최대의 강점으로, 공장 안을 하나의 《도시》로 보고 장인들을 가족째 수용! 기술의 누설을 막는 동시에 육성의 효율화를 꾀해 어디서도 흉내 낼 수 없는 양산체제를 갖추는 데에 이르렀습니다."

갑자기 멈춰선 다음 쿠퍼는 스탠드에서 롱 소드 한 자루를 집어 들었다.

눈높이에서 수평으로 자세를 취해 비뚤어짐 없는 도신에 불빛을 반사시킨다.

"고급 오더 메이드로 알려진 몰드류 무구 상공회와는 반대로 추기 플랜트가 만드는 무기는 비교적 염가이고, 동시에 안정적인 고품질을 자랑합니다."

만듦새에 감탄하면서 쿠퍼는 검을 선반에 되돌렸다.

"《고민되면 플랜트제 무기를》, 기병단 사이에서 도는 말이지요."

"——오호! 나이도 어린데 잘 알고 있군그래, 형씨!"

난데없이 날아온 위세 좋은 목소리에 메리다는 저도 모르게 어깨를 움츠렸다.

순회하며 부스를 점검 중인 것으로 보이는 작업복 차림의 젊은 남성이었다. 몰드류 무구 상공회에서는 가당치도 않을 법한 꾀죄죄한 장갑을 낀 채 쿠퍼에게 악수를 청한다.

"제9공방 반장 로이라고 하네. 괜찮다면 그 칼을 좀 보여주지 않겠나."

힐끔, 그의 시선이 쿠퍼의 허리에 쏠린다.

쿠퍼는 검은 칼의 칼집을 허리띠에서 빼냈다. 꾀죄죄한 장갑이 자루를 쥔다.

몸이 베일 정도로 날카로운 발도와 함께 소름이 끼칠 만큼 아름다운 도신이 모습을 드러냈다.

"특이한 칼이군……. 우리 무기는 아닌 것 같은데 설마 몰드류 쪽의?"

살피는 듯한 혹은 노려보는 듯한 시선이 쿠퍼에게 향한다.

쿠퍼는 천천히 고개를 저었다.

"아니요, 양쪽 다 아닙니다."

"뭐야, 무명(無銘)이냐!!"

갑자기 파안대소를 터뜨리며 로이라는 남자는 쿠퍼의 어깨를 퍽퍽 때렸다. 말의 의미는 몰랐지만 메리다는 이자가 동경하는 가정교사를 얕잡아보고 있음을 알 수 있었다.

소녀의 직감대로 기분이 좋아진 로이는 득의양양한 얼굴로 설명을 계속한다.

"무기는 목숨을 맡기는 파트너잖아? 프로 군인이라면 더 좋은 것을 가져야지."

로이는 검은 칼을 거두어가나 싶더니 벽에 걸려 있었던 칼 한 자루를 떼어 가지고 돌아왔다. 자루를 내밀어 쿠퍼에게 뽑게 한다.

"이 몸의 야심작 《오보로류우가 삼식》──."

도신이 스르릉 나타난 순간 쿠퍼는 "호오." 하고 감탄한 것 같은 숨소리를 내었다.

물에 젖은 듯한 도신의 무늬가 특징인 명검이었다. 그것도 당연하다. 지금 이곳은 제일가는 무기의 제전, 출품된 작품들도 하나같이 추리고 또 추린 것들이다.

우월감을 가득 들이마신 듯한 태도로 로이는 말했다.

"자네에게 줌세. 이 녀석이 오늘부터 자네의 파트너야."

"괜찮겠습니까?"

"별것도 아닌데 벌벌 떨지 마! 그보다 얼마나 칼이 잘 드는지 바로 시험해보라고!!"

큰소리를 지른 다음 로이는 몸짓 손짓으로 주위 손님들의 주의를 끌었다.

"자, 이 자리에 모여 계신 여러분! 지금부터 무기와 무기의 충돌, 강철의 우열을 가리는 일전을 보여드리겠습니다!"

뭐야뭐야, 재미있는 게 시작되나? 하고 사람들의 이목이 쏠린다.

로이는 쿠퍼에게 빌린 검은 칼을 바닥에 꽂았다. 그는 연설에 열중해서 알아채지 못했지만, 칼끝이 아주 간단하게 철판을 관통한 것이 메리다에게는 보였다.

"이제부터 이 숯이나 다름없는 골동품을 이 반장 로이의 칼로 두 동강 내는 것을 보여드리죠! 여기 젊은 군인은 신통찮았던 어제까지와 이별하고 새로운 힘과 함께 내일로의 일보를 내디디게 될 겁니다. 그 빛나는 순간을 반드시! 반드시 박람회의 추억으로 챙겨 가시길!!"

휘이이익, 휘파람 소리가 퍼졌다. 순식간에 사람들이 모여든다. 다른 스탠드에 있었던 슈트 차림의 집단이 턱수염을 쓰다듬으면서 다가왔다. ──군사고문들이다.

한가운데에서 주목받는 처지에 놓이게 되자 메리다는 어깨가 움츠러들었다. 쿠퍼도 《오보로류우가》를 손에 들고 주저하는 중이었다. 하지만 로이는 개의치 않는다.

"어서, 형씨. 싹둑! 하고 잘라 봐!"

"……하나 궁금한 게 있습니다만."

무대를 내려오는 것은 불가능하다고 판단하고 쿠퍼가 묻는다.

"무기가 파손되어버린 경우는?"

"그런 사소한 건 신경 쓰지 말래도! 고물이 된 자네의 《검은 놈》은 내가 책임지고 처분해줄게. 만에 하나 오보로의 이가 빠지기라도 하면 즉시 갈아주고!"

"……그럼."

쿠퍼는 일단 오보로류우가를 칼집으로 되돌렸다. 그리고 자신의 검은 칼을 향해 마주 선다.

그가 짐승같이 자세를 낮게 취한 직후 어째선지 메리다의 귀로부터 떠들썩한 소리가 멀어졌다.

착각이 아니라 관중이 실제로 아주 조용해졌기 때문이다. 휘파람을 불려고 했던 손가락이 굳는다. 야유하려고 했던 남자의 등골은 얼어붙는다. 군사고문 중 한 명의 수염이 꿈틀 떨렸다.

날이 선 쿠퍼의 검기가 주위의 모든 것을 압도한다──.

"……습."

희미한 날숨. 그 신속의 발도술을 눈으로 따라잡을 수 있었던 것은, 이 자리에서는 메리다 단 한 명이었으리라. 대부분 사람에겐 쿠퍼의 오른손이 살짝 희미해지더니 그새 칼을 다 휘두른 것처럼 보였다. 인식할 수 있었던 것은 찰나의 섬광과 금속음뿐──.

한 박자 늦게, 로이의 안면 10센티 옆에 금속 파편이 격돌.

날아간 것은 칼날 끄트머리였다.

"헤에? ……우와아아아아아악?!"

한 템포 뒤에 로이는 기겁을 하며 바닥에 자빠졌다.

구경꾼들은 깜짝 놀라 몸을 내밀었다. 복수의 시선이 두 자루의 칼을 왕복한다.

"웅?! 어느 쪽……이지?!" "부러졌다!" "들고 있는 쪽이 부러졌어!"

얼마 안 있어 누군가가 분명하게 소리쳤다. 로이의 귀로는 받아들이기 어려운 대사였을 것이다.

"부러진 것은 추기 플랜트 쪽이야! 두 동강 났어!"

"뭐뭐, 무어라고오오?!"

어째서 휘두른 쪽이 부러져야 했는가를 자신의 눈으로 확인하고자 하는 로이. 그러나 여전히 몸에 힘이 들어가지 않아 일어나는 것도 뜻대로 되지 않는다.

쿠퍼의 검은 칼은 바닥에 꼿꼿이 꽂힌 상태였다. 미동도 하지 않는다.

메리다는 방금 그 순간을 눈에 똑똑히 새겼다. 두 개의 칼이 교차한 순간 검은 칼날은 일말의 저항도 없이 상대의 도신을 《미끄러져 나갔다》.

——부러진 것이 아니다.

베인 것이다.

쿠퍼는 절반이 된, 손에 든 칼을 내려다보고 절단면을 확인했다.

"아, 역시 종래의 구조였군요."

"무슨 말인가요, 선생님?"

"칼의 극의는 《부러지지 말아야 하고, 구부러지지 않아야 하며, 그러면서 잘 벨 수 있어야 한다》라고들 말합니다."

평소의 강의보다 한결 더 커다란 목소리로 쿠퍼는 대답한다. 메리다만이 아니라 주위의 구경꾼들도 귀를 기울이고 있었다.

"하지만 이것은 근본부터 모순된 말입니다. 《부러지지 않는다》를 위해서는 도신이 유연해야 합니다. 그렇다고 해서 무작정 유연하게 만들면 《구부러지지 않는다》를 달성할 수 없습니다……."

자신의 검은 칼을 뽑고서 눈앞에다 척 든다. 날은 이 하나 빠지지 않았다.

"이 모순을 양립시키기 위해서 고안된 것이 《츠쿠리코미》라 불리는 기술입니다. 간단히 말하면 《끈기가 있는 철을 단단한 철로 싸는》 발상으로, 이 방법을 써서 단단한 철로 만들어진 칼날은 구부러지지 않는 동시에 안쪽 심지는 끈기가 있어서 쉽게 부러지지 않게 되는 겁니다."

"그게 무슨 말이야……. 들어본 적도 없어……."

로이는 그저 입을 떡 벌리고 있었다. 그러는 것도 당연하다며 쿠퍼가 그를 힐끔 본다.

"물론 그것을 실현하기 위해서는 탁월한 장인의 기술이 필요합니다. 제가 파악하고 있는 한으로는 이 제법을 올바르게 습득한 자는 셀 수 있을 정도밖에 되지 않습니다. ……몰드류 무구 상공회에는 두 명 정도 기술을 등록한 도공이 계신 것 같더군요."

군사고문들이 거기서 지체 없이 수첩에 펜을 놀렸다.

물론 쿠퍼의 검은 칼도 앞서 말한 《츠쿠리코미》의 산물이다. 기술을 가르쳐 퍼뜨리는 것을 꺼려 비경에 은거하고 있었던 어떤 편협한 자를 찾아내 간청해 만든 것이다. 어느 파벌이든 그 자가 등록했을 리 만무하므로 이 검은 칼에는 제작자의 이름이 없는 셈이다.

　결단코 어중이떠중이를 의미하는 《무명》이 아니다.

　세상에 한 자루밖에 존재하지 않는 《요도》이다.

　부러진 오보로류우가 삼식을 스탠드에 되돌리고 쿠퍼는 쐐기를 박는 말을 내뱉었다.

　"적어도 추기 플랜트의 양산체제에서 실현할 수 있을 만한 물건은 아닙니다. 따라서 저는—— 사무라이 클래스에 한해서는 플랜트제 칼은 추천하지 않습니다."

　"흠흠." "일리 있군." "아니, 이건……."

　관록 있는 군사고문들은 연신 고개를 끄덕이면서 이 자리를 뒤로하려고 했다. 구경꾼도 삼삼오오 흩어진다. 로이는 이미 엄청나게 당황한 얼굴이다.

　"기, 기, 기다려주시오, 높으신 양반들! 이봐, 군복 형씨, 사실 조금 전 것은 실패작이야. 한 자루 더! 한 자루 더 줄 테니 마저 시험해보고 가라구——."

　"자, 아가씨! 이 근처에는 볼만한 게 없는 것 같군요. 슬슬 이동하시지요?"

　일부러 그러는 것같이 큰 소리로 말하고 메리다의 어깨를 끌어안는 쿠퍼다. 구경꾼들도 미리 짠 것처럼 관심 없어 하는 분위기. 로이는 비참한 표정으로 그 자리에 주저앉았다.

"내가 잘못했어! 사과할게! 반성할게에에에~~…………!!"

엉엉 우는 남자를 배경으로 쿠퍼는 가벼운 발걸음으로 자리를 떠난다. 메리다는 무심코 그의 옆모습을 쳐다보고 묻지 않을 수 없었다.

"선생님, 혹시 선생님의 칼을 《무명》이라고 불러서 화난 거예요……?"

"화요? 이 제가요?"

예상치 못한 반응을 보이며 쿠퍼는 손에 든 검은 칼을 칼집에 되돌린다.

"설마!!"

평소와 달리 칼집에 들어가는 소리가 거칠게 들렸다.

그곳으로부터 더욱 나아가자 체험형 레크리에이션 부스가 펼쳐져 있었다. 손님이 실제로 무기를 들고 간단한 시연을 해볼 수 있는 곳이었다.

상품의 매매라기보다는 오락을 위한 시설로, 놀이공원에 가까운 분위기다. 아까보다 일반 손님의 모습도 많았다. 가까이 있는 스탠드에 메리다의 눈이 이끌렸다.

"선생님, 사격 체험이래요!"

오빠 노는 데 따라온 여동생처럼 그녀는 쿠퍼의 팔을 당긴다.

흔히 말하는 사격장이었다. 황야를 이미지로 만든 세트에 아주 흉악해 보이는 검은 개의 표적이 세워져 있다. 때마침 먼저

온 손님은 없었고 노년의 총기 제작자가 한가함을 주체 못하고 있을 뿐이었다.

거치대에 죽 늘어선 머스킷 총과 리볼버에 메리다가 눈을 반짝이고 있자 제작자는 힐끔 시선을 올렸다.

"……한번 쏴 보겠나? 아가씨."

"네? 하지만 전 거너 클래스도 아닌데……."

"하, 하, 하, 상관없어. 나가는 것도 고무탄이고 말이지."

메리다에게 적당한 총을 고르게 해두고 제작자는 주위에 있는 레버를 조작한다.

그러자 대규모의 기계장치가 작동했다. 검은 개의 표적이 좌우로 움직이기 시작한 것이다. 연주장치가 빠른 템포의 음악을 틀어 플레이어를 재촉한다. 제작자는 유쾌한 듯이 웃었다.

"자, 자! 빨리 쓰러뜨리지 않으면 제한시간이 다 될 거야."

"와왓!"

메리다는 황급히 총구를 내밀고 방아쇠를 당겼다.

초심자의 행운이겠지만 초탄이 멋지게 검은 개를 관통했다. 종이를 겹쳐 만든 얄팍한 표적은 뒤로 팩 쓰러진다. 쿠퍼는 즉각 추임새를 넣었다. "훌륭합니다!"

그래서 기분이 좋아진 메리다는 탕, 탕 연달아 방아쇠를 당겼다. 이따금 선인장 모양을 한 장해물이 미끄러져 나와 사선을 가로막는다. 표적에 도달하기 직전에 탄이 튕겼을 때는 메리다도 반사적으로 발을 동동 구르며 원통해 했다. "아아, 진짜!"

쿠퍼가 보기에는 일희일비하는 메리다의 플레이 스타일 쪽이

훨씬 재미있는 구경거리였다. 웃음을 짓는 사이 바로 옆을 스윽 지나간 누군가를 깨닫는다.

흑수정의 긴 머리칼에서 마치 요정처럼 인광이 뿌려졌다——.

당연하다는 듯이 앞으로 나온 그녀는 우아한 동작으로 총기 거치대에서 총을 한 자루 더 집어 들었다.

"할아버지, 두 명이 함께 쏴도 상관없어요?"

"어? 친구니?"

그 대화 때문에 사격에 열중하고 있었던 메리다도 옆을 돌아본다.

언젠가 본 이국적인 사복 차림에 놀라움과 기쁨이 뒤섞인 환호성을 질렀다.

"뮬 양!"

"안녕, 메리다."

여전히 어른스런, 요염한 미소를 과시한 뮬은 이어서 메리다에게로 얼굴을 쑥 가져갔다. 플레이 뮤직은 계속 흐르고 있고 검은 개는 바쁘게 뛰어다니고 있다.

"있잖아, 시합할까?"

"어? 시합?"

뮬은 개의치 않고 방아쇠를 당겼다. 초탄이 멋지게 검은 개의 미간을 관통한다. 쿠퍼는 "호오." 감탄하고 한 걸음 더 소녀들의 뒤로 다가간다.

요정의 손가락에 의해 거듭 표적이 쓰러지자 메리다도 황급히 사격자세로 복귀했다. 그러나 표적을 겨냥하자마자 옆자리에서 쏜 총알에 가로채기 당했다.

"치사해, 뮬 양!"

"우후후, 그러게 먼저 쐈어야지?"

그때부터는 요란한 발포음이 이어졌다. 메리다가 포인트를 올리면 곧바로 뮬이 만회한다. 그대로 뮬이 뿌리치면 메리다가 노도와 같은 기세로 뒤쫓는다.

클라이맥스로 돌입하고 연주장치가 음산한 선율을 연주하기 시작했다. 세트 아래쪽에서 한층 더 위압적인 표적이 솟아오른다. 한쪽 눈에 안대를 하고 시가를 문, 갱스터 콘셉트의 보스 개다. 뮬은 템포를 살려 미간을 관통했지만 한 발로는 쓰러지지 않는다. 연달아 두 발, 숨 돌릴 새도 없는 삼연발——.

마침내 갱스터 개가 기우뚱 뒤로 기울었을 때, 최악의 타이밍에서 장해물이 미끄러져 나왔다. 가시투성이 선인장이 비웃는 것처럼 우로 좌로 왕복해 사선을 가로막는다. 뮬은 참지 못하고 "크윽." 입술을 깨문다.

"뮬 양!"

발포와 신호가 동시. 메리다가 고함을 지르며 방아쇠를 당겨 발사된 고무탄은 바늘귀에 실을 꿰는 듯한 사선을 그리며 선인장의 아래로 파고들었다. 기계장치 내부에 고무탄이 숨어들고, 톱니바퀴가 삐걱삐걱 항의의 소리를 낸다. 제작자조차 순간적으로 엉거주춤 일어났다. "허 참."

선인장의 동작이 멈추고, 갱스터 개를 향한 사선이 겨우 확보되었다. 뮬의 손이 반쯤 자동으로 튀어 올라 시계장치와 같이 정확히 방아쇠를 당겼다.

한층 강렬한 발포음에 이어 갱스터 개가 힘차게 뒤로 자빠진다.

동시에 연주장치가 요란한 피날레를 연주했다——.

"잘했어, 뮬 양!"

사격장 세트에는 널브러진 검은 개의 표적이 겹겹이 쌓여 있었다. 순수하게 기뻐하는 메리다와는 정반대로 뮬은 멍연하게 리볼버를 내리고 총기 제작자에게 묻는다.

"……누가 이겼어요?"

"으음, 잠깐만 기다려——."

"정확히 동점이군요."

뒤에서 세고 있었던 쿠퍼가 시원스레 대답했다. 뮬은 "아, 그래요." 하고 중얼거렸다.

세 사람은 경품인 과자를 받고—— 보스 개를 퇴치한 덕분에 보안관풍 배지까지 딸려온—— 사격 코너를 뒤로했다. 메리다는 다시금 활짝 웃으며 말했다.

"뮬 양도 박람회에 와 있었구나!"

"메리다네 하고 입장은 똑같아. 성 도트리슈는 기병단 추기 플랜트로부터 의뢰를 받았어."

뮬은 도발하는 듯한 미소를 들이밀며 덧붙인다.

"알고 있어? 추기 플랜트는 몰드류 무구 상공회를 눈엣가시로 여기고 있대. 그래서 상공회가 성 프리데스위데를 내세운다면 이쪽은 그 자매교이자 라이벌인 성 도트리슈 여학원을을……. 뭐, 그렇게 된 거래."

"그, 그렇구나."

메리다가 흑발 소녀의 가까운 얼굴에 긴장하고 있자 뮬은 장난스럽게 상체를 당겼다.

"──그런데 메리다. 조금 전의 사격 시합 말인데, 왜 막판에 나를 보조해준 거야? 손을 대지 않으면 이겼을 텐데."

"어? 으음, 왜 그랬냐고 물어도……."

친구가 답답해하는 얼굴을 보자 순간적으로 몸이 움직인 것이었다. 그것을 무시하고 다른 표적을 쐈더라면 "이겼다!" 하고 승리의 함성을 올릴 수 없을 것 같은 기분이 들었다.

"이상한가? 그래도 잘됐잖아, 경품 배지도 받았고!"

"……그래."

뮬은 턱에 손가락을 대고 무언가를 생각하는 듯했다.

얼마 안 있어 메리다의 손을 잡더니, 안쪽에 있는 부스로 끌고 가려 한다.

"그러면 메리다, 더 다양한 게임으로 승부를 볼까?"

"어어? 그, 그래도 되지만……."

"그리고 이왕이면 상품을 붙이자."

뮬은 그렇게 말하고 메리다를 자기 쪽으로 쭉 끌어당겼다.

마치 여자끼리 키스라도 할 것처럼 가까운 거리에서 속삭인다.

"좋아하는 사람과의 입맞춤 같은 걸로."

"어…… 뭐어?!"

"얼버무리기 없기다? 입술과 입술을 맞추고 혀를 휘감는 거. 그게 승자가 가져가는 포상이야—— 마침 저쪽에 우리가 마음에 둔 남성분도 계시잖니."

힐끔, 뮬이 눈짓을 한다.

아무리 쿠퍼라 하더라도 저 거리에서 들을 수야 없겠지만, 메리다는 입가에 손을 대고 목소리를 낮추지 않을 수 없었다.

"그, 그, 그래도, 키스라니…… 바로 그 키스라고? 뮬 양, 선생님과…… 할 수 있겠어?"

뮬은 예고도 없이 몸을 돌린 다음 쿠퍼의 목덜미에 방정치 못하게 양팔을 감았다.

그리고 별안간 까치발을 하나 했더니만 이게 웬걸, 남자의 볼에 입술을 갖다 대는 게 아닌가. 쿠퍼는 "아이쿠." 하며 허리 쪽에 손을 돌려 신장 차가 있는 뮬을 지탱해 주었다.

그 광경이 서로 안고 있는 것처럼 보여서 메리다는 제자리에 서서 입만 떡 벌릴 뿐이었다. 복숭앗빛 입술이 "쪼옥." 하고 아쉬운 듯이 쿠퍼의 볼에 이별을 고한다.

"……어머, 메리다. 알고 있는 거 아니었니?"

과시하는 것처럼 그의 목덜미를 독점하면서 뮬이 돌아본다.

메리다로서는 현실을 인정하고 싶지 않았다. 테러리스트에게 유괴됐을 때 이상으로, 비블리아 고트에서 함정에 빠졌을 때 이상으로 절박한 시련이 지금 자신을 덮치려 하는 것이다. 여유만만한, 어른스런 미소가 얼버무리려 하지도 않고 고했다.

"나, 선생님을 무척 연모하고 있어."

——메리다에게 있어 동경의 대상인 여자애가 최대의 적이
되었다는 사실을.

LESSON: III ~서정시 믿게 만들기~

레크리에이션 부스 한쪽에 힘에는 자신 있는 남자들이 모여 군중을 이루고 있었다. 추기 플랜트 소속의 진행자가 화려한 색조의 재킷에 나비넥타이로 주목을 모으고 있다.

"다음 도전자는 누구냐~~~?!"

"나다! 무기 좀 좋은 놈으로 줘 봐!"

위풍당당하게 군중 속에서 걸어 나온 것은 이번에도 근골이 울퉁불퉁한 광부였다. 나무통 안에 메이스들이 대충 처박혀 있는데, 그는 그중에서 가장 두꺼워 보이는 한 자루를 골라잡았다.

그리고 마주한 것은 소위 해머 치기라고 불리는 게임이었다. 시소의 한쪽을 때리면 그 힘에 반응해 반대쪽 볼이 튀어 오르게 돼 있는데, 장치 꼭대기에는 종이 설치되어 있어서 '도전자여, 괴력으로 소리높이 울려 보아라'라고 도발 또는 독려하고 있다.

광부는 양손으로 손잡이를 불끈 쥐고 이래도 되나 싶을 만큼 등줄기를 뒤로 크게 젖혔다.

노성 한 발과 함께 메이스를 내려친다.

"우어어어어어어어어엇!!"

메이스 헤드는 정확히 시소의 한쪽 끝을 강타했다. 귀청을 찢는 듯한 금속음이 관중을 전율케 한다. 타격한 힘이 지점을 경유해 시소의 다른 한쪽을 힘차게 튀어 올려 볼이 발사! 유례없는 기대감에 관중은 몸을 내밀고――.

반쯤 되는 높이에 닿을락 말락 하는 부근에서 볼은 급격히 속력을 잃는다.

그대로 싱겁게 추락해 시소 판자 한쪽에 격돌했다. 예상 이상의 중량이 다른 한쪽 끝으로부터 메이스 헤드를 냅다 튕긴다. 손잡이를 쥐고 있었던 광부는 몹시 원통해 했다.

진행자는 여봐란듯이 어깨를 으쓱하고 장치의 미터기를 확인했다.

"달성율…… 47퍼센트! 이거 가지고 어디다 써～～."

"어, 어라? 이상하군……. 매일 구멍을 파서 단련하고 있는데."

"네～네～ 억지 쓰지 마시고. 다음 도전자는～～～?!"

광부는 친구들로부터 실컷 야유당하면서 근육을 위축시키고 물러간다.

교대하듯이 걸어 나온 것은 꽃향기를 뿌리는 교복 차림이다. 꽃실 같은 손가락이 다른 누구도 눈여겨보지 않은 샤프한 메이스를 골라낸다. 관객은 술렁거렸다. 진행자는 새 도전자를 부추기려고 했으나 저도 모르게 멘트가 점점 약해진다.

"오오, 이것은…… 참으로 가련한…………………… 아가씨?"

"에잇!"

메리다는 있는 힘껏 시소의 한쪽을 후려갈겼다. 메이스 헤드에서 마나가 튄다.

진행자와 관객들이 질겁한 것은 그다음이다. 탄환같이 튀어 오른 볼은 천장을 꿰뚫을 듯한 기세로 종에 충돌했다. 대앵————————!! 하는 팔팔한 음색이 주위의 남자들을 떨게 하였다. 오늘 첫 달성자다.

"뭐, 뭐, 뭐, 뭐야……?!"

만점을 칭찬해야 할 진행자는 턱을 쩍 벌리고 눈을 뒤집을 뿐.

메리다로서는 기분전환 거리조차 되지 않았다. 돌아보면서 메이스를 던진다.

"뮬 양은?!"

메이스를 가볍게 받은 뮬은 메리다와 교대로 게임 앞에 섰다.

"……하앗!"

날카롭게 내려친다. 마나가 검은 나비처럼 춤을 추고, 볼은 당연하다는 듯이 튀어 올랐다. 정점에서 종을 울리고 되돌아온다. 올라갈 때와 거의 같은 속도로 내려와 시소는 위아래로 바삐 움직여야 했다. 메이스 헤드에까지 충격이 오기 전에 헤드를 시소에서 떼는 뮬.

"——아쉽다, 무승부네?"

"봐준 거 아냐? 뮬 양."

"어머, 그러는 메리다야말로."

홀쭉한 메이스를 나무통에 처넣은 다음 친구로 보이는 두 사람은 끊임없이 수다를 떨면서 자리를 떠났다. 그 뒤를 "어휴." 라고 말하고 싶은 듯한 군복 청년이 따라간다.

망연자실 바라보는 관객 가운데 이윽고 누군가가 정신을 차렸다. 한 명이 진행자에게 달려들고, 다른 몇 명이 앞다투어 나무통을 찾아다닌다.

"더 무거운 무기는?! 더 굉장한 무기는 없는 거야?!"

"오기다!! 남자의 오기를 보여줘야 해!"

"둘이서 해! 아니, 셋이서 해도 좋으니까 무조건 울려어어어어어!!"

후방에서 와자지껄한 소동이 벌어진 사실을 메리다 일행은 알 도리가 없다. 메리다와 뮬은 조금 전부터 이런 식으로 여기저기의 레크리에이션에서 불꽃을 튀기고, 무승부를 반복하고 있다.

이번에 주목한 것은 《두더지 잡기》이다. 작은 방 안에 크고 작은 복수의 토관이 둘러쳐져 있고, 거기에서 작은 동물 인형이 끊임없이 얼굴을 쏙쏙 내민다. 그것들을 포착해 검으로 때리면 포인트와 맞바꾸어 도로 들어가는 구조로 되어 있다.

"아까 한 말 진심이야?!"

매끄럽게 롱 소드를 휘두르며 메리다는 물었다. 등을 맞댄 뮬은 경쾌한 손가락 놀림으로 연달아 표적 세 개를 처치한다. 희미한 미소조차 짓고 있다.

"무슨 말이야?"

"그러니까, 이긴 쪽이 그――쿠퍼 선생님과 한다는 그거!"

"난 언제든지 진심인데?"

메리다는 악착같이 검을 휘둘렀다. 스피드 승부라면 자신에게 유리할 텐데 아무리 해도 따돌릴 수가 없다. 그러고 있는 동안에 제한시간이 지나 장치가 정지된다.

작은 방 바깥에서 쿠퍼가 두 사람의 포인트를 세고 있었다. 뮬이 가볍게 땀을 닦는다.

"또 무승부. 좀처럼 결판이 안 나네."

"아~ 진짜! 마지막에 미스만 안 났으면!"

"그런 어울리지 않는 걸 매달고 있어서 그런 거 아냐?"

도발이 메리디의 가슴을 콕 찌른다. 자신의 허리에는 할아버지로부터 받은 장검이 매달려 있다. 굳이 뮬에게 들을 필요도 없다──이것은 무척 무겁다.

얼버무리려는 것처럼 고개를 흔들고 메리다는 기합을 넣는다.

"……다음 승부 가자!"

그러나 이미 포인트제 게임은 거의 다 제패하고 말았다. 성적은 6전 6무──참으로 답답한 마음을 품은 채 로트 아이언 아치를 빠져나간다.

그러자 다시 분위기가 일변했다. 레크리에이션 부스가 끝난 것이다.

"여기는……?"

두리번두리번, 매우 흥미롭게 주위를 살피는 메리다와 뮬.

한마디로 말하면 《신비한 분위기》였다. 몰드류 무구 상공회의 화려한 장식과도 기병단 추기 플랜트의 실속 있는 부스와도 전혀 다르다. 슬럼같이 잡다하게 스탠드가 늘어서 있고, 기껏설치한 상품 선반에는 천이 덮여 있어 정작 내용물은 보이지 않는다.

오가는 사람도 뜸했다. 뜸할 뿐더러 이따금 보이는 사람이라고는 방독면으로 본얼굴을 감춘 남자나 괴인과 같은 가장을 한 수수께끼의 인물 정도밖에 없어서 한없이 수상쩍은 냄새가 풍긴다. 사랑에 빠진 소녀들은 좌우에서 연모하는 사람의 소매를 쥐었다. 쿠퍼는 매우 침착하게 가르쳐주었다.

"아아, 여기는 레이볼트 재단의 부스인 것 같군요."

"레이볼트 재단……?"

쿠퍼는 가볍게 걷기 시작했고, 메리다와 뮬은 반 발자국 뒤에서 그를 따랐다.

"강철궁 박람회에서 전시회를 여는 세 번째 파벌입니다. 앞선 둘과는 달리 이 재단에서 만드는 무기를 특징짓는 요소라고 하면——《과학》."

설명을 더 하기 전에 옆길에서 관계자로 보이는 남성이 걸어나왔다.

왜 관계자라고 판단했느냐면 그의 기발한 모습이 이 부스의 이질적인 세계관에 녹아들어 있었기 때문이다. 현란한 색조의 조끼에 롱코트. 얼굴은 새하얀 화장을 한 위에다 피에로 같은 페인트를 더했다. 찢어진 실크 모자를 벗고 그는 인사해 왔다.

"안녕하십니까! 저희 레이볼트 재단 전시회장에 오신 것을 환영합니다!"

쿠퍼도 가슴에 손바닥을 대고 가볍게 답례한다.

"처음 뵙겠습니다, 클로버 사장님."

"아니, 이거 영광입니다! 저를 아십니까? 오호호, 맞습니다.

제가 레이볼트 재단의 사장 클로버입니다. 해피 클로버라고 기억해 주십시오, 오호호호……!"

"재단의 사장님……?"

사장님이라는 말에 메리다와 뮬도 쿠퍼 뒤에서 나와 똑바로 서지 않을 수 없었다.

그러나 클로버 사장이 악수를 요청한 순간 소녀들은 깜짝 놀라 어깨가 딱딱하게 굳고 말았다. 하지만 열네 살인 그녀들을 나무랄 수는 없다. 클로버 사장이 내민 오른팔이 기계로 돼 있었으니 말이다. ——다시 말해 의수다.

"아차, 이거 실례!"

마음에 두기는커녕 오히려 소녀들의 반응이 자못 유쾌한 듯 기계 손을 거두는 클로버.

다시 내민 왼손에——평범한 손이다——쿠퍼는 악수를 했다.

"건강해 보이셔서 다행입니다."

"오호호, 덕분에요."

지이잉 하고 클로버의 동공이 구동음을 내며 신축했다. 왼쪽 눈은 의안이다.

이미 목소리를 잃어버린 소녀들에게 클로버 사장은 몸소 재단의 이념을 말했다.

"놀라게 해서 미안해요. 하지만 이 몸은 제 각오의 표현…… 그리고 이상을 체현한 것! 3년 전 증기실험 실패로 인해 육체의 절반을 잃어버린 저는 동시에 신의 계시를 받았답니다……. 과학은 힘이라는 가르침을!"

"과학의 힘……."

"바로 그겁니다! 마나와는 다른, 만인이 사용할 수 있는 과학이야말로 프란돌을 평화로 이끌기 위한 힘! 저희는 그렇게 생각하고 있어요. 자자, 세 분 모두 이쪽으로……!"

어지간히도 무료한지 사장은 직접 쿠퍼 일행을 선도한다.

끌려간 곳에는 관(館)이 하나 있었다. 마치 곤충의 더듬이처럼 파이프가 돌출되어 있고 그로부터 증기를 내뿜고 있다. 녹슨 것같이 붉은 철문이 실로 음산한 분위기를 발한다.

"저희가 오만 솜씨를 다 부려 건설한 르 만샬 관! ――입니다만 개장한 지 얼마 안 되어서인지 손님이 통 오시질 않네요. 지금이라면 전세 낸 거나 다름없는데〜〜 어떠십니까?"

"들어가 볼까요, 아가씨들."

깜짝 놀란 시선이 좌우에서 날아왔지만 쿠퍼는 태연하게 말한다.

"이것도 공부니까요."

"그, 그런가. 그렇겠네요……."

"재단의 과학기술, 라 모르 가문의 사람으로서 다소 흥미가 있어요."

클로버 사장은 머리 위로 손뼉을 쳤다. 기계음이 덜그럭덜그럭 울린다.

"세 분 안내해 드려〜〜!! 맘 편히 이용해 주시길!"

귀신이라도 튀어나오나 싶었는데 내부는 뜻밖에 매우 평범한 전시관이었다. ……흡사 혈관같이 둘러쳐진 파이프와 일부러 빨갛게 도장한 벽이 괴물의 체내를 상기시키는 것을 뺐을 때의 얘기지만.

그렇게 되니 양성학교 소녀들의 시선을 끌어당기는 것은 장식된 여러 가지 유니크한 무기였다. 메리다는 눈을 동그랗게 뜨고 관내를 한 바퀴 둘러본다.

"선생님, 뭔가 본 적도 없는 게 잔뜩 있어요!"

"레이볼트 재단이 자랑하는 복합무기(콤포짓 웨폰)입니다."

가장 눈에 띄는 위치에 있었던 검 한 자루를 쿠퍼는 감개무량하게 집어 든다.

그것은 검인 동시에 《총》이기도 했다. 날밑 부분에 발사기구가 달려 있다.

"대표적인 《건 블레이드》……. 접근전과 원거리전을 양립 가능한 것이 강점이죠."

"굉장한데요."

"다만 격렬하게 부딪치면 금방 조준이 어긋나버리는 것이 난점입니다."

입을 다문 메리다를 개의치 않고 쿠퍼는 다음 코너로 걸어간다.

그곳에는 커다란 방패가 있었다. 어째선지 중심에 미녀의 얼굴이 그려져 있다.

"메이디아의 방패……. 이 여성의 눈구멍에는 《이조아르의 돌》이 박혀 있어 그 눈을 마주한 자를 마비시키는 효과가 있다고 합니다. 요컨대 이렇게……."

벽에서 떼어낸 다음 쿠퍼는 그 미녀 방패를 메리다에게 향하고 막는 자세를 취해 보였다.

"적이 아름다운 얼굴에 정신이 팔리면 끝장이죠. 몸이 쨍− 굳어지고 움직일 수 없게 되어——."

"……이 재단의 무기는 조금 독특한 물건밖에 없네요."

"그렇지만 손에 익으면 강력한 무기가 됩니다."

방패 뒤에서 얼굴을 내밀고 쿠퍼는 보충설명을 시도한다.

"확실히 레이볼트 재단의 무기는 성능 그 자체를 보면 상공회나 추기 플랜트와 비교해 한발 뒤떨어집니다. 단! 그들에게는 과학기술이라는 강점이 있습니다. 언뜻 보면 농담 같은 것들뿐이지만 그 묘하게 우수한 실용성에 매료된 애호가도 적지 않답니다."

메리다는 실외의 부스를 방문하고 있었던 만만찮아 보이는 손님들을 떠올렸다. 확실히 그들이라면 메이디아의 방패를 들고 전장을 활보하고 있어도 부자연스럽진 않을 것이다.

"——저기, 두 사람 다! 이쪽에 지하실이 있어!"

뮬이 남을 의식하지 않는 음량으로 메리다와 쿠퍼를 불렀다. 클로버 사장이 말했던 대로 지금은 세 사람이 전세를 낸 상태, 두 명분의 구두 소리가 아무도 없는 관내에 울려 퍼진다.

메리다와 쿠퍼가 와서 보니, 뮬이 손가락으로 가리키는 곳에는 확실히 지하로 이어지는 계단이 있었다. 벽보가 붙어 있다.
【서바이벌 게임장】…….

"무기를 사용해 대결할 수 있는 곳인가 봐."

"그럼 이번 승부는 이걸로 하자!"

"……기다리십시오, 아가씨들."

벽보의 주의사항을 꼼꼼히 읽고 이해한 쿠퍼는 두 소녀에게 제동을 걸었다.

"이번에는 저와 승부하는 것으로 하시지요."

"쿠퍼 선생님이랑?"

"그럼 승패는 어떻게 판단되는 건가요?"

"제가 판정하겠습니다."

아무래도 이 지하 사격장에서는 레이볼트 재단이 개발한 《블래스터》를 시험 사격할 수 있는 모양이다. 실제로 서로 쏘는 것은 공기포이지만, 득점으로 겨루었던 지금까지의 레크리에이션과 달리 직접 무기를 서로에게 겨누게 되면 과열될지도 모르겠다고 쿠퍼는 판단한 것이다.

뮬은 기세등등하게 여봐란 듯이 가슴을 뒤로 젖혀 보인다.

"2대1인데요? 만약 우리가 이기면 승패는?"

"그럴 가능성은 만에 하나라도 없을 것 같습니다만——."

이글이글. 수습기사들의 가슴에서 투지가 발화한다. 쿠퍼는 냉담하게 계속 말했다.

"두 분 다 승자라는 걸로 하고, 무엇이든지 말씀하시는 바를 들어 드리도록 하겠습니다."

화아악! 소녀의 마음은 폭발적으로 타올랐다——.

이리하여 세 사람은 곧바로 지하실에서 게임을 개시하게 되었다. 쿠퍼는 괴상한 동력장치를 짊어지고서 블래스터를 편하게 어깨에 메고 설명을 날렸다.

"클로버 사장님 본인께서 잘 설명해 주셨지만, 레이볼트 재단의 궁극적인 목표는 마나의 힘에 의지하지 않고 란칸스로프를 격퇴하는 것! 이 서바이벌 게임장은 그들의 개발성과를 체험하는 용도인 모양입니다."

여유 있는 쿠퍼와는 대조적으로 메리다와 뮬은 험상궂은 표정으로 사격장을 뛰어다니고 있었다. 벽을 모두 치우고 한 층을 통째로 쓰는 이 지하실은 넓다. 군데군데 서 있는 기둥과 아무데나 놓여 있는 나무상자가 시야를 방해한다.

사각에서 메리다가 뛰쳐나왔다. 쿠퍼는 그쪽을 보지도 않고 총구를 겨눈다.

"란칸스로프에 대항하는 수단 그 첫 번째, 《시야를 박살 낸다》."

트리거를 당기자 격렬한 플래시가 터져 나왔다. 섬광탄이다. 고글을 쓰고 있어도 자극을 받은 듯 메리다는 "눈부셔……!" 하고 얼굴을 가리며 뒷걸음질 쳤다.

그로 인해 틈이 생겼다고 봤는지 반대쪽으로부터 뮬이 모습을 드러낸다. 쿠퍼는 둔중한 블래스터를 아주 쉽게 다뤘다. 다시 방아쇠를 당긴다.

둥근 고리 같은 충격파가 뮬을 관통했다. 귀마개를 했는데도 고막이 아프다. ——이번에 발사된 것은 음향탄이었다. 소리 덩어리를 직접 맞은 뮬은 견디지 못하고 엉덩방아를 찧었다.

"아윽……?!"

"이어서 《청각을 봉쇄한다》──흔히들 하는 생각입니다만 문제는 여기서부터입니다. 아니마라는 갑옷에 보호받는 란칸스로프를 상대로 능력자가 아닌 분들은 유효타격을 줄 수가 없습니다. 이에 관해서는 클로버 사장님도 애를 먹고 계신 것 같더군요."

쿠퍼는 허리에 장착한 홀더에서 뺀 그레네이드를 천천히 던졌다. 던지자마자 핑크색 가스가 무시무시한 기세로 뿜어져 나와 소녀들의 발밑을 덮었다.

메리다와 뮬은 이미 ""꺄악, 꺄악, 꺄아악?!"" 하고 야단법석을 떨며 도망 다니는 중.

"단순한 착색 가스입니다만 만약 독이 들어 있었다면 서서히 체력을 줄일 수 있겠죠. 이것 참, 레이볼트 재단의 시행착오도 깔보면 안 되겠군요."

"그보다 우리가 일방적으로 당하는 게 문제거든요?!"

뮬이 홧김에 방아쇠를 당겼다. 쿠퍼가 훌쩍 몸을 구부리자 공기 덩어리는 머리 위를 스쳤다. 벽에 부딪히고 돌풍을 퍼뜨린다.

메리다는 벌써 "하아하아." 하고 어깨를 들썩이고 있다.

"선생님…… 이 등에 있는 기계…… 무거워요!"

"그렇습니다. 재단에서 만든 과학무기를 최대한 활용하려면 항상 동력장치를 휴대해야 합니다……. 이 점 역시 그들의 무기가 좀처럼 보급되지 않는 이유 중 하나입니다."

느긋하게 대답하고 나서 쿠퍼는 메리다의 미모를 향해 조준.

"그보다 아가씨들? 2대1임에도 불구하고 너무 시시한데요?"

적당히 트리거를 당긴다. 공기포가 메리다의 앞머리를 화악 날렸다. "와아앙?!" 강아지 같은 비명.

"이렇게 된 이상은……!"

뮬은 어떠한 결의를 굳힌 모양이다. 무슨 생각을 했는지 메리다 쪽으로 총구를 들이댄 다음 공기포를 발사한다. 당치않게도 메리다의 발밑을 조준하고 쏜 돌풍은 소녀의 붉은 장미 스커트를 훌렁! 걷어 올렸다.

쿠퍼의 시선과 몸이 딱 경직된 것을 비난해선 안 된다. 그도 남자다.

"어……? 꺄아아아아아악?!"

2초 정도 쿠퍼의 응시를 받고 나서 메리다는 겨우 스커트를 눌렀다. 한편 뮬은 이미 움직이고 있다. 퍼뜩 우측으로 시선을 돌린 쿠퍼는 동시에 쑥 튀어나오는 블래스터의 끝부분을 보았다.

"이거나 먹으세요!"

귓가에서 음향탄이 작렬한다. 물리적인 압박감이 쿠퍼의 뇌를 흔든다. 간신히 왼발로 버틴 직후 풀솜 너머에서 외치는 듯한 소리가 정면에서 울렸다.

"서, 선생님, 이쪽 좀 보세요!"

이어서 메리다의 손에서 섬광탄이 발사되었다. 흡사 천벌 같은 빛이 쿠퍼의 시야를 새하얗게 태운다. 뮬은 결정타인 듯이 그레네이드를 던지고 달아났다.

그칠 줄 모르고 뿜어져 나오는 연막이 순식간에 쿠퍼의 장신을 덮는다──.

뮬은 메리다의 옆까지 대피하고서 주먹을 꽉 쥐며 쾌재를 불렀다.

"해냈어!"

직후, 발포음.

연막을 뚫고 무언가가 덤벼들어 왔다. 회전하면서 퍼지는 기하학무늬는── 거미줄?! 놀라고 있을 틈도 없이 메리다와 뮬이 정면에서 포박된다.

""꺄아아아아악?!""

서로 뒤엉킨 채 후방으로 굴러간다. 두 사람의 사지가 농밀하게 엉킨다.

서서히 개고 있는 연막의 건너편에서 쿠퍼가 블래스터를 들고 있었다. 이럴 수가, 눈을 감고 있다. 청각도 거의 기능하지 않는 가운데 경험과 감으로 트리거를 죄어 명중시킨 것이다.

"마지막에 연막을 날린 건 실수하셨어요. 일부러 제 모습을 보이지 않도록 해 주시다니, 그럼 저야 좋죠…….."

어딘가 득의양양하게 미소 짓고서 눈 상태를 살피듯이 눈꺼풀을 씰룩 치켜세운다.

안 그래도 고글과 귀마개로 방어하고 있는 데다 탄환의 효과도 다소 약하게 설정되어 있다. 거기다 남다르게 강인한 내성까지── 쿠퍼는 금세 완전한 시야를 되찾았다.

그리고 저도 모르게 입을 반쯤 벌린다.

눈앞에는 정말이지, 황송하기 그지없는 광경이 펼쳐져 있었다.

"으으으……! 선생님, 뭐예요, 이……《줄》!"

단적으로 말하자면 그렇다, 쿠퍼의 블래스터가 발사한 《줄》이 무구한 영애들을 휘감고 온몸을 쥐어짜고 있다. ……아니, 그냥 묶고 있기만 한 거라면 모를까 곳곳이 매우 위태롭다. 허벅지를 파고들고, 가슴을 강조하고, 흐트러진 옷의 틈 사이로 속옷이 보였다 안 보였다 한다. 쿠퍼는 황급히 블래스터의 카트리지를 확인했다.

"으, 으음, 《구속탄》이라고 하네요. 란칸스로프의 움직임을 봉하기 위한 것으로 특수한 수지로 만들어져 그 강력한 탄성은 어지간한 힘으로는——."

"아, 안 풀어져요～～～!"

"……란칸스로프용이니까요."

쿠퍼는 체념 섞인 말을 하고 블래스터를 내렸다.

그대로 거추장스러운 장비를 내려놓고 바닥에서 발버둥 치는 메리다와 뮬에게 걸어간다.

"아가씨들, 잠시 기다려주십시오. 바로 풀어드리겠습니다."

"아뇨! 아, 안 돼요 쿠퍼 님. 잠깐 뒤를 돌아보고 있어 주세요!"

뮬은 황급히 몸을 비틀었다. 그러나 속박은 전혀 느슨해지지 않을 뿐더러 함께 묶여 있는 메리다에게만 악영향을 끼쳤다. 줄이 엉뚱한 곳에서 연동하고 있기 때문이다.

"아야야야야! 뮬 양, 억지로 당기면 안 돼!"

메리다는 옆구리가 졸려서 어떻게든 오른팔을 자유롭게 하고자 몸부림쳤다. 그러나 그러다 당긴 줄이 돌고 돌아 뮬의 엉덩이를 심하게 파고드는 상황이 되었고 "히이익?!" 하며 그녀는 자극으로부터 도망치려고 등줄기를 힘껏 튕겼다.

줄은 스커트를 밀어 올리면서 서서히 엉덩이를 들어 올렸다. 애태우듯이 드러난 스타킹 너머의 팬티. 때 묻지 않은 가랑이 라인. 뮬은 얼굴이 새빨개져 양 허벅지를 비비지만 그러니까 도리어 더 선정적으로 보인다.

얼마 안 있어 한계까지 다 올라간 줄이 엉덩이 살을 푸룽 하고 해방시켰다. 뮬은 울상이 되었다.

"보, 보, 보, 보셨죠, 지금?! 저, 저의 이런 야한⋯⋯!"

하다못해 한시라도 빨리 스커트를 바로 하고자 필사적으로 몸부림친다. 그런데 팔을 줄 밖으로 빼내려고 기울인 혼신의 힘은, 메리다의 오른쪽 무릎에 걸린 줄 쪽에 다이렉트로 전해졌다. 즉 그녀의 다리를 바깥쪽으로── 힘껏 벌리게 한 것이다. 스커트가 뒤집혔다.

"히이익⋯⋯ 안 돼에에에에에에에에에에?!"

경박하게 벌린 다리와 팬티, 그리고 그 중심에 있는 파고든 흔적에 섬광탄 이상의 자극을 받은 쿠퍼는 뒤늦게나마 얼굴을 돌린다. 눈가를 막아보니 뜨겁다⋯⋯.

"요, 용서해 주십시오, 아가씨들. 설마 이 같은 사태가 되리라곤 조금도 생각지 않았습니다⋯⋯."

"아, 진짜! 이런 탄을 쏘는 법이 어딨어요!"

"분명 메리다의 스커트에 정신이 팔려서 한 방 먹은 게 분했던 거야. 이것 봐⋯⋯! 지금도 우리를 이런 꼴로 만들어놓고 기뻐

하고 계시잖아!"

사실무근인 트집이다. 쿠퍼는 의연하게 눈가에 손가락을 보냈다.

고글을 조절해 명도를 최대로 낮췄다. 이제 거의 실루엣밖에 보이지 않는다. 추가로 양손의 장갑을 벗어 감각을 날카롭게 하고 소녀들에게 다가간다.

"아가씨들, 잠시만 참으십시오. 이게 다 제 잘못이니 이 손으로 매듭을 짓겠습니다. ……안심하십시오! 이 이상 아가씨들에게 심려를 끼치진 않겠습니다."

"보, 보지 않고 푸는 것이 가능한가요……?"

메리다의 목소리는 수치심으로 떨리고 있었다. 뮬도 요염하게 팔다리를 꼰다.

"이 줄이 꽤 심하게 파고들어서요……?"

"저를 누구라고 생각하십니까? 안심하고 몸을 맡겨주십시오. ──그럼 실례!!"

쿠퍼는 기합과 함께 좌우 손바닥을 위풍당당하게 내밀었다.

──말랑, 말랑. 극상의 감촉이 손가락을 감싼다.

""꺄아아아아아악?!""

"으, 으음, 여기에서 엉켜 있으니까…… 그래! 이 줄을 끌어당기면……."

"자, 잠시 기다려주세요, 쿠퍼 님. 거긴 제 스커트 속…… 읔!"

당황한 목소리를 내는 뮬이지만 참을 수밖에 없다. 그런데 쿠퍼의 예민한 손가락 끝이 목표를 오인하는 실수를 저지를까?

……스타킹 감촉 때문에 약간 혼동하긴 했지만 쿠퍼의 손가락은 막힘없이 줄을 타고 허벅지 부분까지 당도했다.

"어?! 자, 잠시만요, 그런 곳에 줄은…… 거, 거기는 제일 안 돼요……!"

뮬의 겁먹은 듯한 목소리에 집중이 깨질지도 모른다. 쿠퍼는 모든 신경을 손가락 끝에 쏟고 예상외로 세세한 《줄》의 라인을 마음껏 따라간다. ──여긴가?!

순간 뮬의 등이 놀랄 정도로 젖혀졌다.

"~~~~~~으으으?! ……! ~~~으, 으으응……!! 아……으."

……허리가 격렬하게 튀는 것처럼 보이는 건 기분 탓일까. 메리다는 숨을 죽이고 있는 눈치다. 뮬은 그런 친구에게 매달리면서 힘겹게 목소리를 억누르고 있었다.

이윽고 "……허억!" 하고 틀어막고 있었던 숨을 토해내고 뜨거운 숨을 거듭 쉬었다.

"어……어디 두고 봐요……오오옷!"

쿠퍼는 조용히 손바닥을 빼고 반대쪽 손으로 의식을 전환했다.

"이, 이쪽이 아니었습니까……. 그, 그럼 이번에야말로!"

"히이익?! 자, 잠깐만요, 선생님…… 으으윽!"

이어서 당황한 것은 바로 메리다다. 그것도 당연한 것이 쿠퍼의 진단이 올바르다면 열쇠가 되는 줄은 그녀의 겨드랑이를 단단히 조르는 한 가닥인데…… 그것을 풀기 위한 손가락이 지금 아담한 쿠션이 있는 곳에 숨어들었기 때문이다. 메리다의 등이 꿈틀, 튀어 올랐다.

"꺄아악! 거거, 거기 블라우스의……. 지, 지금 속옷이 어긋나 있어서…… 하으윽!"

"아, 알고 있습니다만 제 예상대로라면 안쪽에 힘을 가하는 것으로 사태를 타개할 수 있습니다. 걱정하실 필요 없습니다……. 조준은 핀 포인트!"

가슴을 만지작거리고 있었던 쿠퍼의 손가락이 갑자기 무언가에 걸렸다. 딴생각은 품지 않았다. 다만 순간적으로 무슨 버튼인 줄 알았던 쿠퍼를 비난할 수 있을까?

하지만 그《체리》를 손가락으로 굴린 것도 모자라 콕 집어버리기까지 한 것은 확실히 도가 지나쳤다. 메리다의 온몸이 움찔움찔움찔! 발톱 끝까지 튀었다.

"아아아아아아아아아아아아앙!!"

뇌를 녹일 것 같은 요염한 비명이 코앞에서 쿠퍼의 귀를 때렸다. 그로 인해 겨우 자신의 소행을 깨달은 쿠퍼는 신중에 신중을 기해 발칙한 손을 거두었다.

오른팔과 왼팔에 안고 있는 소녀들이 망측한 표정을 하고 있는 것은 상상할 수 있었다.

그럼에도 쿠퍼는 눈가에 손을 보내 고글을 목에까지 내리지 않을 수 없었다.

전략적 타협, 기브 업이다.

"아가씨들…… 보, 보고 풀어도 되겠습니까?"

일단 쿠퍼는 아직 눈을 감고 있었다. 메리다와 뮬은 그런 그를 쳐다보고 가쁜 숨을 조절한다. 수치심의 한계를 살짝 엿본 그녀들은 가냘픈 목소리로 속삭여주었다.

""…………그, 그러세요.""

──마치 신혼집 아내처럼.

"세 분 다 어서 오세요~~ 이런, 뭔가 갑자기 지치신 것 같아 보이는데?"

"신경 쓰지 않으셔도 됩니다…………"

르 만샬 관에서 기어 나온 세 사람의 얼굴이 어지간히도 상해 있었나 보다. 현관 앞으로 마중 나온 클로버 사장은 이상해하며 턱을 손가락으로 어루만지더니, 갑자기 따악 하고 손가락을 울렸다.

"그런데 여러분, 시간은 괜찮은 겁니까?"

"네? ……무슨 시간 말인가요?"

"아니, 프리데스위데와 도트리슈라고 하면 이따 있을 퍼레이드에 참가할 예정이지 않나 싶어서요."

클로버 사장은 짤랑, 소리를 내며 회중시계를 들었다. 쿠퍼는 반사적으로 자신의 회중시계도 꺼냈고, 표시된 시각에 얼굴이 확 새파래졌다.

"이거 안 좋은데……. 너무 오래 있었던 것 같습니다!"

"네에?! 느, 늦으면 소노라 양한테 혼날 거예요……."

"뛰면 충분히 제때 갈 수 있습니다. 하지만 지금 바로 가지 않으면──."

무의식중에 공작 가문 영애와 재단 사장 사이에서 시선을 왕복시키는 쿠퍼. 클로버는 즉각 한발 물러나 정중한 인사를 해 주었다.

"저는 신경 쓰지 마십시오. 머지않아 또 만납시다."

""이만 가겠습니다, 프레지던트 클로버.""

답례를 한 여학생들에게 피에로 칠을 한 입가가 한층 더 치켜 올라간다.

"해피 클로버라고 기억해 주세요, <u>오호호호호호호호호</u>……!"

그의 큰 웃음에 배웅을 받으면서 빠르게 부스를 뒤로하는 쿠퍼 일행이었다.

《도넛》을 한 바퀴 돌아 전시관 출입구로 돌아왔다. 바로 숙소에 향해야 한다. 이미 동급생들도 퍼레이드 준비에 착수하고 있을 무렵일 것이다.

"결국 승부가 나지 않았네."

헤어지기 직전에 뮬이 말했다. 메리다는 순간적으로 무슨 말인가 하고 의아했는데, 그러고 보니 자신들은 보수를 걸고 서로 경쟁 중이었다.

메리다로서는 이대로 애매하게 넘어가도 괜찮았지만—— 아니, 반드시 잊어버려 주길 바랐지만 뮬은 지독히 양자의 우열에 집착하고 있다.

그렇게 하고 싶은 걸까—— 쿠퍼와 키스를.

진심으로 사랑하게 된 걸까—— 그를.

변덕스러운 요정은 메리다의 귓가에 입술을 가까이 댔다. 속삭이는 목소리로 선고한다.

"이렇게 된 이상 내일 콘테스트에서 결판을 내자? 그걸로 확실해지겠지?"

"어……?!"

"잊지 마, 이긴 쪽이 쿠퍼 님과——………. 나, 진심이니까."

몸을 홱 돌리고 뮬은 순식간에 멀어져가 버렸다. 뒤쫓으려고 해도 성 도트리슈의 숙소는 프리데스위데는 물론 장 설리번 전문 아카데미의 숙소와도 방향이 전혀 다르다.

갈 곳이 없어진 손을 뻗은 채 메리다는 우두커니 서 있었다. 세상에, 나 어떡하지.

콘테스트에서는 전력을 내면 안 된다고 들었는데…….

"뮬 님은 여전하군요……."

태평하게도 보이는 태도로 쿠퍼의 시선이 흑수정의 뒷모습을 뒤쫓고 있다. 메리다는 그의 목덜미에 매달리고 싶은 충동에 휩싸였다. 저 시선을 억지로라도 되돌리고 싶다. 그대로 볼에 키스하고 싶다—— 아까 뮬처럼. 혹은 일전의 지하 동굴에서처럼.

하지만 지금 그것은 결코 이뤄지지 않았다.

허리에 건 중석 같은 장검이, 자유로운 날갯짓을 방해한다——.

† † †

쿠퍼가 겨우 개선문 지구의 시장 광장에 도착하자 그곳은 벌써 관광객으로 붐비고 있었다. 산뜻한 심홍색 머리카락을 길잡이 삼아 간신히 로제티와 합류. 쿠퍼가 오자마자 그녀는 대뜸 눈썹을 치켜세웠다.

"늦었잖아, 쿠! 곧 시작한다고!"

"죄송합니다, 과학의 신비가……."

"응?"

스스로도 잘 이해되지 않는 변명을 지껄이는 사이 금세 떠들썩한 행진곡이 연주되기 시작했다. 그와 거의 동시에 광장을 싹 도배하는 듯한 대환호성.

인파 건너편에 색종이를 뿌리면서 천천히 나아가는 커다란 플로트카가 보였다. 《가마에 바퀴가 달려 있다》라고 표현하면 좋을까. 신성한 느낌마저 내는 장식이 화려하게 달린 거대한 차체 위에서 아름답게 차려입은 소녀들이 춤을 추고 있다.

손바닥에는 무기를 들었다. 몰드류 무구 상공회가 정성을 들인 예술품이 구경꾼의 환호성을 받고 한층 더 눈부시게 빛난다. 로제티는 그 자리에서 까치발을 했다.

"으~~~음, 잘 안 보여! 쿠, 목말 태워줘!"

콱. 훈육의 촙을 그녀의 이마로.

"주변의 시선을 생각하세요."

"아우…… 하지만 우리 애의 화려한 무대가……."

"잘 보세요. 아가씨들이라면 제일 눈에 띄는 꼭대기에 계세요."

플로트카의 발코니에 그 모습이 있음을 확인하고 가장 안도한 사람은 쿠퍼다. 메리다가 뒤늦게 숙소에 도착했을 때 이미 급우들은 퍼레이드용 드레스로 갈아입기 시작한 상태였고, 짜증스럽게 기다리고 있었던 소노라 파바게나에게 보자마자 싫은 소리를 듣기는 했다.

그래도 지금 이렇게 금발과 은발의 엔젤 자매가 플로트카의 발코니에서 춤추고 있을 수 있다는 것은 최악의 사태는 피했다는 뜻이다. 그렇지만 메리다가 들고 있는 것은 리허설 때와는 다른 팔라딘용 장검으로——이 점에서도 물론 소노라에게 "안무에 악영향을 줄 거야!" 하고 호되게 불평을 들었다——메리다 본인으로서도 장검은 다루기가 쉽지 않아 보인다. 그래도 웃는 얼굴을 유지하는 것을 보면 공작가 영애의 프라이드가 느껴진다.

플로트카는 연달아 세 대가 나타났다. 한 학교당 한 대. 시장 광장을 한 바퀴 돈 다음 세 방면의 길로 갈라질 예정이다. 쿠퍼는 곧바로 인파를 헤치고 성 도트리슈 여학원의 현란한 플로트카에 접근했다.

뮬과 살라샤는 메리다와 엘리제에게 지지 않을 만큼 좋은 포지션을 배정받았다. 살라샤가 든 창에서는 베일이 나부끼고, 뮬이 대검을 늠름하게 번쩍 올린 순간 관중이 들끓는다. 쿠퍼는 깜빡이는 눈을 카메라 셔터로 하여, 네 아가씨의 고귀한 순간을 마음의 필름에 아로새겼다.

모처럼 있는 기회다 싶어 쿠퍼는 장 설리번의 플로트카에도 시선을 돌려보았다. 공교롭게도 그들에게는 《기사 공작 가문》의 이름에 비견할 만한 어드밴티지가 없다. 그 대신에 남자가 아니고는 할 수 없는 큰 함성과 역동적인 퍼포먼스로 열심히 시선을 모으고 있었다. 특히 남성 손님의 입장으로 보면 그들의 박력 있는 난투 장면은 볼 가치가 충분해 보인다.

그렇지만 쿠퍼는 금세 그들의 플로트카에 위화감을 느꼈다.

옆에 바짝 달라붙어 있었던 로제티에게 얼굴을 가까이 대고.

"알아챘습니까, 로제? 장 설리번의 퍼레이드에는 부자연스러운 간격이 있어요."

"무슨 말이야?"

"참가인 숫자가 부족합니다. ——샤록이라는 남학생의 모습이 보이지 않아요."

무서운 펜드래건 교장에게 대들면서까지 성 프리데스위데를 옹호하려고 했던 그 학생이다. 물론 애초에 퍼레이드 참가자로 선출되지 않았을 가능성도 있다. 하지만 개선문 지구 입구에서 만났을 때 펜드래건 교장은 그를 '3학년 수석'이라고 불렀다. 내일 콘테스트에도 리더로 참가한다고 넌지시 비추었었는데.

말하자면 장 설리번의 스타인 그가 퍼레이드에만 참가하지 않는다는 것이 과연 있을 수 있는 일일까?

이래저래 하는 사이에 플로트카가 세 갈래로 갈라진다. 물론 성 프리데스위데 학생들을 뒤따라야 하지만 말할 수 없는 술렁임이 쿠퍼를 그 자리에서 꼼짝 못하게 고정시킨다.

그런 그 앞에 팔랑팔랑 내려오는 것이 있었다.

검은 종잇조각. 쿠퍼는 반사적으로 그것을 움켜쥐었다.

『불길이 닥친다』

읽은 직후 메모는 저절로 타올랐다. 놀라고 있을 시간도 아까워 쿠퍼는 옆에 있는 로제의 팔을 냉큼 잡는다.

"로제, 같이 와 주겠습니까."

"어? 어디 가려고? 아가씨들의 행차는……."

성 프리데스위데의 퍼레이드와는 일단 반대 방향으로 쿠퍼는 뛰기 시작했다. 인파를 헤쳐 구경꾼들의 파도에서 빠져나오자마자 좌우로 시선을 퍼뜨린다.

——찾았다. 비교적 비어 있는 상점 앞에 찾는 인물들의 모습이 있었다. 우선 메시지를 보내온 라클라 마디아 선생, 즉 백야기병단의 에이전트 블랙 마디아. 그리고 언뜻 보기에도 심각한 표정을 한 블랑망제 학원장이다.

서론도 아깝다. 쿠퍼는 달려가자마자 빠르게 물었다.

"무슨 일이 있었습니까?"

"아아, 미스터 뱀파이르……! 로제티 선생도."

순간 광명을 찾은 것처럼 학원장의 자그만 눈동자가 반짝인다.

"잘 와줬어요. 지금은 강사들도 모두 여기저기에 흩어져서 연락되지 않는 중입니다."

"트러블이 생겼나요?"

"자세한 이야기는 이 사람에게서……."

그렇게 말하고 학원장은 한발 물러난 다음 그 맞은편에 있었던 《세 번째 사람》의 존재를 가리킨다.

거무스름한 피부에 색소가 옅은 머리카락을 가진, 다름 아닌 샴록 윌리엄즈가 아닌가. 동급생들과 똑같은 퍼레이드용 의상에서 외투만 벗은 복장을 하고 있다.

역시 원래 그는 플로트카 위에 있어야 했다. 하지만 도저히 그럴 수 없었던 까닭을 쿠퍼도 한눈에 알 수 있었다.

안면이 소름 끼칠 정도로 창백했기 때문이다.

"무서운 계략이⋯⋯⋯⋯."

샴록의 보랏빛 입술이 떨렸다. 쿠퍼는 평소와 달리 부드럽게 묻는다.

"아무쪼록 침착해요. 대체 무슨 일이 있었죠?"

"퍼레이드 준비를 하고서 회장으로 향하는 길이었어요⋯⋯. 도중에 휘장을 깜빡하고 붙이지 않은 걸 깨닫고 황급히 돌아왔더니⋯⋯ 숙소에 《이웃》 선생님들과 펜드래건 교장 선생님이 있었고⋯⋯!!"

《이웃》이란 란칸스로프를 말하는 것이리라. 쿠퍼는 참을성 있게 귀를 기울인다.

샴록의 심장이 빠르게 뛰는 걸 알 수 있었다. 과호흡 기미다.

"선생님들은, 이야기하는 중이었는데⋯⋯ 하지만 전 믿을 수 없어서⋯⋯. 그런데 선생님들은 그대로, 아무 일도 아니라는 얼굴로, 가 버렸어⋯⋯!!"

"무슨 이야기를 하셨던 겁니까?"

"성 프리데스위데의 플로트카를⋯⋯ 파괴하겠다고⋯⋯!!"

어디까지나 우연이겠지만 그 순간 주위의 관중이 크게 들끓었다. 요란한 박수갈채 속 쿠퍼는 숨을 죽이고 샴록에게 얼굴을 가져다 댄다.

"파괴해서 어쩌겠다고?"

"저, 정확히는 플로트카의 기둥을 부숴 퍼레이드를 망친다고…… 그, 그래서 『그 마녀를 몰락시켜주겠다』라고……! 제, 제가, 하지 말라고 해야 했는데, 그러지 못했어요……. 그렇더라도 도저히 퍼레이드에 나갈 수 없어서……!!"

"알려줘서 고맙습니다."

빠른 말로 감사한 후 쿠퍼는 심각한 얼굴의 블랑망제 학원장에게 돌아선다.

"어떻게 된 겁니까, 학원장님? 장 설리번의 강사진에게는 서약서에 의한 구속이 효력을 발휘하는 거 아닌가요?"

"……필시 오랜 시간을 들여 구속을 풀어온 거겠죠. 부주의했어요."

학원장은 고뇌에 찬 표정이다. 지팡이를 든 손이 떨리고 있다.

"게다가 《인간을 해치는 것은 아니다. 어디까지나 물건을 부술 뿐이다》라고 서약서를 구슬리고 있어요. 틀림없이 펜드래건은 계속 서약에 묶여 있는 시늉을 하면서 반기를 들 날을 고대하고 있었던 게 확실해요."

"퍼레이드를 중지할 수는 없습니까?"

"어떻게?"

학원장은 똑바로 쿠퍼를 쳐다봤다. 쿠퍼는 순간적으로 말문이 막혔다.

"플로트카에서 학생들을 전원 내릴까요? 그렇게 되면 펜드래건은 계획을 중지하겠죠. 하지만 그러면 우리는 몰드류 무구 상공회의 체면을 구길 뿐만 아니라 강철궁 박람회의 위신을 깎아내린 것이 되고, 어쨌든 놈의 목적은 달성되고 맙니다. ……그 죄를 제 목 하나로 씻을 수 있을지 어떨지는 모릅니다. 거기에 이미 플로트카는 자동으로 움직이고 있어요. 만약 놈의 목적이 관객의 피해를 주는 데 있으면 그걸 실현하는 것 또한 쉬운 일이겠죠."

"……그럼 마지막으로 하나 더 여쭙고 싶습니다만."

쿠퍼는 의식하지 않고 허리의 칼집에 왼손을 댄다.

"지금의 그에게 《인권》은 있습니까?"

학원장은 크게 숨을 들이쉬었다. 하지만 바로 표정을 다잡고 적극적으로 나선다.

"……죽인다 해도 죄는 묻지 않겠습니다."

이것을 확인했으면 충분하다. 즉 현행범으로 직접 놈을 붙잡는 것이다. 그것밖에 이 궁지를 완벽히 극복할 방법은 없다.

쿠퍼는 마른 침을 삼키며 열심히 듣고 있었던 로제티와 라클라 선생을 돌아본다.

"두 분은 성 도트리슈의 플로트카를 호위해 주시겠습니까? 펜드래건 교장의 단독범행이 아닌 만큼 그쪽에도 공작원이 향하고 있을 겁니다."

"──저어, 군인분!"

끼어든 것은 샴록의 목소리다. 그 허리에는 퍼레이드에 가져갈 생각이었을 레이볼트 재단의 기계 같은 검이 달려 있다.

약간 평정을 되찾은 것 같은 그는 필사적으로 이 일에 참여하려 했다.

"저도 데려가 줄 수 없을까요?! 교장 선생님을 설득할 수 있을

지도 몰라요……!"

　"……부탁합니다."

　의논하고 있는 시간도 아까웠다. 남자 둘과 여자 둘인 팀으로 나뉘고 쿠퍼는 로제티, 라클라 선생과 순간적으로 눈빛을 교환했다.

　발길을 돌려 각자 반대 방향으로 뛰기 시작했다. 그 직후, 블랑망제 학원장의 손이 쿠퍼의 팔을 붙들었다.

　지팡이에 의지하는 그녀는 이제 뛰는 것도 뜻대로 되지 않았다. 그것을 가장 안타깝게 여기는 건 학원장 자신. 후회가 겹겹이 쌓인 입술이 일그러진다.

　"펜드래건을 붙잡아 감옥으로 보낸 건 바로 접니다. 원래라면 제가 직접 끝장을 봐야 합니다만……."

　"제게 맡기십시오, 학원장님."

　학원장은 지팡이를 놓고 양손으로 쿠퍼의 팔을 잡았다.

　"당신만 믿어요, 미스터."

　마지막으로 한 발자국 더 몸을 내밀며 당부한다.

　"시간이 없으니 중요한 것만—— 놈의 가장 성가신 이능력, 아니마는 그 강철 같은 강인한 육체예요. 평범한 참격으로는 튕겨 나가고 말 겁니다. 다채로운 공격수단을 가지고 있으니 간격에도 주의하세요.——성 프리데스위데의 가호가 있기를!"

　학원장이 쥐고 있었던 팔을 확 놓고, 쿠퍼는 튕겨 나간 것처럼 뛰기 시작한다. 한발 늦게 샴록도 따라온다. 그의 최대속도에 맞춰 쿠퍼는 체력에 여유를 남기며 묻는다.

"퍼레이드의 진행 루트를 더듬어 보죠. 짐작 가는 결행장소가 있습니까?"

"물이 마른 다리예요! 《워터리스》라고 말했었거든요! 확실히 거기라면 몸을 숨길 장소는 많이 있으니——."

"자칫하면 죽는 사람이 나올지도."

꿀꺽, 샴록의 목구멍이 오므라들었다.

뒷길을 통해 성 프리데스위데의 플로트카를 앞질러 깊은 개천에 설치된 장엄한 철교에 도착했다. 이미 다리 위는 구경꾼으로 붐비고 있다. 플로트카가 행차하는 순간을 이제나저제나 하고 고대하는 모습이지만 그때까지 남은 시간은 5분일지, 10분일지——.

"있어요! 다리 밑바닥 쪽에!"

학교에서 겪어서 익숙한 샴록이 재빠르게 그의 모습을 발견했다. 확실히 흑철 일색으로 구축된 밑바닥 부분에 방금 사자 갈기가 나타났다가 숨었다.

플로트카의 모습을 확인했기 때문일까. 어쭙잖다. 쿠퍼는 쇠로 된 지면을 힘껏 걷어차 길에서 벗어났다. 황급히 샴록이 뒤에서 따라온다.

세로로 깊숙이 난 홈에 몸을 날린 쿠퍼는 온몸에서 마나의 푸른 불길을 퍼뜨렸다. 길이라고도 할 수 없는 길을 철재를 의지해 까앙, 까앙, 까앙! 하고 뛰며 주파한다. 철교 밑바닥까지의 최단거리를 도약해 구두 바닥에서 불꽃을 튀기며 철판을 미끄러진다. 동시에 허리에서 발도.

그 선명하고 강렬한 발도로 인해 어둠 속에 몸을 숨기고 있었던 사자남은 이쪽을 돌아보았다.

"——네 이놈. 어떻게 여기를……!"

"흉계는 거기까지입니다, 교장."

펜드래건은 그 손에 플린트록 식 유탄 발사기를 쥐고 있었다. 요컨대 권총의 총구가 나팔처럼 벌어져 있고 탄환 대신 폭탄을 쏘는 물건이다.

이미 폭탄은 세팅되어 있었다. 아마도 플로트카가 다리를 건너는 순간 이 장소에서 내부를 저격할 요량이었으리라. 상상 이상으로 과격한 방식이다.

"얌전히 오라를 받으세요. 지금이라면 아직 서약서에 다시 사인하는 수준으로 끝날지도 모릅니다."

"……하필이면 손이 이 모양이라. 펜을 드는 건 어려워서 말이야."

펜드래건은 일단 발사기를 거두는가 했지만, 천천히 그늘 안을 움직였다. 쿠퍼는 칼끝을 올리고 적의 모습을 정확히 계속 조준한다.

거기서 몇 초 늦게 샴록이 도착하고 구두 바닥이 팡! 철판을 때렸다.

"교장 선생님, 이제 이런 짓은 그만두세요!"

"……샴록 윌리엄즈! 으르르르!"

사자의 입가가 얼버무릴 수 없을 만큼 증오로 일그러졌다.

"퍼레이드를 내버려 두고 뭘 하고 있나 싶었더니만, 그래, 네

놈이……!"

"부탁이에요, 블랑망제 학원장님과 우호적인 관계를 쌓아주실 수 없을까요. 성 프리데스위데는 제 약혼자의——."

펜드래건은 난폭한 손짓으로 대사를 가로막았다. 그리고 아주 안쓰러운 양 말한다.

"그래, 네 약혼자도 필시 한탄스럽겠지. 남편이—— 통째로 그을리면 말이야!!"

예고도 없이 펜드래건이 공격을 날렸다. 벌어진 아가리에서 불덩이가 날아온 것이다. 샴록을 노린 공격을 쿠퍼는 즉시 몸을 미끄러뜨리며 베어 버린다.

펜드래건은 공격의 손을 늦추지 않았다. 공격의 《입》이라고 해야 할지도. 다시 말해 그는 엄니 안쪽에서 쉴 새 없이 불덩어리를 날렸다. 불덩어리에 그치지 않고 중간중간 얼음 창을 토하고—— 꼬리 쪽이 예리하게 끝부분을 이쪽으로 돌리나 싶었더니 그곳으로부터는 전기 뱀이.

굉음을 내며 검은 칼에 격돌한 전류는 도신을 물고서 놓지 않았다. 쿠퍼는 있는 마나를 전부 가압하여 전류를 억눌렀다. 이쯤 되면 쿠퍼라도 전율하지 않을 수가 없다.

"세 가지 속성의 브레스……!"

"그렇다. 이 몸은 《사자》가 아니라—— 《용》이다!!"

어렵게 전기 뱀을 뿌리친 직후 연달아 불덩이 세 발이 날아왔다. 매끄럽게 베어버리고는 있으나 쿠퍼는 방어 일변도. —— 이는 순전히 움직일 수 없기 때문이다.

샤록은 레이볼트 재단의 검을 쥐었으면서도 몸을 딱딱 떨고 있었다. 현기증이 날 것 같은 섬광은 끝날 줄을 모르고, 귀청을 찢을 듯한 충격이 뇌수를 뒤흔드니 무리도 아니다. 피부가 열파에 그슬리나 싶었더니 얼음 파편이 볼에 상처 한 줄기를 남기고 지나갔다. 온 철교에 확산된 전류가 장난인 양 바지를 걷어찬다.

눈앞에서는 흑발의 청년이 꺼림직할 만큼 정밀하게 칼을 휘두르고 있었다. 희미하게 보일 정도로 빠른 참선이 브레스를 족족 베어 버리고 있다. 그러나 샤록이 발을 헛디디기라도 하면 손발이 날아갈 만큼 포학한 폭풍이 좌우로 지나간다——.

이 요란한 응수는 철골을 타고 이동해, 차츰 다리 위에서 구경꾼이 웅성거리기 시작했다. 태평한 아이의 목소리가 와아, 울려 퍼지고—— 그것이 샤록의 긴장의 끈을 잘라 버렸다.

"으으…… 으윽…… 으아아아아아아아아아악!!"

목구멍을 찢을 것 같은 절규와 함께 샤록은 쿠퍼의 뒤에서 뛰쳐나왔다. 검을 번쩍 들고 펜드래건에게 돌격한다. 쿠퍼의 제지는 늦었다.

"기다려, 진!!"

샤록이 다짜고짜 날린 일격은 펜드래건의 어깨를 정통으로 때렸다.

하지만 유리와 같은 음색과 함께 검 쪽이 부서진다. 부러진 칼날은 철교 바깥으로 낙하하고, 기계적인 구조를 이루던 톱니바퀴는 뿔뿔이 떨어져 나갔다. 샤록은 생기를 잃은 얼굴로 두어 발 뒷걸음질 쳤다.

"아윽, 아아……아……."

"고얀 녀석, 교장에게 검을 들이댈 줄이야……. 교육해 주마!!"

펜드래건의 꼬리가 채찍처럼 휘어져 샴록의 온몸에 전류를 퍼부었다. 공중을 팽이같이 날아간 샴록은 털썩 쓰러졌다.

쿠퍼는 바람같이 샴록의 앞으로 미끄러져 들어갔다. 그러나 추가타의 기미는 없다. 펜드래건은 마치 식사를 마친 것처럼 할짝거리며 입가를 핥고 있을 뿐이었다.

"대놓고 인간에게 공격을……! 이미 서약서는 전혀 기능하지 않는 것 같군요."

"설득하느라 고생 좀 했다. 가르, 가르, 가릉……."

유쾌한 듯이 코를 벌름거리고 펜드래건은 강사다운 설명을 계속한다.

"지금은 몇 분간만이라면 나에게 이해를 보여주게끔 됐지."

대화로 시간을 벌면서 쿠퍼는 샴록의 목덜미에 손가락을 댔다. ──괜찮다, 정신을 잃은 것뿐이다. 의상이 무참히 눌어붙었지만 치명상에는 이르지 않았다.

펜드래건은 그 모습을 흥미진진하게 바라보고 있었다.

"조금 전 《진》이라고 불렀지? 그놈은 샴록 윌리엄즈다."

"……무심코."

"무심코라! 이 몸도 무심코 생각이 나. 마음대로 탐하고 먹었던 나날이……."

지성적이었던 눈동자가 금세 사나운 짐승의 그것으로 변한다.

"그 마녀만 없었다면!!"

갑자기 몸을 돌린 다음 펜드래건은 다리 밑바닥의 더욱 안쪽으로 몸을 날렸다. 쿠퍼도 쏜살처럼 움직이기 시작한다. 기절한 샴록을 안고 적의 그림자를 뒤쫓는다.

펜드래건은 그야말로 짐승 그 자체의 유연함을 발휘해 철골 사이를 종횡무진 뛰어다녔다. 쿠퍼도 속도만큼은 인간을 벗어나 있긴 했지만 아무리 그래도 이 상황은 불리하다. 우선 시야가 어둡고, 철골이 돌출되어 발이 걸리기 십상이며, 왼팔에 안은 샴록은 꼼짝도 하지 않는다. 그럼에도 필사적으로 적의 모습을 계속 뒤쫓는 쿠퍼에게 펜드래건은 이따금 네 발로 엎드린 채 달려들었다.

검은 칼과 교차하고 금속음이 울린다——.

아무리 《요도》라곤 해도 오른팔 하나로 강철 같은 방어력을 꿰뚫기란 쉽지 않았다. 게다가 적은 집요하게 샴록의 경동맥을 노려서 포지션에도 주의하지 않으면 안 되는 상황. 어슴푸레한 어둠 속에 몇 번이고 순간적인 섬광과 금속음이 튄다.

"그 짐을 버리면 어떨까!"

펜드래건은 네 발로 계속 뛰면서 슬쩍 말을 걸어온다.

"자네는 몸이 가벼워지고 나는 고기를 먹을 수 있어. 서로에게 이로운 것 같은데?!"

"도둑고양이한테 먹이를 주는 습관은 없어서 말입니다."

"크아아아아앙!!"

무시무시한 포효와 함께 짐승이 달려들어 온다. 서로 뒤엉켜 구르며, 쿠퍼는 적의 발톱을 피하면서 배를 차올린다. 펜드래건은 버티지 않고 잽싸게 물러섰지만 동시에 쿠퍼의 좌우 팔에서도 무게가 사라졌다.

기절한 샴록과 검은 칼이 하필이면 각각 반대 방향으로 구르고 있었다. 숨 돌릴 틈도 없이 정면에서 닥쳐오는 짐승의 그림자. 펜드래건이 미칠 듯이 기뻐하며 돌격해온다.

"어느 쪽을 잡지?!"

쿠퍼는 득달같이 지면을 찼다. 우측의 칼이냐, 좌측의 인질이냐―― 양쪽 다 아니다! 그대로 정면에 돌격해서 허를 찔린 펜드래건의 명치를 보자마자 후려갈긴다.

금속 같은 타격음이 마나를 걸친 주먹으로부터 터졌다. 쿠퍼의 오른팔이 삐걱거렸다. 펜드래건의 돌격은 확실히 둔해졌다. 그렇지만 그는 물러서지 않고 그 자리에 머물러, 자신의 피부를 흔드는 데 그친 주먹을 히죽이며 내려다본다.

"안 통하는군……?"

쿠퍼는 그 자리에서 주먹을 거두고, 낮춘 허리에서부터 탄탄한 상반신으로, 원을 그리는 이미지로 기력을 순환시켰다. 콰아아, 하고 용의 숨결을 닮은 날숨과 함께 두 주먹을 굳게 쥔다.

"으랴……아아!!"

연타, 연타, 연타. 쿠퍼의 잔상 몇 개가 몸에 겹치고 희미해질 정도로 빠른 주먹이 잇달아 꽂혔다. 강렬한 공세에 펜드래건의 상체도 흔들렸으나 오기와 근육으로 그 자리를 버텼다. 소름 끼치는 것은 바로 그 타격음――.

육체끼리 부딪치는 것으로 도저히 여겨지지 않는 경질의 금속음이 물리적인 압력으로 철골을 떨게 하였다. 깎여 나간 것 같은 마나가 주위에 터진다. 마침내 펜드래건의 몸통에 빠지직하고 금이 갔다. 쿠퍼의 주먹은 이미 통증조차 느끼지 못하고 있다. 펜드래건은 타종된 종처럼 서서히 몸을 크게 흔들었고, 얼마 안 있어 인내 쪽이 한계를 넘었다.

"안…… 통해애애애애!!"

양팔을 교차하듯이 번쩍 들어 쿠퍼를 힘껏 튕긴다. 허무하리만치 쉽게 날아간 그는 벌떡 일어나자마자 다시 덤벼들었다.

──우직하구만! 그러나 바로 그렇게 깔보고 만 것이 펜드래건에게 죽음을 가져왔다.

쿠퍼는 오른팔을 뒤로 힘껏 당긴 다음 몰래 가지고 있었던 무언가를 펜드래건의 가슴팍에 때려 밀었다. ──바로 유탄 발사기다. 펜드래건은 깜짝 놀라 단추가 날아간 자신의 연미복을 내려다보았다. 있어야 할 물체가 있어야 할 곳에 없다.

"아차! 이걸 노리고──."

방아쇠를 당긴다.

영거리에서 작렬한 폭발과 화염이 펜드래건의 강철 피부를 날려 버렸다. 몇 미터나 뒤로 날아간 펜드래건은 제대로 몸을 가누지도 못했다. 그을린 가슴살에서 연기가 난다.

발사기를 내던지며 쿠퍼는 바닥을 박찼다. 허리에 모은 양 손바닥에 죽음을 고하는 푸른 불길이 휘감긴다.

"《환도술(幻刀術)……————.》"

양손을 수도로 사용해 적의 가슴팍을 교차하여 도려냈다. 손가락이 살을 쑥 파고들고, 손끝에서 마나가 있는 대로 폭발한다. 펜드래건의 등이 후드득 날아가고 마나의 칼날과 주홍색 피가 함께 공간을 메웠다.

"《우인모단(羽刃牡丹)》!!"

엄청난 속도의 결말을 뒤늦게 소리가 따라잡는다. 무시무시한 절단음이 철골 틈새에 튀어 공기를 찌르르 떨게 했다. 쿠퍼는 수도를 뽑고 피를 털었다. 펜드래건의 거구가 뒤로 기우뚱 기울더니 그대로 털썩! 벌렁 자빠졌다.

"……이걸로 끝입니다."

천하의 쿠퍼도 '후우' 하고 피로를 토해냈다. 펜드래건은 단말마인 양 큰 입을 벌리고 움찔, 움찔 사지를 떨고 있다. 돌이킬 수 없는 가슴의 커다란 구멍에서 피가 솟구쳐, 물이 마른 다리에 주홍색 연못을 이룬다.

마지막 결정타처럼 낡은 서약서가 미적거리며 기능하기 시작했다. 펜드래건의 주위에 서약의 문장으로 보이는 것이 떠오르고, 그것이 사슬처럼 온몸을 꽁꽁 조인다. 펜드래건은 무척이나 괴로워하며 신음했다. 이 신기한 현상이 바로 그 구속력인가 하는 것이리라.

여하튼 그는 다시는 인간을 해칠 수 없게 된 셈이다──.

"아이고, 엉뚱한 임무에……."

검은 칼을 회수하고 다친 샴록을 간호하기 위해 쿠퍼는 발길을 돌렸다.

──그것이 실수였다. 이번엔 그가 마음의 허점을 찔린 것이다.

"으르르르아아아아앙!!"

아무 전조 없던 포효에 쿠퍼는 움찔하며 돌아보았다.

남은 목숨은 몇 분 정도일 텐데. 그러나 펜드래건은 일어나 있었다. 가슴의 구멍과 엄니 틈으로 핏덩어리를 콸콸 흘리면서 왼손에 무언가를 단단히 쥐고 있다.

폭탄이었다. 내던진 발사기를 의미도 없이 찾으면서 쿠퍼는 혀를 찬다.

"설마 한 발 더 가지고 있었단 말인가!"

"브르르르아아아아앙!!"

펜드래건은 강렬하게 지면을 걷어찼다. 피 보라를 뿌리면서 철골에 달라붙어 그대로 맹렬하게 다리를 기어오른다. ——자폭. 관중 한복판에서 자폭해 많은 사람의 목숨을 말려들게 할 셈이다.

"이 몸은 인간을 해치는 것이 아니야, 나 자신을 죽일 뿐이지, 아무렴나는서약을어기지않았어나는나는이몸은아아아아아아————————————!!"

쿠퍼도 즉각 땅을 찼다. 이렇게 된 이상 놈의 발목에 달려들어서라도 끌어내릴 수밖에 없다. 하지만 제때 갈 수 있을까?! 날카롭게 팔을 휘두르자 군복 소매에서 와이어가 튀어나왔다. 펜드래건의 발에 휘감긴다.

그것을 뿌리칠 줄 알았는데 펜드래건은 잠깐 이쪽을 내려다보았다. 그리고 불덩이를 쏜다! 쿠퍼는 철골을 박차 피했고, 이로 인해 간격이 크게 벌어지고 말았다.

그 타이밍에서 놈은 왼발의 와이어를 뿌리쳤다. 다 죽어가는 주제에 정말 놀라운 판단력이다! 남은 거리를 일심불란 하게 기어 올라간다.

이윽고 그 충혈된 눈동자에 구경꾼들의 뒷모습이 비쳤다.

"히이——히이——히아아아아아아아아아!!"

펜드래건은, 그 축제의 중심으로 자신의 몸을 날리길 원했다. 아비규환의 비명, 인간들의 절망, 역시 그 중심만이 란간스로프인 자신의 관에 걸맞다! 용의주도하게 폭탄을 쥔 왼손이 한층 더 힘차게 로트 아이언 난간을 잡는다.

——직후, 날아온 한 줄기 섬광이 그 왼손을 관통했다.

"……허억?"

정확히는 그 손안에 있던 폭탄을 약간의 오차도 없이 꿰뚫었다. 구 모양의 그것은 펜드래건의 피와 함께 다리 아래로 빨려 들어가 사라졌다. 통증을 의식하지도 못하고 펜드래건은 구멍이 난 손바닥과 세로로 깊이 난 홈으로 시선을 왕복시킨다.

——그것이 그가 본 마지막 광경이었다.

예고도 없이 박힌 두 발째가 펜드래건의 머리를 철골에 꿰어 고정시켰다. 두개골에 엄청난 혈흔이 퍼진다. 펜드래건의 등에 거의 다다른 쿠퍼는 깜짝 놀라 발을 멈췄다.

펜드래건의 미간을 후두부부터 꿰뚫은 물체는, 새의 깃털로 보이는 것이었다.

머리 부분에 화살처럼 촉이 달려 있다. 펜드래건은 저격당한 셈이다.

쿠퍼는 고개를 홱 돌려 개선문 지구의 검은 거리를 둘러보았다.

그리고 발견했다. 먼 건물의 옥상에 있는, 일반인은 볼 수 없는 세 명의 모습을.

피아의 거리는—— 500미터 정도인가.

"이 거리에서……!!"

정말이지, 말끝이 떨리지 않을 수 없었다.

† † †

가볍게 활을 내리고 하르퓌아 티아유는 중얼거렸다.

"……클리어."

"훌륭합니다."

닥터 애너벨은 안경을 밀어 올린다. 여명 희병단의 정예, 인조 란칸스로프 집단 《애너벨의 사도》 중에서도 더욱이 중핵을 이루는 세 명. 그 마지막 한 명인 제퍼는 망원경으로 먼 경치를 바라보고 있다.

"박람회가 중지되게 할 수는 없으니까 말이지."

결국 물이 마른 다리 위에 있는 사람들이 다리 아래에서 벌어진 격투를 알아채는 일은 없었다. 얼마 안 있어 그 한쪽 끝에 장엄하고 화려한 플로트카가 천천히 모습을 드러냈다.

† † †

"쿠, 무사해?!"

"……순조롭습니다."

로제티와 마디아가 물이 마른 다리로 와 합류했을 때 쿠퍼는 순간적으로 저격수의 모습을 찾았다. 하지만 먼 지붕 위에 이미 세 명의 모습은 없었다.

두 사람과 정보를 교환해보니 역시 성 도트리슈 측의 진행 루트에도 장 설리번의 수하가 방해하러 갔었던 모양이다.

하지만 그들에게는 교장만 한 집념은 없었던 듯 로제티와 마디아가 가볍게 한 번 비틀어 주자 간단히 백기를 들었다고 한다. 애초에 서약서를 속일 수 있었던 것도 정황을 보아 펜드래건 단 한 명——.

그리고 쿠퍼 측의 전말은 여성 팀에게는 한눈에 판명된 것 같다. 지면에 누워 있는 펜드래건의 거대한 시체가 그녀들의 입을 다물게 한다. 로제티는 조심스럽게 물었다. "쿠, 상처는?" 쿠퍼는 대답한다. "별거 아닙니다."

오히려 똑같이 누워 있는 샴록의 용태가 걱정이었다. 바로 의무실에 옮겨야 할 것이다. 이러는 사이에 다리 위에서 환호성이 들려왔다.

성 프리데스위데의 플로트카가 드디어 중앙에 접어드는 참이다.

로제티가 쿠퍼 옆에 서서 나란히 머리 위를 올려다본다. 교각의 틈으로밖에 엿보지 못하지만 지금은 이 장소를 특등석이라고 생각하는 수밖에 없으리라.

"제자의 하이라이트 장면 정도는 확인해 줘야지."

로제티가 말한다. 이제는 아무 우려도 없을 것이다.

——하지만 이변은 바로 그 순간에 시작되었다.

환호성이 한층 더 부풀어 올랐다. 날카로운—— 비명 같은 것도 들린다. 다리 양 끝에서 구경꾼들이 꿈틀거리기 시작했다. 우왕좌왕—— 도망갈 곳을 찾는 것 같기도 하다.

이쯤 되자 로제티도 눈썹을 찌푸렸다.

"어, 뭐지……?"

직후 격렬한 섬광이 뿜어져 나왔다. 그야말로 빛의 기둥 같은 섬광이. 발신원은 다름 아닌 프리데스위데의 플로트카. 정확히는 그 발코니에 서서 곧게 장검을 번쩍 들고 있는—— 금발의 소녀다.

옆에는 엘리제가 쓰러져 있었다. 로제티가 쿠퍼의 어깨를 콱 잡는다.

"뭔가 상황이 이상한데?!"

쿠퍼와 그리고 라클라 선생은 험상궂은 표정으로 상공을 노려봤다.

† † †

플로트카가 물이 마른 다리에 당도했을 때 성 프리데스위데의 퍼레이드 분위기는 최고조에 이르고 있었다. 다리 좌우에는 많은 숫자의 구경꾼이 늘어서서 색종이를 뿌리며 공중을 채색하고, 그 환호성의 한복판으로 자동운전 중인 플로트카는 나아가기 시작했다.

——여기가 클라이맥스야! 하고 소노라 파바게나는 눈짓을 보냈다. 춤추면서도 급우들은 눈길로 응답하고, 한결 더 힘차게 그리고 가련하게 스텝을 밟는다. 손가락이 능숙하게 칼집을 집어 돌리고, 맞부딪친 무기들이 째앵 하고 소리높이 합창한다. 부풀어 오르는 환호성.

가장 주목받는 발코니에서 마주 보고 있는 메리다와 엘리제도 한순간 고개를 끄덕였다. 그리고 0.1초도 어긋나지 않고 백스텝을 밟은 다음 거울을 보는 듯한 연무를 피로한다. 좌우 대칭에 정확히 일치하는 천사들의 춤은 플로트카 주위에서부터 시선을 속속 낚아챘다.

"팔라딘 엘리제 엔젤 님이다!"

사촌 자매만 칭찬하는 목소리가 가슴을 콕 찌르긴 했지만 메리다는 애써 신경 쓰지 않는다. 이 부분이 퍼레이드의 하이라이트이기 때문이다. 대치 중인 전(戰)천사를 연상케 하는 메리다와 엘리제가 거울을 보는 듯한 자세에서 동시에 간격을 좁힌다. 메리다의 베기를 엘리제가 피하고, 엘리제의 일섬을 메리다는 춤을 추며 빠져나간다. 서로 어깨를 부딪친 다음 오른손과 왼손에 쥔 장검이 교차. 칼끝을 크로스 시키면서 그대로 하늘로 밀어 올렸다.

기다란 금발이 펄럭이며 도신 사이를 미끄러지고 늘어진다. 여기까지는 계산한 대로다. ——해냈다, 잘됐어! 리허설 때와는 달리 진짜 환호성이 엔젤 자매의 온몸을 감쌌다. 뺨이 상기되고 땀이 떨어진다.

——직후에 모든 톱니바퀴가 틀어지기 시작했다.

뒤엉킨 두 사람의 장검이 덜덜 떨렸다. 아니, 떨리고 있는 것은 메리다의 검이다. 마치 맹금의 알이 부화하려고 하는 것처럼 도신이 격렬하게 날뛰며 말을 듣지 않게 되었다. 손잡이를 세게 쥐어도 도무지 잠잠해지지 않는다.

"어, 뭐, 뭐지?"

결국 양손으로 자루를 안정시키지 않을 수 없게 되어서 댄스가 중단된다. 엘리제도 내디디려고 한 발이 꼬여서 자신의 검을 떼어내지도 못한 채 당황한다. 음악으로부터 두 사람만이 남겨지고 플로트카 아래쪽에서 소노라의 시선이 날아왔다. ——뭐 하는 거야?!

무슨 일이 일어났는지 묻고 싶은 건 메리다 쪽이었다. 구경꾼들의 시선도 차츰 의아해지고 있다. 빨리 춤춰야 하는데, 아무 일도 없는 척해야 한다고 생각은 하는데 검이 도통 얌전해지지 않는다. 그러기는커녕 사슬로 묶인 맹견인 양 한없이 짜증스럽게 날뛰고, 엘리제의 검에 화풀이하고, 박박 긁는 듯한 금속음을 울리며 튀어 오르더니——.

동시다.

두 개의 도신이 미끄러짐과 함께 거기에 휘감겨 있었던 엘리제의 마나를 메리다의 장검이 깎아냈다. ""어……."" 하고 두 사람의 입술이 동시에 중얼거린다. 메리다의 상체에는 오히려 활력이 넘치고, 반대로 단숨에 마나를 잃은 엘리제는 덜컥 무릎에 힘이 풀렸다.

그리고 쓰러진다.

결국 동급생들도 모르는 척은 할 수 없게 되었다. 플로트카의 전원이 춤을 멈추자 음악만이 허무하게 울려 퍼진다. ——아니, 소노라만은 필사적으로 못 본 척을 하며 댄스를 계속하고 있었다. 관객들의 시선이 쓰라리다. 소노라는 폭포 같은 식은 땀을 흘린다.

이를 비웃듯이 엘리제의 마나를 단단히 문 장검은 메리다의 의사도 무시하고 드높은 포효를 질렀다. 칼끝이 멋대로 하늘을 찌르더니 백은의 마나가 두껍게 방사된다.

"꺄아악……?!"

메리다는 이미 칼이 날아가지 않도록 자루를 꽉 붙드는 것밖에 할 수 없었다. 화살같이 발사된 마나는 발코니의 차양을 파괴했다. 메리다와 급우들이 몇 주일이나 들여 준비한 차양이다. 파편이 쏟아져 바로 아래에 있었던 동급생들은 도망치기 시작했다.

"그만 좀 해, 메리다 양!!"

소노라의 지금까지 본 적 없는 얼굴이 무서웠다. 플로트카 주위로부터 셀 수 없을 정도로 많은 시선이 메리다를 쳐다보고 있다. 그 구경꾼 중 누군가가 불쑥 깨달았다.

하늘에서 쏟아지는 은색 불똥이 무엇인지를 알아챈 것이다. 그것은 메리다의 장검에서 나온 그녀 자신의 마나로 여겨졌다. 기병단의 한 부대를 도맡아 관리하는 콧수염 기사가 말했다.

"이것은…… 팔라딘의 마나 아닌가……?!"

군사고문 한 명이 성도 친위대의 훈련에 얼굴을 내밀었을 때의 일을 떠올린다.

"맞아, 이건…… 지난날에 본 페르구스 공의 마나와 아주 비슷해!"

하필이면 성도 친위대의 기사 본인까지 이 자리에 와 있었다.

"나는 이 《축복》의 힘을 잘 알고 있어! 이건 틀림없이 팔라딘 거야!!"

취재 중인 기자는 분주하게 펜을 놀렸다. 카메라 셔터 소리가 울리고 누군가가 메리다의 모습을 따갔다. 장검을 높이 내걸고 팔라딘의 마나를 드러내고 있는 모습을. 당황하는 표정은 보이지 않는다. 옆에는 엘리제가 쓰러져 있다. 그럼에도 그 사진은 내일 신문의 한 면을 당당히 장식할지도 모른다.

구경꾼들은 퍼레이드는 뒷전으로 돌리고 논의를 시작했다.

"내 이럴 줄 알았지! 엔젤 가문에 불륜이라니, 그게 어디 가당키나 해요?"

"하지만 요즘 성왕구에서 떠도는 소문, 알고 있어……?"

"헛소문이었던 거지! 봐봐, 저 늠름한 모습을!"

누군가가 말하자 시선이 일제히 메리다를 찔렀다. 가슴이 욱신거리며 아팠다.

"그녀는 일찍이 《무능영애》라고 불렸어. 그렇지만 와신상담 끝에 마나를 각성시켰어—— 팔라딘의 마나를! 앞으로 그녀를 깎아내리는 목소리가 있을까?!"

"있을 리가! 나는 줄곧 그녀를 응원하고 있었다고!"

"메리다 님!! 메리다 엔젤 님!"

"틀림없는 팔라딘의 후계자! 엔젤 가문의 차기 당주님이시다!!"

대환호성이 터져 나왔다. 찬양하는 목소리가 파도처럼 메리다를 감쌌다. 겨우 장검이 성질을 가라앉히고 팔라딘의 마나를 다 토해낸 것도 메리다는 깨닫지 못했다. 부자연스럽게 무거운 칼끝이 발밑에 떨어져 바닥을 깎는다.

"리타……."

엘리제가 이쪽을 올려다보고 있었다. 그 무표정이 무엇을 전하고 있는 건지 지금의 메리다에게는 이해가 가지 않았다. 네르바를 비롯한 동급생들은 할 말을 잊었다. 소노라 파바게나의 얼굴이 여전히 무서웠다. 하급생들은 병아리처럼 떨고 있다.

"메리다 언니……."

티치카의 시선을 메리다는 마주 보지도 못했다. 지금은 아무것도 보고 싶지 않았다. 귀를 막고 눈을 감아버리고 싶었다. 선생님, 하고 새카만 어둠 속에 자신의 목소리가 울렸다.

찬양하는 목소리, 굳은 침묵, 몸을 벨 것 같은 시선——.

메리다는 그것들 전부가 자신을 세상으로부터 내쫓으려 하는 것처럼 느껴졌다.

LESSON : Ⅳ ~원 바깥쪽에서 비웃는 그림자~

"⋯⋯이건 《저울의 납》입니다."

쿠퍼는 도신의 빛에서 근소하게 탁한 부분을 찾아냈다. 그의 팔을 사용해도 무거운 장검을 눈높이에 들었다가 천천히 책상 위로 되돌린다. 쿵, 둔탁한 소리가 났다.

로비 중앙에 놓인 그 휘황찬란한 검에 성 프리데스위데 퍼레이드 참가자 전원이 주목하고 있었다. 다른 학생들은 벌써 취침하고 있을 시간으로 모두 교복으로 갈아입은 상태. 장소는 그녀들이 전세 낸 숙소──즉, 호텔이었다.

바늘 같은 침묵의 중심에 메리다가 있었다. 그 앞의 테이블에 죄인을 추궁하는 증거품같이 장검이 놓여 있다. 옆에 선 쿠퍼는 마치 변호인이나 신문관 같다──.

메리다는 자신의 목소리가 시치미를 떼는 것 같다고 느끼면서도 발언하지 않을 수 없었다.

"저울의 납이라는 게⋯⋯ 뭔가요?"

"《마나 압력의 밸런스를 유지》하는 특성을 지닌 광물입니다. 이 검이 부자연스럽게 무거웠던 것은 도신에 그 납이 많이 함유되어 있었기 때문⋯⋯."

왜 알아채지 못했나 하고 쿠퍼는 스스로를 질책했다.

설령 알아챘다고 해도, 어떻게 할 수 없었다고 해도——.

"아가씨께서는 한창 퍼레이드 중에 마나를 상당히 억제하고 있지 않았습니까? 할아버님의 명령을 지켜서……. 그에 비해 엘리제 님은 평소 이상으로 마나를 세게 내뿜어 관객을 열광하게 하고 있었습니다. 아마 그것이——."

좌우의 집게손가락을 가슴 앞에서 교차시킨다.

"두 분의 검이 모였을 때 최악의—— 아니, 조금 전의 사태를 초래한 것이지요. 《저울의 납》은 밸런스를 유지하고자 엘리제 님의 검으로부터 마나를 몽땅 깎아냈습니다. ……직후엔 상당히 쇠약해지셨겠지만 안심하십시오. 내일 있을 콘테스트까지는 회복하실 겁니다."

"나는 괜찮아."

엘리제는 메리다 옆에 바싹 달라붙어 있었다. 종기를 접하는 듯한 태도인 다른 급우들과는 대조적으로 어딘가 오기가 난 것 같이도 보인다.

침묵의 고통을 쿠퍼는 생생하게 느꼈다. 이때 소노라가 일어섰다.

"……직전에 『다른 무기로 나가겠다』라고 했을 때 좋지 않은 예감이 들긴 했었어."

곧바로 메리다도 일어섰다. 비난받을 것을 각오한 표정이다.

"내 뜻은 아니었어."

"할아버님에게 부탁해서 준비한 거였지?"

"나도 지금…… 지금에서야 알았어!"

"이걸 봐!!"

소노라는 메리다의 코앞에 양피지를 들이밀었다. 도무지 건설적인 대화가 이루어지지 않고 있다.

양피지에는 퍼레이드의 일곱 가지 심사항목과 그에 대응하는 점수가 기록되어 있었다. 출장자명【성 프리데스위데 여학원】. 종합득점은…… 척 보기에도 끔찍하다고 하지 않을 수 없었다.

"최악이야."

소노라는 기억에서 지워버리고 싶다는 듯이 심사표를 구긴다.

"근데 솔직히 이럴 만도 하지. 자기들이 플로트카를 부수고, 춤도 추다 말았으니까. 나는 어떤 얼굴을 하고 이걸 엄마한테 보여주면 될까? 파바게나 가문의 망신이야!"

"……나는."

"그래도 메리다 양, 넌 좋았겠다? 사촌 자매를 들러리로 써서 내일의 화제를 독차지할 거 아니야! 벌써 신문사랑 이야기는 돼 있니? 인터뷰 내용은 생각했어? 다 됐으니까 이 이상 성 프리데스위데를 끌어들이지 마!!"

엘리제가 더는 참을 수 없었는지 의자에서 일어났다. 그리고 두 사람 사이에 끼어든다.

"리타는 아무것도 모른다고 하잖아. 리타를 비난하지 마."

"왜 엘리제 양이 감싸는 거야! 가장 창피를 당한 건 너인데?!"

그 말이 결정적으로 메리다에게 큰 타격을 입혔다. 예고도 없이 몸을 돌려 숙소에서 뛰쳐나간다. 짤막한 "미안해."라는 쉰 목소리가, 쿠퍼의 귀에만 닿았다.

안타까워하며 나선 것은 바로 미토나 휘트니 학생회장이다.

"······소노라 양, 말이 지나쳐요."

"저도 충격이라고요!"

울먹이는 소리를 지르고 소노라는 의자에 앉아 얼굴을 가렸다.

실로 허무한 공기가 로비에 가득 찼다. 여학생들 누구도 소노라를 위로할 수 없고, 그렇다고 메리다를 뒤쫓아 가는 것도 허락되지 않는 분위기. 어쩔 수 없이 쿠퍼가 솔선하여 몸을 돌렸다. 자신에게 기대는 듯한 미토나와 엘리제의 시선을 뿌리치고 숙소 바깥으로.

강철의 도시 특유의 무더운 공기에 둘러싸이자마자 누군가의 목소리가 쿠퍼를 불렀다.

"쿠퍼 선생님."

뒤돌아보니 현관문 옆에 다른 학교 교복을 입은 여학생이 기대고 있었다.

잠깐 이야기할 수 있을까요? 하고. 꿈의 나라로 부르는 것처럼 뮬은 말했다.

† † †

메리다는 굳이 혼자서 울기 위해서 숙소를 뛰쳐나간 건 아니다.

진상을 확인하기 위해서다! 소노라가 말했던 대로 교묘하게 이 상황을 꾸민 자가 있다. 《저울의 납》으로 만든 장검을 메리다에게 건넨 것은 누구인지, 그는 무슨 의도를 가지고 '사무라이 클래스인 사실을 숨기도록' 같은 말을 하여 메리다의 행동을 유도한 것인지──.

비장한 결의를 가슴에 품고 메리다는 강철의 도시를 달린다.

심야의 전시관은 개장 때와는 전혀 다르게 아주 조용해져 있었다. 어둡다……. 낮엔 믿음직한 가정교사가 손을 잡아줬지만 지금은 메리다 혼자뿐이다. 움츠러들 것만 같은 다리를 질타하고서 도넛 모양의 전시회장으로 발을 들여놓는다.

뜻밖에도 목적지는 발이 기억하고 있었다. 이 도시에 와서── 무슨 영문인지 아주 오래전의 일로 느껴진다──곧바로 직행한 장소다. 몰드류 무구 상공회의 관계자용 천막.

서커스같이 넓고 커다란 천막으로부터 번쩍이는 빛이 새어 나오고 있었다.

침을 꿀꺽 삼키고 메리다는 신중히 입구로 다가간다.

현수막에 가려진 입구 건너편에서 목소리가 들려왔다.

"……이걸로 준비는 다 됐다."

그 장년 남성의 목소리를 메리다는 어디선가 들은 적이 있는 듯한 기분이 들었다. 무의식중에 현수막 틈으로 몰래 안을 엿본다.

산발한 자남색 머리칼의, 담배를 피우고 있는 군인이었다. 그 군복의 암색을 보고 메리다는 생각이 났다. 언제였던가, 저택에 쿠퍼를 찾아온 동료분이 아닌가.

──왜 몰드류 무구 상공회의 천막에 있는 거지?

목소리는 천막 틈 사이로 띄엄띄엄 들려온다.

"남은 건 내일, 그 아가씨를…… 하면, 기사 공작 가문의 위신을…… 자는 전부 사라집니다."

"하, 하지만…… 정말로 괜찮은 건가?"

노인의 목소리가 들려서 메리다는 깜짝 놀랐다. 상인 분위기가 나는 쥐스토코르의 소매가 군복 옆에서 흔들린 것이다. 할아버지의 모습을 확인하고 순간적으로 몸을 내밀 뻔했다.

그렇지만 막 내디디려 한 발은 그의 다음 말로 인해 그 자리에 고정됐다.

"죽은 사람이 나왔다고 들었는데? 이, 이렇게 일이 커지리라고는, 나는 조금도……."

──죽은 사람?

메리다는 더욱더 입구 뒤에 몸을 숨긴다. 군복 남성은 머리카락을 쥐어뜯었다.

"걱정 마시죠. 그건 사람이 아니니."

"차, 차, 차라리 계획을 재검토하면 어떨까……?"

"여기까지 공들여 준비시켜 놓고서 그건 아니죠. 무슨 일이 일어나든 박람회를 중지하게 만들진 않을 겁니다……. 뭐, 이번엔 대부분 《저 양반》의 공적이었지만요."

"그 《백야》님에게 칭찬받을 줄이야……! 더없는 영광입니다."

천막 안에는 또 다른 인물이 있었다. 그러나 이쪽은 확실히 메리다의 기억에는 없는 자들이다. 안경을 쓴 장발 남성은 이지적이지만 잔인한 분위기가 느껴진다.

"우리는 유감스럽게도 《부수는》 능력밖에 없어서. 그 역할을 완수했을 뿐……."

"믿음직하기 그지없군. ──마지막으로 다시 한번 내일의 프로세스를 확인해두고 싶은데?"

이 천막의 주인은 할아버지일 텐데 그의 존재감이 전혀 없었다. 몰드류 경이 끼어들지 못하고 있는 동안에 또 메리다가 모르는 인물이 시야를 가로지른다.

"닥터~? 따분한 이야기가 더 이어지는 거면 먼저 자도 돼?"

"제퍼! 클라이언트한테 실례잖아."

"그럼 산책하고 올래. 영기를 보양해야 하니까── 내일을 위해."

그 인물은 군인으로도, 상공회 관계자라고도 보이지 않는 병적인 인상의 소년이었다. 옆에는── 누나일까? 수상한 분위기의 소녀가 문란하게 팔을 감고 있다.

남매는 몸을 돌렸다. 안경을 쓴 남성은 불러 세우려 하다가 포기한다. "……우리 애들이 실례를 해서 미안합니다." 군인은 공감을 표했다. "자식놈한테 애를 먹고 있는 건 피차일반이군."

메리다는 대화를 더 들을 여유도 없이 천막의 출입구에서 도망쳤다. 부스 설치가 늦어지고 있는 덕분에 잡다하게 쌓여 있는 나무상자 뒤에 간신히 뛰어들 수 있었다.

직후에 현수막이 치워지고 두 명분의 실루엣이 바싹 붙은 채 나왔다.

"들었어, 티아? 닥터도, 《백》 아저씨도, 그 할아버지도."

비아냥대는 소년의 목소리가 울렸다. 사이사이 "훗!" 하고 코웃음 친다.

"계집애 하나 처치하는 데 아주 기를 쓰고 있어. 웃기지 않아?"

"……그러게."

"아~아, 왜 이런 귀찮은 방식으로 해야 하는 거지? 냉큼 목을 베어 버리면 되는데 말이야. ——나한테 맡겨주면 금방이라고."

메리다는 어째선지 등에 소름이 쫙 끼치는 것을 의식했다. 왜 화려한 제전에서 이런 온당하지 않은 대화가 이루어지는 걸까. 그들은 대체 무슨 이야기를 하는 걸까.

그래! 하고 소년은 집게손가락을 높이 번쩍 올렸다.

"나, 명안이 떠올랐어. 그 여자애를 우리 동료로 맞이하는 게 어떨까? 어차피 처분할 생각이라면 이의는 없겠지?"

누나는 동생의 목에 팔을 감았다. 그리고 뜨겁게 옆모습을 쳐다본다.

"좋은 아이디어라고 봐, 제퍼."

메리다의 눈에 그녀는 거의 이야기를 듣지 않는 것처럼 보였다. 그러나 소년 쪽은 기분이 좋아진 것 같다. 수증기가 맺힌 하늘을 올려다보고 독선적인 이상을 내뱉는다.

"분명 《형제》가 될 수 있을 거야. 우리는 같은 환경에서 살고 있으니까……. 『자신이 없는 편이 좋다』라는 최악의 진실 속에서 말이야. 곧 깨닫겠지—— 그 무능영애도."

뭐? 메리다의 발끝이 멋대로 반응하고 말았다.

즉 저도 모르게 몸을 내미는 바람에 나무상자를 걷어차 버린 것이다. 폐장 중인 전시관에 그 소리는 생각도 못할 만큼 크게 울려 퍼졌다. 제일 먼저 얼굴을 든 것은 누나 쪽이다.

"……냄새가 나."

메리다는 한 발짝 뒷걸음질 쳤다. 문란한 소녀의 코가 킁킁거리며 실룩인다.

"들었을지도 몰라."

메리다는 몸을 홱 돌렸다. 나무상자 틈을 누비듯이 달려서 상공회 부스에 뛰어든다. 미로같이 늘어선 스탠드 사이를 도망치고, 도망치고, 도망친다——.

후방에서 순식간에 섬광이 뒤쫓아 와서 옆에 있는 상품 선반을 꿰뚫었다. 멈추지 않고 필사적으로 뛰면서 메리다는 날카로운 비명을 질렀다. 발걸음을 멈추고 확인할 여유가 있다면 계속해서 발사되어 오는 섬광이 《새의 깃털》이라는 것을 알아챘으리라. 소년의 노성이 터졌다.

"다리를 노려!!"

뒤쫓아 오고 있다! 메리다는 본능적인 공포에 사로잡혔다. 샛길을 찾아 뛰어들고, 빠져나가면서 그대로 갑주를 잡아 넘어뜨려 방해물을 남긴다. 그럼에도 두 그림자는 집요하게 뒤를 쫓아왔다. 이제는 자신이 전시관의 어디를 달리고 있는지도 모른다.

넓은 길로 나온 직후 누군가에게 팔을 콱 잡혔다. 목구멍에서 비명이 솟구친다.

"메리다?! 여기서 뭐 하는 거야……!"

기병단 군복을 입은 여성이었다. 아니, 아직 《소녀》라고 해도 될 것이다. 여하튼 그녀는 작년도까지 메리다와 같은 성 프리데스위데 여학원에 재적한 바 있다.

　"셰, 셴파 언니……?!"

　"얼굴이 새파랗잖아……! 엄청난 소리도 났고, 대체 무슨 일이…….."

　"쪼, 쫓기고 있어서."

　셴파는 그 한 마디에 표정을 다잡았다. "이쪽이야." 하고 메리다의 팔을 잡아당긴다.

　상품이 놓인 전시대 카운터 아래에 메리다를 숨긴 다음 자신은 샛길 출구에 우뚝 버티고 섰다. 얼마 안 있어 추격자 두 명이 튀어나왔다. 셴파는 소리를 질렀다.

　"멈춰!!"

　순간적으로 발을 멈춘 것은 예상대로 조금 전에 본 그 남매로 —— 일순 전투술 자세를 취한 것처럼 보였지만 이내 소년 쪽은 얼버무리려는 양 몸을 흔든다.

　"여어—— 군인 양반. 근무 수고."

　생기 없는 그의 웃음을 셴파는 엄격한 눈빛으로 잘라버린다.

　"무기 이벤트니까 분란은 다반사야. 그래도 내일로 미루도록 해."

　"사람을 찾고 있어. 무슨 일이 있어도 이야기를 하고 싶어서."

　"이쪽에는 아무도 안 왔는데."

　소년은 제멋대로 쭉 거리를 좁힌다.

"거짓말은 좋지 않아, 군인 언니."

누나 쪽도 반대편에서 몸을 내밀어왔다── 마치 포위를 좁히는 것처럼. 셴파는 반사적으로 허리의 검에 손을 보내면서 뒤로 물러섰다. 물러선 보폭만큼 소년이 다가온다. 그 오른손이 난폭하게 뻗어져 왔을 때 메리다는 즉각 뛰쳐나가려고 했다.

직전 다른 인물이 셴파의 앞에 끼어들었다.

소년은 그에게 오른손목을 세게 잡혀 이를 악문다.

"너, 이 자식……!"

거듭 메리다에게는 면식이 없는 인물로 보였다. 좌우간 머리까지 로브로 싹 덮고 있는 데다 가면을 쓰고 있다. 그렇지만 앞길이 가로막힌 남매와 그리고 셴파는 그것이 누구인지 한눈에 안 모양이다.

셴파의 뺨에 주홍색이 떠오르고 플래티넘 블론드가 희미한 어둠 속에 살랑인다.

"붕대 기사님……."

수수께끼의 인물은 소년의 오른손을 대충 물리쳤다. 가면 안쪽으로부터 울린 목소리는 청년의 것이었다.

"공연히 소동을 일으키지 마."

"천막 옆에 누군가가 있었어……. 이야기를 들었을지도 몰라!"

"들어봤자 그 녀석은 어떻게 할 방법도 없어. 그냥 돌아가."

퍽, 하고 둔탁한 소리가 나서 메리다는 저도 모르게 "앗." 하고 입을 열었다.

소년은 눈앞의 가면을 힘껏 때린 다음 침을 뱉을 기세로 발길을 돌렸다.

"《구형》주제에……. 너, 요즘 이상해."

곧바로 누나가 그 옆에 바싹 붙고, 두 사람분의 실루엣이 어둠 건너편으로 녹아 사라진다.

가면의 인물은 얼굴을 맞고도 미동조차 하지 않았다. 남매의 구두 소리가 멀어질 때까지 기다리고 나서 숨을 후우 토한다.

넌더리를 내고 곧장 걸어가는데 셴파가 그 소매를 잡았다.

"자, 잠깐만요! 그때…… 비블리아 고트에서 궁지에 빠진 저희를 쿠퍼 선생님과 함께 구하러 와주신 분이죠?"

"……그렇긴 한데. 아직 더 볼일이 있어?"

"저 때문에 다치신 건 아닙니까. 아무쪼록 치료를……."

"됐어."

가면의 그 인물은 셴파의 손가락을 치우려고 했다. 그러나 셴파는 완강하게 놓지 않는다.

"안 돼요……!"

야단치는 것처럼 눈썹을 찌푸린 다음 주저하는 그를 가까이에 있는 벤치로 끌고 간다.

카운터 아래에서 상황을 살피는 메리다는 바로 알 수 있었다. 현재 셴파는 메리다의 존재를 까맣게 잊었고, 눈앞의 남성밖에 눈에 들어오지 않는 상태임을. 그것을 어떻게 아느냐 하면, 메리다 또한 쿠퍼와 있을 때 곧잘 비슷한 상태에 빠져버리기 때문이다.

셴파는 청년의 얼굴에서 찌부러진 가면을 벗기고 안쪽의 얼굴을 어루만졌다.

"아아, 이렇게 힘껏 때리다니…… 너무해요."

"우리 《학교》에선 인사 같은 거야."

"어머."

셴파는 손수건을 꺼낸 다음 청년의 입가를 정성껏 몇 번이고 눌렀다. 그대로 두 사람이 키스하는 거 아닌가 하고 메리다는 멀리서 보며 두근거렸다.

그렇다 해도 메리다의 위치에서는 셴파의 홍조된 뺨밖에 보이지 않았지만――.

"기사님은…… 왜 여기에? 박람회를 즐기러 오신 건가요?"

"굳이 말하자면 출품자 측이지. 조그만 《이벤트》를 기획하고 있어."

청년이 직접 볼 수 없는 것을 이용해 셴파는 피가 멈춘 뒤에도 그의 입술을 계속 만졌다. 반대쪽 손이 꽃잎을 애지중지하는 것처럼 뺨이나 턱을 덧그린다.

청년은 셴파가 해 주는 대로 가만히 있으면서도 이상하다는 듯이 그녀를 쳐다보았다.

"너는 처음부터 나를 무서워하지 않았어. 어째서지?"

"무서워했으면 하세요?"

청년은 양손을 올린 다음 집게손가락과 중지를 구부려 《엄니》 같은 모양을 만들었다.

"어흥."

"어머!"

큭큭 웃는 셴파가 메리다의 눈에는 마치 자신보다 더 어린아이처럼 비쳤다. 나, 여기에 있어도 되는 걸까? 하고 갑자기 더이상 있어서는 안 되겠다는 기분에 휩싸인다.

장난 같은 동작을 관두고 청년은 음성을 고쳤다.

"나도 잘 모르겠어. 이런 식으로 누군가와 이야기하는 게 몇 년 만인지."

"……무슨 뜻이에요?"

"그래── 이건 어디까지나 어떤 남자가 지어낸 이야기인데."

그렇게 서론을 말하고 나서 가면의 청년은 이야기를 시작했다.

"그 남자는 명문 귀족의 장남으로 태어났어. 양친 입장에서는 기다리고 기다린 후계자였지. 그는 출세가 기대됐어. 가문의 이름을 짊어지고 설 것을, 그 자신도── 양친의 기대와 총애를 한 몸에 받고 눈부신 미래를 믿어 의심치 않았지."

셴파는 손수건을 내리고 이어질 말에 귀를 기울였다.

"하지만 몇 년이 지나고…… 둘째 아이가 태어날 무렵, 양친은 이상함을 깨닫기 시작했어. 장남이 도무지 마나를 각성할 기미가 없음을 말이야. 유년학교에 들어가고 주변의 귀족 아이들이 잇달아 마나를 획득해도 그만은……. 아무리 시간이 지나도 모의시합에서 일방적으로 얻어맞기 일쑤였고 그는 전교의 웃음거리가 되었지. 양친은 그를 부끄러이 여겼어."

"…………"

"그리고 양친은 인정하지 않을 수 없게 되었어. 자신들의 아이가── 귀족의 피를 이어받았지만 마나를 지니지 않고 태어났다는 것을."

그 이야기에 가장 충격을 받은 것은 메리다였다. 그리고 동시에 생각이 났다. 1년 전 여름날 메리다를 구원해준 쿠퍼는 이렇게 말했었다. "드물게 있습니다. 귀족 집안에 태어나고도 마나를 이어받지 못했다는 케이스가──."

하지만 그런 이야기는 표면화하지 않는다고도 말했었다. 즉 은폐되는 것이다.

──어떻게?

가면의 청년은 감정을 잘라낸 목소리로 《지어낸 이야기》를 계속한다.

"그 남자가 귀족으로서 보낸 마지막 밤……. 시합에서 맞은 상처가 아파 침대 안에서 잠을 뒤척이고 있는데 양친의 대화가 들려왔어. 그는 처음엔 그것을 《지어낸 이야기》일 거라 생각했어. 아니, 어떻게 믿을 수 있겠어? 짐승도 아니고 인간의 부모가 자신의 아이를 버리려 하고 있다는 소리를 말이야. 하지만 다음 날 양친이 다정한 얼굴로 『마차를 타고 여행하러 가자』라고 말을 꺼냈을 때, 그는 얼음 덩어리를 삼킨 것 같은 아주아주 나쁜 예감에 사로잡혔지──."

그다음은 '예상대로'라며 청년은 어깨를 으쓱했다.

"깊은 숲속에서 그는 혼자 남게 되었어. 아이를 객차에 가두고 나서 양친은 말을 타고 유유히 돌아간 거지. 그는 자고 있었어……. 홀로 잠에서 깼을 때 주위의 어둠이 얼마나 큰 절망을 주었을지 상상할 수 있겠어?"

나는 도저히 못하겠는데, 하고 익살맞은 말투로 덧붙인다.

그렇게 제정신임을 어필하지 않으면 눈앞에서 듣고 있는 셴파 쪽이 울음을 터뜨릴지도 모른다고, 메리다는 무릎을 껴안으면서 그렇게 생각했다.

"하지만 말이야, 양친은 얕보고 있었어. 그에게는 마나는 없더라도 근성이 있었지. 객차 안에서 떨면서 죽음을 기다리는 것보다야 낫겠다며 란칸스로프가 서성이는 숲속으로 뛰쳐나간 거야. 그로부터 며칠이나 걸려…… 길가에 난 야생 딸기, 나무 열매, 나중에는 도저히 먹을 수 있는 것이 아닌 들풀로 허기를 달래면서 마침내 프란돌에 돌아왔어! 흙투성이가 되어 사람들의 차가운 시선을 받으면서도 열차에 올라타 저택에 도착한 거야!"

"어머나……."

"양친의 반응은 어땠을 것 같아? 『미안하다, 우리가 잘못했어. 다시는 너를 버리거나 하지 않으마』 하고 울며 사과했을까? 그를 힘차게 안아주었을까?"

가당치도 않지, 청년의 그 말에만큼은 깊이를 알 수 없는 감정이 어렸다.

"저택은 말이야, 이미…… 그의 집이 아니었어."

"……무슨 말씀이세요?"

"《마나를 지니지 않고 태어난 명문귀족의 장남》 따윈 존재하지 않았던 거야! 그의 이름은 동생의 것이 되어 있었어. 그의 방도 동생의 것이고. 사용했던 책상도, 좋아하는 악기도, 장래를 서로 맹세한 약혼자까지, 전부! 전부!! ……《새 장남》에게 빼앗겼지."

하아, 숨을 내쉰다. 어깨를 떨군 청년의 손에 셴파는 자신의 손을 포갰다.

"그래서?"

셴파라는 소녀의, 타인을 감싸주는 힘 같은 것을 메리다는 느꼈다. 가면의 청년은 잠시 호흡을 조절하고 나서 띄엄띄엄 말을 계속했다.

"……얄궂게도 며칠이나 숲속을 기어 다닌 그는 친부모조차 알아보지 못할 만큼 넝마가 되어서 말이야. 하인한테 내쫓기고 그걸로 끝. 전부 어찌 되든 상관없게 됐지……. 인간으로 있는 것마저. 하지만 죽는 건 무서워서 그대로 훌쩍훌쩍."

청년은 오른손의 주먹을 왼손으로 쥐고 잠시 생각하다 고개를 들었다.

"요즘 약간 고민되기 시작했어. 《이대로도 좋은가》 해서."

"이대로?"

"막연하게 세상을 원망한 채 계속 살아갈 것인가 아니면── 아무리 괴롭더라도 바랐던 장소에 다다르기 위하여── 싸울 것인가! 아아, 싫다…… 입에 담기만 해도 미칠 것 같아."

푹 고개를 숙인다. 셴파는 그의 손등을 어루만지다가 그대로 깍지를 꼈다.

"해답은 나올 것 같아요?"

청년은 미련 없이 얼굴을 든다.

"사실 그건 내가 결정할 일이 아니야."

"무, 무슨 말이에요?"

"도저히 결단이 내려지지 않아서 말이지. 그냥 다른 누군가한 테 맡기기로 했어. 그래서 지금 어떤 《도박》을 하고 있는데, 그 결과에 따라 앞으로의 일을 결정할 거야."

"어머나!"

셴피는 아가씨 학교 내력인 결벽함 때문에 눈썹을 치켜세웠 다. 청년은 어깨를 으쓱한다.

"그런 얼굴 하지 마. 나는 원래 게으름뱅이에 우유부단하고 겁 많은 등신이라고."

"저는 그렇게 생각 안 해요."

셴파는 꼬옥, 쥐고 있는 손바닥에 마음을 담는다.

"왜냐면 당신, 한 번은 해냈잖아요?"

청년은 느닷없이 일어났다. 가면을 다시 쓰고 후드를 깊숙이 내린다.

"너무 오래 있었나 봐. 슬슬 갈게."

"아, 기다려요……! 하다못해 이름이라도."

"지금은 말하고 싶지 않아."

청년이 셴파의 어깨를 끌어당겼을 때 메리다는 "앗!" 하고 소 리를 지를 뻔했다. 두 사람이 진짜로 키스한 것처럼 보였기 때 문이다.

하지만 실제로는 귓가에 입을 대기만 한 것 같다…….

두세 마디 무언가를 속삭인 다음 청년은 바로 몸을 떼고 뒤돌

아섰다. 그 뒷모습이 단 한 번 가로등 바로 아래에서 비추어지고 순식간에 어둠 속에 녹는다.

셴파는 한동안 가슴팍을 쥐고 그를 바라보았다. 여운을 방해하기는 미안했지만 메리다는 조심스럽게 카운터 뒤에서 모습을 드러낸다.

"셰…… 셴파 언니?"

그녀는 이쪽을 왝 돌아보았다. 전에 본 적 없이 당혹스러워한다.

"어, 아, 메, 메리다? 미, 미안해, 내버려 둬서……!"

"아, 아니에요. ……도와주셔서 고마웠어요."

메리다는 가면의 인물이 떠나간 쪽을 바라다본다. 가로등 빛은 아무도 비추지 않는다.

"조금 전 분은?"

"아직 잘 모르지만 분명 또 만날 수 있을 거야."

후련하게 말하고 셴파는 메리다를 손짓해 불렀다.

벤치에 앉으라고 하려다가 셴파는 잠깐 생각했다. 잠시 후 조금 전 자신이 앉아 있었던 위치에 메리다를 앉게 한 다음 자신은 그 옆에 걸터앉았다. ——즉 가면의 청년의 온기가 남은 자리에.

동경하는 언니가 갑자기 가까워진 기분이 들어서 메리다의 입술이 벌어진다.

"셴파 언니는 왜 강철궁 박람회에? 역시 일 때문인가요?"

뜻밖에 셴파의 표정이 흐려진다.

"아니, 집안의 명령 때문에……. 실은 박람회에 내 약혼자가 출장했거든."

"네──네엣?!"

순간 무엇에 놀라면 좋을지조차 메리다는 혼란스러웠다.

"어, 언니, 약혼하셨었어요……?"

"약혼이라고 해도 태어났을 때부터 집안끼리 결정했었던 상대라서, 나도 직접 만난 건 최근 들어서긴 해. 장 설리번 전문 아카데미의 최상급생으로── 대전 상대로서 너도 이름 정도는 들었을지 모르겠네? 샴록 윌리엄즈라는 분이야."

메리다가 유일하게 이름을 아는 장 설리번의 수석학생이다. 셴파는 "학원에선 잘 숨기고 있었는데." 하고 아픈 듯이 이마를 지끈 누르고 있다.

기분을 전환하려는 것처럼 셴파는 천천히 머리를 흔들었다.

"내 일은 됐어. 그보다 메리다, 넌 도대체 왜 쫓기고 있었던 거야?"

"아……."

눈이 핑 돌만큼 정신없이 사건이 일어나고 지나가서, 기억이 모조리 떠내려갔다. 메리다는 성 프리데스위데 숙소에서 동급생과 옥신각신한 일, 사정을 물으러 몰드류 무구 상공회의 천막으로 향한 일, 거기서 불온한── 그렇지만 자세한 건 명확하지 않은 이야기를 엿듣고 만 일 등을 연거푸 밝혔다.

《이야기 상대가 있다》는 사실의 고마움을 메리다는 절실히 실감했다. 끝없이 터져 나오는 메리다의 울적함에 셴파는 참을성 있게 귀를 계속 기울여주었다.

"이리 오렴."

대강 듣고 나서 셴파는 메리다의 머리를 끌어안는다.

자신은 이제 성 프리데스위데의 학생이 아니다. 그래서 스스럼없이 메리다의 아군이 될 수 있다고, 셴파는 금발을 어루만지면서 그렇게 속삭여주었다.

"마음에 걸리는 건 할아버지의 천막에서 오갔던 대화겠구나."

셴파는 메리다의 기분이 진정되는 것을 가늠하고 나서 말했다.

"사망자가 나왔다……는 보고, 적어도 우리 부대에는 들어오지 않았어."

"잘못 들었던 걸까요? 멀기도 했고, 띄엄띄엄 들리기도 했으니……."

"……그래도 무조건 그렇다고 단정할 수 없을지도 몰라."

미간에 주름을 새기며 셴파는 얼굴을 가까이했다. 비밀 이야기를 하려는 거다.

"실은 말이야. 레이볼트 재단의 전시관…… 르 만샬 관이라고 했니? 거기서 도난 소동이 있었거든. 그래서 급거 기병단이 번갈아 가며 순찰하는 중이었어."

깜짝 놀라 눈이 휘둥그레지는 메리다 앞에서 셴파는 관자놀이에 손가락을 댄다.

"네 클래스가 그런 형태로 알려진 것도 그렇고, 금년 박람회는 무언가 이상해……. 그런데 이런 식으로 고민하는 것도 뭔가 반가운걸?"

메리다는 어리둥절했다. 셴파는 장난스럽게 웃었다.

"너랑 엘리제가 있는데 《아무 일도 없이 예정대로》였던 적은 없잖아. 내가 얼마나 자극적인 학원생활을 보냈는데?"

"하으! 그그, 그건 저희가 바라서 그런 게…… 으으으!"

큭큭 웃고 나서 셴파는 벤치에서 일어난다. 그리고 메리다에게 손을 내밀었다.

"그런 성질이 거친 사람들이 드나들고 있었다면 할아버님과 이야기하는 건 다른 날로 하는 편이 좋겠어. ──자, 숙소까지 바래다줄게."

"고, 고마워요. 순찰 중인데……."

"괜찮아, 나도 오랜만에 학원장님들한테 인사드리고 싶기도 하고……. 그리고 네 고민에 관해서는 믿음직한 가정교사와 상담하는 게 가장 좋지 않을까 싶은데?"

메리다의 손을 잡아당겨 일으키고 나서 셴파는 갑자기 고개를 갸웃한다.

"그러고 보니 네가 혼자 있다니 별일이네. 쿠퍼 선생님은 뭐 하고 있어?"

† † †

비슷한 시각, 쿠퍼는 숙소의 개인실에서 샤워 소리를 듣고 있었다.

즉 다른 누군가가 들어가 있는 것이다. 하늘 높이 뻗은 고층 호텔의 최상층, 창문으로부터 가리는 물체가 없는 경치를 쿠퍼가 멀거니 쳐다보고 있는데, 별안간 샤워 소리가 그쳤다.

조금 지나서 욕실 문이 애태우는 것처럼 열렸다.

"마음은 여기에 없다──군요."

배스 타월 한 장만 두르고 나온 것은 놀랍게도, 무구하고 고결하기 짝이 없는 공작 가문 영애 뮬 라 모르 양이었다. 호텔 앞에서 쿠퍼를 불러 세운 그녀는 '중요한 이야기가 하고 싶다'며 쿠퍼의 개인실까지 안내하게 한 다음 먼저 샤워를 하기 시작한 것이다.

"퍼레이드에서 워낙 열심히 춤을 춰서."

그런 이유라지만 왜 굳이 쿠퍼의 개인실에서 몸을 깨끗이 하는 건지 모르겠다. 여하튼 입욕 후의 광경을 왠지 모르게 오한──이 아니라 예감하고 있었던 쿠퍼는 미리 손을 써두었다. 방의 불을 전부 꺼둔 것이다. 그래서 아주 캄캄하다.

뮬은 몇 미터 앞도 분명치 않은 거실을 보고 무연하게 입술을 구부린다.

"⋯⋯이 상황에 골똘히 생각하고 있는 것도 그렇고, 대체 무슨 소견인지 모르겠네요?"

침대에 걸터앉은 쿠퍼에게 서슴지 않고 따지고 든다.

"쿠퍼 선생님이 신사로 있고자 할수록 나는 불타오른다구요."

"뮬 양, 그 생각은⋯⋯ 서로에게 불행만 가져올 것 같은 기분이 듭니다만."

"그럼 같이 행복해지는 건 어때요?"

눈앞에서 뮬은 배스 타월 앞을 훌렁 펼쳤다. 살색 라인이 순간 시야에 새겨지고, 쿠퍼는 황급히 얼굴을 돌린다.

"뮤, 뮬 양, 장난을……."

그러나 결정적인 장면에서 그녀를 욕보이는 짓만큼은 피할 수 있었다. 다시 말해 알몸인 줄 알았더니 뮬은 배스 타월 안에 어른스런 속옷을 입고 있었던 것이다.

……아니, 그렇다고 괜찮지는 않다만. 배스 타월을 펼쳐 속옷만 입은 모습을 의도적으로 보이며 뮬은 쿠퍼를 골리듯이 웃고 있다. 어슴푸레한 어둠 속에 떠오른 뺨은 붉다.

"아, 아쉬웠겠네요? 후훗……."

목소리가 떨리고 있었다. 부끄럽다면 안 하면 될 텐데 하는 생각이 들지만, 뮬은 왠지 쿠퍼에게 얽혀올 때는 이렇게 억지로 발돋움을 하려 하는 구석이 있다.

배스 타월을 바닥에 툭 떨어뜨리고, 뮬은 속옷 차림으로 슬슬 다가오기 시작했다.

"입을 옷 좀 빌려주지 않을래요? 서방님."

"누가 서방입니까. ——코트로 괜찮을까요?"

"아뇨, 셔츠 주세요! 평소 입으시는 셔츠를 빌려주세요."

묘한 고집을 발휘하는 뮬. 쿠퍼가 트렁크에서 여벌의 셔츠를 꺼내주자 그녀는 부랴부랴 그것을 입었다.

장신의 쿠퍼에 비해 가냘픈 열네 살. 아니나 다를까 헐렁헐렁하다. 그러나 뮬은 이 언밸런스를 참을 수 없다는 양 행복하게 옷깃에 입술을 묻는다.

"로망이었어요……. 이렇게 목욕이 끝나고 멋진 남성의 냄새에 감싸이는 게."

꿈이 하나 이루어졌어요, 하고 뮬은 셔츠 소매 끝에 고백한다.

쿠퍼로서는 역시 두꺼운 코트를 초이스 해 주길 바랐던 참이다. 어둡다고 해도 얇은 셔츠 한 장은 너무나도 무방비한 모습이기 때문이다. 한술 더 떠 뮬은 일부러 단추를 잠그지 않았다. 그녀는 그대로 침대에 기어 올라갔다.

요염한 허벅지의 움직임에 쿠퍼가 저도 모르게 시선을 빼앗겨 버린 것은 우리만 알기로 하자. 시선을 딴 데로 돌리려고 하니 이번에는 아담한 가슴골이 거역하기 어려운 인력을 발한다. 닦는 걸 깜빡했는지, 긴장에 의한 땀인지, 쇄골에서 미끄러지는 물방울 하나가 봉긋한 라인을 타고 배꼽까지 내려간다.

그것이 팬티에 빨려 들어갈 때까지 지켜보고 나서야 쿠퍼는 얼굴을 돌렸다.

"그, 그래서, 할 이야기라는 건 뭔가요?"

"《보수》를—— 가불로 받으러 왔어요."

쿠퍼는 홱 돌아보고서 쑥스러운 것도 잊고 그녀에게 입술을 가져갔다. 그리고 신중히 속삭인다.

"……지금이요?"

"지금이요. 왜냐면 강철궁 박람회가 끝나면 저희는 또 따로따로 떨어지게 되어버리잖아요. ……약속이 무효가 되는 건 참을 수 없어요."

이것은 두 사람만의 비밀이지만—— 이 박람회가 한창 진행

되는 중에 쿠퍼는 뮬에게 《어떤 일》을 의뢰했다. 전 세계에서 이 둘만 아는, 메리다조차 모르는 밀약이다.

그 보상으로 뮬이 요구해온 것이—— 물품도, 물론 금전도 아니고 《쿠퍼가 뭐든지 하는 말을 듣는다》라는 약속이었다.

입에 담은 이상은 지킨다. 그러나 쿠퍼는 고개를 갸웃거리지 않을 수 없었다.

"그런데 어찌 된 일입니까? 분명 방법은 아가씨께서 알아서 하시라고 했습니다만, 아가씨가 메리다 아가씨에게 제시했다는 조건…… 《콘테스트에서 이긴 쪽이 제 학생이 될 수 있다》라니 대체."

"어머, 메리다를 분발시켜줬으면 좋겠다고 부탁한 건 선생님 아니었나요."

장난스럽게 입술 앞에다 집게손가락을 세워 보이는 뮬.

"충분히 효과적이었다고 생각지 않으세요?"

실은 자신의 입술을 두 명의 공작 가문 영애가 노리고 있다는 것은 쿠퍼로선 상상조차 할 수 없을 것이다. 어쩌면 세 명, 혹은 네 명, 그 이상의 여자들이——…….

그는 확실히 금욕적이지만, 자신이 파고들 틈은 있다고 뮬은 생각한다. 다 알거든, 아까부터 나의…… 패, 팬티에 정신이 팔렸다는 거. 전에 함께 온천에 들어갔을 때 당신이 얼마나 자신을 억누르는 데에 필사적이었는지 다 안다고.

지금은 자신만이 그를 독차지할 수 있는 시간이다. 뮬은 결심하고 그의 목에 양팔을 감고서 단정치 못한 연인같이 살결을 문질러댔다.

예상대로 쿠퍼는 겉보기에는 자제를 잃은 모습으로는 도저히 보이지 않는다.

"그래서 무엇을 소망하십니까? ……그보다 이 자세와의 관련성은?"

"많이 있어요. ……나, 실은, 그."

몸 안의 용기를 총동원하여 목구멍을 뗀다.

"어——어른으로 만들어주세요."

"………………네, 네에?"

지금 쿠퍼가 보내는 시선의 의미를 뮬은 정확히는 이해하지 못했다.

쿠퍼는 왠지 그때까지 애써 보지 않도록 하고 있었던 뮬의 반라를 구석구석 핥듯이—— 그렇다, 마치 무의식적으로 위에서 아래까지 시선으로 날름 훑은 것을.

갑작스러운 일이었기 때문에 뮬도 순간적으로 가슴골을 손으로 가린다.

"나…… 나를 어른으로 만들어 줬으면, 해요……."

"조, 조, 조, 조, 좀 더 알기 쉽게 설명해 주시겠습니까?"

이렇게까지 당황하는 건 뮬로서도 예상 밖이었다.

심장의 고동을 그와 공명하는 것처럼 고동치게 하면서 뮬은 고백을 계속한다.

"나, 나는 말이죠. 남성을 손안에 두고 가지고 노는 그런 어른스런 레이디를 꿈꾸고 있어요. 하지만—— 음, 짐작하시는 대로 난 정말 하나도 몰라서요!"

"아, 네에……."

"그래서 선생님한테 레슨을 받고 싶어요. 맨몸의 남성에 대해……."

"…………그런 의미였군요."

쿠퍼는 굉장히 힘이 빠진 것처럼 보였다. 왜? 일생일대의 고백이었는데!

하지만 그래도 일단은 진지하게 고민해 주는 점이 그의 매력일 것이다.

──다만 입에 담은 것은 지독히도 답이 없는 해결책이었지만.

"보이 프렌드를 만들어 보심이 어떠신가요?"

거침없이 말하는 쿠퍼.

"사교계에는 저보다도 우수한 남성이 많이 계십니다. 파티에 적극적으로 얼굴을 내밀고 동년대의 남자와 교우를 가져보는 건? 그리 하면 저절로 경험도 쌓이고……."

"당신밖에 없어요."

"아, 아니, 그러니까 조금 더 교우를 넓히고 나서도……."

"당신이 아니면 싫어!!"

단호하게, 볼을 빵빵하게 부풀리는 뮬이었다.

쿠퍼도 참, 뮬의 소원을 액면 그대로 받아들인 모양이다. 세상에, 어쩜 그럴 수가── 이런 건 마음에 둔 사람에게밖에 부탁할 수 없는 거잖아!

요컨대 친해지기 위한 구실이다. 뮬이니까 할 수 있는, 메리다나 살라샤에게는 불가능할 어택이다. 쿠퍼는 잠시 팔짱을 끼고 생각하다 고개를 저었다.

"하지만 역시 송구하게도…… 신분이라는 것이 있습니다. 뮬 님은 라 모르 가문의 중요한 상속자. 보잘것없는 가정교사인 제 가 남녀관계의 첫걸음이라뇨……."

"그럼 가끔."

그가 꺼릴 것을 내다보고 있었던 뮬은 지체 없이 어깨를 가까 이 댔다.

그리고── 지금이 분발할 타이밍이야! 라며 자신을 타이르 고 쿠퍼의 손바닥을 집어 올린다. 자신의 손으로 단단히 쥔 채 셔츠 안쪽으로 이끌었다.

손은 가슴에 닿았다. 그의 손가락을 강제로 밀어 넣게 하자 이 제껏 느낀 적 없는 달콤한 저림이 등줄기를 빠져나갔다. 뺨이 익을 만큼 창피한데도 어째선지 중독될 것만 같다.

그대로 속옷 안쪽에까지 기어든 손가락 끝이 《복숭앗빛》을 현악기 타는 것처럼──.

건드릴 뻔한 순간에서 쿠퍼는 가까스로 주도권을 다시 가져왔 다. 자신의 의사가 아니라 해도 열네 살의 가슴을 가지고 노는 사실에는 배덕감을 느끼지 않을 수 없었다.

뮬의 눈동자는 넋을 잃고 글썽인다. 자극에 취해 있는 모습이 다.

"가끔 이렇게 몰래 단둘이 만나 연인의 스킨십을 가르쳐주지 않을래요? 나, 여, 열심히 공부해서 선생님한테 봉사해드릴게요……?"

"밀회……입니까. 그거야말로 들키면 그냥은 끝나지 않을 것 같습니다만."

"그래서 좋은 거 아닌가요."

일변하여 들뜬 목소리로 뮬은 뺨을 가까이 가져온다.

"상상해 봐요? 언제나처럼 우리와 선생님이 함께 있는 광경을……. 사람들은 평소같이 행동하고, 친구들도 아무것도 눈치채지 못해요. 그런데 나와 선생님만은…… 이렇게 방정치 못하게 손발이 감겼던 일을 떠올리는 거지요."

가슴을 건드리게 하고 있었던 손을 뮬이 다시 움직인다. 쿠퍼는 보지 않으려고 애썼지만 손가락 끝의 감각이 배꼽을 타고 하복부로 이동함을 알 수 있었다. 아슬아슬하게 팬티 바깥쪽, 허벅지 안쪽의 매우 위험한 라인을 덧그리고 뮬은 황홀하게 목구멍을 진동시킨다.

"서, 선생님한테 이런 일을 당했다고…… 만약 차 마시는 자리에서 털어놓으면 과연 무슨 일이 일어날까요? 아아, 상상만 해도…… 등줄기가 오싹오싹 떨려와요."

"뮬 님은 아무쪼록 보다 건전한 취미를 찾으셨으면 하는 바입니다."

"아, 맞다!"

아주 좋은 아이디어가 떠올랐다는 듯이 뮬은 좌우 손바닥을 맞춘다. 덕분에 이쪽의 손은 해방됐지만 솔직히 말해 그녀의 살결이 조금 아쉬웠던 것은 비밀이다. ──이 또한 뮬이 의도한 바다.

전혀 신경 쓰지 않고 뮴은 잇달아 화제를 바꿨다.

"만약 다투게 되면, 장래에는 우리와 선생님이 한집에 살면 어떨까요? 쿠퍼 선생님이 남편이고, 우리는 모두 선생님의 아내! 근사한 아이디어 같지 않아요? 이렇게 하면 모~두 행복해질 수 있을 텐데?"

놀랍게도 뮴은 농담을 하는 분위기가 아니었다.

그녀는 정말로 그 광경을 꿈꾸고 있는 것처럼 눈을 감고 쿠퍼에게 기대왔다. 심장의 고동이 두근, 두근 서로에게 전해진다.

"다 같이 『잘 자』라고 말하고, 『좋은 아침』 하면서 일어나는 거예요. 매일매일 아주 좋아하는 사람들과 함께요? 이 얼마나 멋진 생활인지……! 그러면 정말…………── 조금도 외롭지 않을 테죠."

"뮴 님?"

"생각해보세요."

뮴은 다시 한번 마주 향해 왔다. 쿠퍼의 시선이 그녀의 흑수정 같은 눈동자에 빨려 들어간다. 그대로 요정의 나라에 끌려가 버릴 것 같은 기분이 들었다.

"나, 언제든 본심이거든요? 우리의 남편이 되어주시는 것, 몰래 만나 귀여워해 주시는 것…… 진심으로 기다리고 또 기다리고 있을게요."

"역시 다른 소원으로 해 주실 수는──."

"이미 늦었는데요?"

거기서 뮴은 이쪽의 목덜미에 입술을 댄 다음 쪼옥 하고 어리

광부리듯이 빨아들였다.

얼굴을 뗐을 때 그녀의 눈동자는 메리다의 눈동자를 연상케 하는 열기를 머금고 있었다.

"『안 된다』고 하실수록 전 불타오를 테니까요."

그때 복도에서 캉, 캉, 캉 하고 구두 소리가 울렸다.

즉 누가 계단을 올라오고 있는 건데 쿠퍼는 금방 알아챘다. 현재 이 숙소는 싱 프리데스위네가 전세를 내고 있고, 최상층에 할당된 것은 쿠퍼의 남자 방뿐이다. 따라서 그 누군가는 쿠퍼를 방문하러 오고 있는 것이다.

이 상황을 어떻게 변명해야 할까 하고 전율했을 때, 뮬 역시 사태를 깨달았다. 침대 시트를 끌어당기면서 쿠퍼에게 매달린다.

"아, 안 돼⋯⋯! 이런 장면을 누군가한테 보이면 창피해서 어떡해요⋯⋯."

자기가 벗고 다가왔으면서 이런다. 쿠퍼는 "그러니까 그렇게." 하고 한바탕 잔소리를 할 뻔했지만 그건 뒷전으로 미뤄야 한다.

새끼 양처럼 떨고 있는 그녀를 지키지 않을 수는 없다. 쿠퍼는 즉각 침대 이불을 걷어 올린 다음 베개 위치에 기어오르면서 뮬을 향해 손짓했다.

"이쪽으로! 손님이 돌아갈 때까지 움직이지 마세요."

뮬을 허리 근처에 매달리게 해놓고 나서 이불을 뒤집어쓴다. 요약하면 '여태 자고 있었습니다.' 라는 척을 하는 것이다. 설마 이불을 벗기진 않으리라.

이불을 흐트러트리고 외양을 그럴듯하게 꾸민 직후 노크 소리
가 울렸다.

『……선생님? 계세요?』

"메, 메리다 아가씨?"

무심코 목소리가 뒤집히고 말았다. 이 손님이 온 게 다행일까,
불행일까. 좌우간 쿠퍼는 알아채지 못했다── 메리다의 목소리
가 울린 순간 침대 안에 숨은 뮬이 빙그레 입술을 치켜세운 것을.

쿠퍼가 조심스럽게 입실 허가를 내자 문이 슥 열린다.

메리다는 공손하게 문을 닫고 나서 "어라?" 하고 작은 머리를
갸웃했다.

"선생님, 벌써 주무시고 계셨던 거예요?"

"네, 네에, 뭐어……."

밤은 늦고, 아침은 이른 쿠퍼다. 1년 이상 함께 살면서 메리다
는 쿠퍼의 잠자는 모습을 직접 본 적이 거의 없다. 그는 언제나
잠자는 모습을 보는 측이다. 따라서 침대에서 상체를 일으키는
지금의 그의 모습은 매우 레어하다.

그런가 했는데 무릎 근처에서 꼼지락꼼지락 이불이 꿈틀거렸
다.

알이 부화하는 것처럼 거의 알몸인 미소녀가 이불 속에서 나타
나는 것이 아닌가.

"후아암…… 대체 무슨 일이에요, 서방님?"

"세상에, 뮬 양. 너 또──."

그것이 현재 연적인 뮬이었기 때문에 메리다는 버럭 화를 냈다.

한데 이게 무슨 일인가! '서방님'이라 부르면서 몸을 일으킨 뮬은 셔츠 한 장만 걸치고, 브래지어의 어깨끈은 한쪽이 내려가 있고, 팬티도…… 벗다 만 것처럼 어긋나 있다. '후아암.' 하고 일부러 한 것 같은 하품에 이어 수상한 눈매로 쿠퍼에게 매달린다. ——지금까지 쭉 그러면서 자고 있었던 것처럼.

메리다는 성큼성큼 바닥을 울리면서 다가왔다.

"어떻게 된 거예요! 이게 대체 어떻게 된 거냐고요!"

"아, 아가씨, 부디 냉정해지십시오. 여기에는 사정이——."

"메리다도 참, 별것도 아닌 일에 트집을 너무 잡는다니까."

부채질 중인 것은 본인이면서 뮬은 여유만만하게 머리칼을 쓸어 올렸다.

"욕실 좀 빌려 썼는데, 내가 많이 피곤해서 깜빡 잠이 들어 버렸어. 쿠퍼 선생님은 날 돌봐주시고 있었던 거고. 후훗, 그러니까 점점 더 반하잖아요?"

"그 꼴은 뭐야?! 왜 선생님의 셔츠를 입고 있는 건데!"

"입을 옷이 없어져서."

"벗은 교복을 입으면 되잖아!"

뮬은 기쁜 듯이 좌우 손바닥을 맞췄다. "생각 못했어."라면서 침대를 내려온다.

다시 한번 욕실로 사라졌다 나왔을 때는 성 도트리슈 교복을 완벽히 입고 있었다. 쿠퍼는 무의식중에 그 속의 요염한 팔다리를 상상해 버렸다. ——그녀를 훈계할 생각이었는데, 요래서야 완전히 계략에 걸려든 꼴이 아닌가.

물은 스쳐 지나가면서 그대로 메리다의 귓가에 속삭였다.

"넋 놓고 있다가 큰일 난다? 내일 콘테스트에서 이기면, 난 이다음 단계를 선생님한테 부탁할 거야. 분위기가 달아오르면…… 속옷도 벗어버릴지도 몰라?"

"……!!"

"후훗, 선생님이 가끔 우리의 가슴이나 다리를 보고 두근거리는 거 메리다도 알고 있지? 알몸으로 다가가면 아무 짓도 하지 않고 배길 수 있을까?"

내가 제일 먼저 그 자리를 차지할지도? 라는 말을 남기고서 뮬은 퇴실했다.

메리다는 주먹을 부르르 떨며 꼼짝하지 않고 서 있었다. '어이어이, 이 상황을 어떻게 수습하라는 거냐.' 쿠퍼는 속으로 탄식하면서 일단 침대에서 내려온다.

"아, 아가씨? 뭔가 용건이 있었던 게……."

"흐━━응!!"

메리다는 입술을 비죽이며 고개를 돌리고 방에서 뛰쳐나갔다.

쿠퍼가 곧바로 뒤쫓아 나가자 복도를 달리는 가냘픈 뒷모습이 보인다.

"흥흐━━━━응!"

뒤돌아보지도 않고 아래층이 아니라 계단 위로━━ 다시 말해 옥상으로 향하고 있다. 쿠퍼는 여러 번에 걸친 한숨을 흘리면서 겉옷을 걸친 다음 바닥을 찼다.

옥상의 급수탑에는 바람이 휘몰아쳐서 아무래도 좀 춥다━━.

눈 아래에는 가로등 빛이 여기저기 박혀 있다. 끝없이 뿜어져 나오는 증기가 꾸다 만 꿈처럼 하늘에 껴 있다. 바람에 농락당하는 금발이 한결 고귀하게 보인다――.

탑 가장자리에 걸터앉아 있었던 그 가냘픈 몸뚱이는, 자칫하면 싹 사라져버리는 게 아닐까 싶을 정도로 가냘프게 쿠퍼의 눈에 비쳤다. 쿠퍼는 일부러 소리를 내며 철판을 밟으면서 다가간 다음 그대로 뒤에서 메리다를 껴안았다.

"자, 붙잡았습니다."

"……므으~."

"아가씨, 오해하지 마시길. 조금 전의 상황은――."

"뮬 양이 항상 하는 못된 장난이죠? 그런 건 알고 있어요."

꽁하니 볼에 바람을 넣고서 메리다는 몸을 앞뒤로 흔든다.

더 세게 안아줘요, 라는 듯이.

"그렇지만 선생님도 더 똑바로 꾸짖는 편이 좋다고 생각해요."

"……면목 없습니다. 저도 어딘가 사람이 그리워서 그랬는지도 모르겠습니다."

메리다가 돌아보려고 했기 때문에 쿠퍼는 그녀의 목덜미에 뺨을 묻었다.

그렇게 표정을 숨기면서 더욱 세게 껴안는 팔에 마음을 담았다.

"아가씨, 내일은 드디어 콘테스트군요."

"네? 아, 네…… 저, 잘할 수 있을까요?"

"그렇게 특훈에 힘썼는걸요. 틀림없이 괜찮을…… 예, 괜찮을 겁니다."

쿠퍼가 스스로를 타이르고 있음을 메리다도 알 수 있었다. 손가락을 휘감는 것만으로는 충분하지 않은 기분이 들어, 오른팔에 조금 무리를 시키면서 그의 머리를 쓰다듬어준다.

──얼마 만일까? 선생님이 이렇게 감상적이게 된 게.

하지만 그 이유까지는, 메리다는 여태 한 번도 다다른 적이 없었다.

할아버지의 천막에서 주고받고 있었던 대화의 의미도. 시시각각 목에 닥쳐오는 사신의 낫도.

사랑하는 사람이 지금 가슴속에서 이별의 말을 속삭이고 있는 것조차도──…………

† † †

강철궁 박람회 둘째 날은 전날을 웃도는 많은 관람객이 몰려들었다.

이들은 바로 박람회의 메인이벤트인 《아스널 스트롱 콘테스트》를 보러 온 것이다. 다른 이름으로 《무기고의 서열을 정하는 싸움》이라고도 불리는 이 투기회는 겉만 봐서는 알 수 없는 일반 관객을 위해 무기의 우열을 실제로 사용해서 증명한다는 홍분이 불가피한 취지가 담겨 있다. 이날 셀레스트텔레스의 성문을 빠져나간 수천 명의 사람은 그 대부분이 박람회의 전시관, 그 중앙에 설치된 원형 투기장으로 직행했다.

콘테스트 개시 시각까지 한 시간이 채 남지 않았다——.

출장하는 세 학교 중 성 프리데스위데용 대기실에 메리다와 쿠퍼의 모습도 있었다. 총 45명의 선수들이 최후의 미팅을 하는 중이다.

대기실 중앙에는 미니어처가 있었다. 투기장 전경을 본뜬 미니어처다. 지면은 흙이지만 군데군데에 높고 두꺼운 철판이 박혀 필드를 나누고 있다. 직경은 대략 250미터…… 초거대 미로 같은 양상이랄까. 프리데스위데, 도트리슈, 장 설리번 각 군에게는 《본거지》로서 성채가 배정되어 있고, 적군의 성채를 무력으로 함락시키는 것이 승리 조건이 된다. 최후의 군 하나가 남을 때까지 게임은 끝나지 않는다. 부상자의 발생은 피할 수 없는 상당히 하드한 조건이다.

하지만 이 《암스트롱 콘테스트》의 가장 특이한 룰은 따로 있었으니.

"《반입 금지》"

미토나 휘트니 회장이—— 즉 성 프리데스위데의 군단장이 미니어처 앞으로 걸어 나왔다. 출장선수들의 긴장한 얼굴을 슬쩍 둘러본다.

"우리는 무기를 들고 필드에 들어갈 수 없어요. 게임이 시작된 직후는 세 팀의 모든 전사가 비무장이에요. 싸우기 위한 힘은——."

스윽, 미니어처를 가리킨다.

"현지에서 입수해야 합니다."

미로 여기저기에는 《아스널(무기고)》이라고 명명된 작은 건물이 세워져 있었다. 그 안에 몰드류 무구 상공회, 기병단 추기 플랜트, 레이볼트 재단이 제작한 무기가 랜덤으로 배치되어 있다고 한다.

미토나 회장은 이어서 투기장 바깥쪽 가장자리 네 군데를 차례로 가리켰다.

"무기에 관해서는 몇 가지 엄격한 룰이 정해져 있어요. 《한 번 손에 넣은 무기는 파괴·분실 이외의 이유로 바꿔선 안 된다》《동시에 복수의 무기를 보유해선 안 된다》……. 투기장 바깥에서는 심판이 눈을 번뜩이고 있는 모양이니까 악질적인 반칙은 퇴장 처리될 거예요. 빠져나갈 길을 찾는 것도 유효한 방법이지만…… 다들, 주의하세요."

티치카를 비롯한 1학년이 굳은 표정으로 고개를 끄덕인다.

모두 알고 있었다. 이 《반입 금지》 룰의 포인트는 적군보다 얼마나 빨리 자군의 장비를 갖출 수 있는가임을. 시합 전의 긴장에 압도되기 전에 유달리 투쟁심이 거센 2학년 네르바가 거수를 한다.

"언니, 성 프리데스위데의 작전은 뭐죠?"

미토나 회장은 고개를 끄덕여 대답하고 미니어처의 중앙을 가리켰다.

거기에도 아스널 한 채가 세워져 있었다. ──아니, 《한 자루》라고 해야 할까? 아무튼 그 건조물은 투기장 내에서 일선을 긋고 있다. 굵고, 거대하고 그리고 높다── 골조가 겉으로 드러난 구조지만 여러 층의 발판이 겹겹이 쌓여 있고 창과 같이 하늘을 찌르고 있었다.

"《센트럴 아스널》이라고 부르도록 할까요."

흑철의 탑을 가리키며 미토나 회장은 말했다. 이것 또한 무기고로, 따라서 내부에 충분하고도 남을 만큼 무기가 저장되어 있음을 예상할 수 있었다. 1군·45명분 정도가 아니라 삼군 전원이 넉넉히 장비를 조달할 수 있는 양이 될 것이다.

그러면 세 학교의 출장자들이 사이좋게 그 탑을 서로 나누어 가질까?——있을 수 없는 일이다.

이 탑을 독점한 군이 콘테스트를 제압하리라는 사실은 쉽게 상상할 수 있었다.

"이 거점은 우리가 접수하죠."

미토나 회장은 티타임 시간인 양 우아하게 미소를 띠며 말했다.

그러나 곧바로 손이 올라오고 반대의견이 나왔다.

"성 도트리슈와 장 설리번도 같은 생각을 할 것 같습니다."

"맞아요, 그러니 누가 재빨리 도착하느냐—— 스피드 승부예요."

이것을 보라며 미토나 회장은 미니어처의 일각을 가리킨다.

거기에는 깊은 골짜기에 기계식 도개교가 놓여 있었다. 단 게임 개시 직후에는 건너지 못하도록 다리가 올라간 상태로 되어 있는 모양이다. 위치는 정확히 성 프리데스위데의 본거지와 센트럴 아스널의 중간에 있어서 '아아, 이 다리를 건널 수 있다면 목적지까지 일직선인데!' 라는 말이 나올 정도.

"성 도트리슈와 장 설리번 측에는 이런 《지름길》이 없어요. 이것을 활용하지 않을 수는 없겠네요."

"하지만 도개교 조작 레버는 건너편에 있는데요?"

다른 학생이 반대편에서 팔을 뻗는다. 그 말대로라며 미토나 회장은 고개를 끄덕였다.

"거너 클래스가 있잖아요?"

시선으로 신호를 받고 3학년 한 명이 미토나 회장의 옆으로 나아갔다.

긴 앞머리로 한쪽 눈을 가린 그녀는 바로 성 프리데스위데 제일의 명사수다.

과묵한 그녀 대신 미토나 회장이 손짓을 섞으며 브리핑을 계속한다.

"우리는 시합이 시작되면 이 친구를 포함한 대군을 이 도개교로 직행시킬 거예요. 마침 가는 도중에 아스널이 한 동 있어요……. 여기에서 그녀에게 총을 장비시켜 골짜기 건너편의 조작 레버를 쏘는 거죠. 가능하겠지?"

거너인 3학년은 미니어처로 몸을 쭉 내민다.

축적에 입각하여 대략적인 거리를 눈대중하는 모양이다. 그리고 툭 대답한다.

"이 거리라면."

"브릴리언트."

다른 선수들도 희망에 얼굴이 환해졌다. 미토나 회장의 미소가 더 자연스러워진다.

"거기까지는 최악의 경우 다른 사람들은 비무장이래도 상관없어요. 아무튼 다리만 내리면 우리는 센트럴 아스널까지 일직선……! 다른 학교가 차분히 군사를 나아가게 하는 동안에 우리는 단숨에 체크 메이트를 외치는 겁니다."

틀림없이 객석은 엄청나게 고조될 거예요, 라는 한 마디에 더욱더 선수들은 끓어오른다.

그때 벽 쪽에서 머뭇거리며 몸을 흔든 소녀가 있었다. 성 프리데스위데의 학생이 아니라, 심홍색 머리카락이 선명한 로제티 프리켓이다.

하지만 그녀가 "저기요." 하고 나선 순간, 옆에 있는 쿠퍼가 곧바로 그 입을 막았다. 손바닥에 입이 단단히 틀어막히자 로제티는 신경질이 났다.

"으~으~읍~!"

"왜, 왜 그러세요? 선생님들……."

"신경 쓰지 마십시오. 미팅을 방해해서 죄송합니다."

쿠퍼는 신사의 미소를 띠면서 로제티를 꼼짝 못하게 만들고 대기실 구석으로 끌고 갔다. 어안이 벙벙해진 여학생들의 시선이 얼마 안 있어 하나둘 끊어졌다.

"안 됩니다, 로제. 우리가 참견하면."

"아니, 그래도……!"

쿠퍼는 "쉬잇." 하고 집게손가락을 세워 답답해하는 로제티를 제지한다.

그녀가 말하고자 하는 바는 뼈저릴 만큼 전해진다. 쿠퍼도 조금 전에 무심코 회의를 방해할 뻔했다. 아무것도 깨닫지 못한 여학생들의 옆모습을 훔쳐본다.

──놓치고 있다……!!

하나, 그것을 쿠퍼나 로제티가 가르쳐줄 수는 없는 노릇이다.

"여기가 실제 전장이라면 우리는 존재하지 않습니다. 이들은 다른 누구의 조언도 없이 자신의 지혜와 힘만으로 전투를 극복해야 합니다."

"하지만 그러다 만약 지면?"

"거기까지였다──일 뿐입니다."

냉랭한 얼굴로 대답하는 쿠퍼에게 로제티는 "매정하긴." 하고 트집을 잡았다.

반면 여학생들 측에도 그때 움직임이 있었다. 미니어처를 둘러싸는 선수들의 최후미에서 메리다가 몸을 내밀려고 한 것이다.

그러나 키가 큰 3학년이 벽이 되어 있어 미니어처가 보이지 않는다. 비켜달라 하기에도 망설여진다. 그런 후배의 미묘한 모습을 미토나 회장이 알아챘다.

"메리다? 뭔가 의견 있어요?"

대기실 전체가 아주 조용해지고 다들 메리다를 의식한다.

다시 바늘방석이다. 결국 어젯밤부터 그녀는 엘리제 이외의 학우와 똑바로 이야기를 나누지 못하고 있다. 대기실의 다른 장소에서 소노라 파바게나가 어이없다는 듯이 코웃음을 쳤다.

"필시 맹활약해 주시겠죠? 팔라딘님?"

"……."

메리다는 한마디도 하지 않고 물러났다. 엘리제가 옆에서 손을 내밀었지만 메리다는 느리게 고개를 젓고 자신의 손을 자기가 쥔다.

이런 분위기가 거북한 로제티는 씁쓸하게 입술을 구부렸다. 쿠퍼는 회중시계를 한 차례 확인하고 나서 그런 파트너에게 팔꿈치를 내밀었다.

"슬슬 시합 개시군요…… 우리는 객석으로 갈까요?"

운명의 시간이 다가온다──.

투기장의 객석이 열기에 끓어오를 무렵, 셀레스트텔레스 개선문 지구의 몇 군데 장소에서 제각기 의도를 품은 자들이 결의를 확인하고 있었다. 어둠 속에 꿈틀거리는 반인반마의 집단.

"제퍼, 티아유, 여러분. 준비는 됐겠죠?"

"기다리다 지쳤어…… 빨리 좀 날뛰게 해 줘!!"

가슴을 쥐어뜯는 제퍼의 배후에는 약 30명의 테러리스트가 엄니를 번쩍이고 있다.

그러나 같은 시각, 한층 더 진한 그림자 속에도 여러 숨결이 숨어 있었다.

"사정 봐줄 필요는 없다."

백야 기병단 상관의 당부에 대답하는 목소리는 하나도 없다──.

빛이 가득 찬 투기장에서는 선수 입장이 시작되고 있었다. 제일 먼저 아치를 빠져나온 것은 성 도트리슈 여학원이다. 필두

학생인 에스파다가 쾌활하게 미소를 사방에 뿌린다.

"드디어 내가 빛날 때가 왔어! 승리의 영관은 이 루나 뤼미에르의 손에!!"

출장자 행렬 안에는 쉬크잘 가문과 라 모르 가문 영애의 모습도 보인다.

"미우, 뭔가 또 꾸미고 있지?"

"그럼── 새미난 설 꾸미고 있지."

입구는 세 군데 있고 그중 하나로부터 장 설리번의 남학생들이 나타났다. 대열의 선두를 걷는 것은 갈색 피부에 회색 머리카락을 지닌 샴록 윌리엄즈다.

부관을 맡는 3학년이 샴록의 옆모습에 몇 번째인지 모를 위화감을 느낀다.

"록, 너 뭔가 어제부터 이상한데? 컨디션이라도 무너졌어?"

"아무것도 아냐."

말끝을 차단하는 것처럼 대답한 샴록은 붕대를 감은 팔을 눌렀다.

"퍼레이드에 나가지 못한 건 다쳤기 때문이야. 교장 선생님의 대리는 내가 철저히 하겠어."

그리고 세 번째 학교 성 프리데스위데의 소녀들이 만반의 준비를 하고 입장을 시작한다. 행렬 중간쯤에서 은발과 금발이 반짝였을 때 객석이 지금까지 중 최고조로 끓어올랐다.

"메리다 엔젤 니이임────────!!"

"팔라딘 자매다!"

"배당 좀 봐! 성 프리데스위데가 압도적으로 정배당이잖아!"

"당연하지! 오늘은 메리다 님의 영광의 무대가 펼쳐질 테니까 말이야!"

무시무시한 환호성의 한복판을 쿠퍼와 로제티도 걷는다. 예약해둔 객석에 도착해서 둘이 나란히 앉는다. 로제티는 양쪽 귀를 손바닥으로 막고 있었다.

"분위기가 엄청나!! 작년 공개시합 때 이상이네!"

"네."

쿠퍼는 늘씬하게 다리를 꼬고 무릎 위에서 양손을 깍지 끼었다.

"오늘 밤, 관객분들은 그때 이상의 기적을 직접 목격하게 될 겁니다."

동시에 팡파르가 울렸다.

그치지 않는 열광과 상승효과를 만들어내면서 관객과 선수들의 감정을 극한까지 고조시킨다. 진행을 맡은 남성이 확성기에 두꺼운 입술을 댔다.

"오래 기다리셨습니다~~~!! 드디어 강철궁 박람회의 메인이벤트! 무기고의 서열을 결정하는 싸움! 아스널 스트롱 콘테스트를 개막하겠습니다!!"

한층 더 부풀어 오르는 환호성과 박수갈채. 진행자는 질세라 큰 소리로 계속했다.

"콘테스트의 포인트는 뭐니 뭐니 해도 《반입 금지》 룰! 보시죠, 황야에 박힌 무수한 무기를! 과감하게도 맨손으로 전장에 발을 내디딘 젊은 기사들을! 강한 몸과 강한 무기, 둘을 겸비하여 이 싸움을 제압하는 것은 과연 어느 레기온이 될 것인가~~~~?!"

"빨리 시작해라아————————————!"

혈기왕성한 남성 관객들로부터 으레 등장하는 야유가 날아왔다. 남학교인 장 설리번, 자립심 강한 성 도트리슈라면 몰라도 다소곳한 성 프리데스위데의 소녀들이 유달리 긴장을 많이 한 것이 쿠퍼의 눈에는 보였다.

진행자는 애교 있는 선글라스를 높이 늘고서 객석을 한 바퀴 둘러본다.

"오~케이, 오~케이, 다들 몹시 고대하고 있는 것 같군요! 사방에 울리는 칼과 창이 부딪치는 소리, 흩날리는 마나의 불길, 세련된 검술을 선수들이여, 우리에게 보여 달라!! 강철궁 박람회 둘째 날, 아스널 스트롱 콘테스트 시합 개시를—— 이 자리에 선언합니다!!"

공포탄의 꿍음이 색종이와 함께 하늘을 가득 메웠다. 세 학교 135명의 전사들이 일제히 지면을 박차고, 그 순간 과장이 아니라 실제로 투기장이 흔들렸다. 폭발하는 환호성.

"파이팅———!! 엘리제 아가씨———! 메리다 님———!"

곧바로 일어나 팔을 치켜드는 로제티와는 대조적으로 쿠퍼는 깍지 낀 손바닥으로 입가를 가렸다. 그리고 흘린 흔하디흔한 말에는 수많은 감정이 담겼다.

"시작됐다……!!"

그 눈동자는 오직 한 사람, 금발 소녀의 미모만을 뒤쫓고 있다.

메리다 엔젤

클래스:사무라이

HP	2654	MP	252	공격력	259(219)	방어력	213	민첩력	284
공격지원	0~20%		방어지원	–				사념압력	24%

주 요 스 킬 / 어 빌 리 티

은밀 Lv4 / 삼안 Lv3 / 결계효과반감 LvX / 역경 Lv3 / 항주 Lv5 / 환도삼차(幻刀三叉) 절풍아(絕風牙) / 발도개벽(拔刀開闢) 백휘야(白輝夜) / 천도술(千刀術) 앵화(櫻華)

엘 리 제 엔 젤

클래스:팔라딘

HP	3137	MP	345	공격력	264	방어력	308	민첩력	277
공격지원	0~25%		방어지원	0~50%				사념압력	21%

주 요 스 킬 / 어 빌 리 티

축복 Lv5 / 위광 Lv4 / 플레임 엘리트 Lv3 / 증폭로 Lv5 / 저력 Lv4 / 디바인 하울링 / 세이버 브랜디스 / 리메인즈 패트로나

살 라 샤 쉬 크 잘

클래스:드라군

HP	2843	MP	332	공격력	277(333)	방어력	234	민첩력	308
공격지원	0~33%		방어지원	–				사념압력	21%

주 요 스 킬 / 어 빌 리 티

비상 Lv5 / 에어리얼 에지 Lv5 / 에어리얼 쉘 Lv4 / 자연비 Lv4 / 항주 Lv3 / 젝스 크레센도 / 스프링게리 코멧 / 에어 레이드(열(烈))

뮬 라 모 르

클래스:디아볼로스

HP	3230	MP	304	공격력	340	방어력	276	민첩력	257
공격지원	–		방어지원	–				사념압력	22%

주 요 스 킬 / 어 빌 리 티

재해 LvX / 흡수공격 Lv5 / 증폭로 Lv2 / 버스터 배리 어Lv3 / 항마 Lv5 / 항주 Lv4 / 이블리스 그라버 / 마씽 수아르 / 블러디 폴스

LESSON : V ～강철궁의 왈츠～

"제1부대, 돌격!"

미토나 회장의 호령에 따라 여학생들의 태반이 한 덩어리가 되어 이동을 개시했다. 대열 중앙에는 작전의 주축이 되는 3학년 거너가 보호받고 있다. 시간 차를 두고 메리다가 소속된 제2부대가 전장 우측으로, 티치카를 비롯한 1학년으로 구성되는 제3부대가 좌측으로 진군한다.

투기회장은 높은 철판으로 구획된 미로로 되어 있다. 각 군의 본거지와 아스널의 감시탑을 통해서만 전경의 파악이 가능하다. 선수들은 귓가에 스마트한 《사념 증폭기》를 장착하고 있고, 그것을 통해 총지휘관(레기온 리더)은 다이렉트로 지시를 보낼 수 있다.

초반은 예상대로의 전개가 이루어졌다. 세 학교 모두 우선적으로 가장 가까이에 있는 아스널로 부대를 급행해 장비를 갖춘다. 그러나 성 프리데스위데의 미토나 회장은 한 수 앞을 보고 있었다. 전력을 집중시킨 제1부대는 비무장 상태로 단숨에 필드 중앙 영역까지 쳐들어간 것이다. 바로 함성이 들끓는 객석.

도개교까지 가는 길에는 작은 집 같은 아스널이 딱 한 동 세워져 있었다. 선수 전원이 들어갈 수 없을 정도로 좁다. 거너를 포함한 3학년 유닛이 실내를 물색한다.

그 틈에 미토나 회장은 투기장을 대강 내려다보았다. 성 도트리슈는 전력을 분산시키고 있는 것같이 보인다. 장 설리번은 뱀처럼 일렬로 대열을 만들고── 어디를 향하려는 걸까? 아무튼 군사의 이동이 가장 빠른 것은 자신들 성 프리데스위데다.

"일단 예정대로……!"

──하지만 그렇게 말한 직후 계획이 무너지기 시작했다.

귓가의 증폭기가 3학년 거너의 외침을 전한 것이다.

『총이 없어!!』

그 목소리는 증폭기를 단 전원에게 전해졌고, 순간 성 프리데스위데 전군의 움직임이 확 굳었다. 미토나 회장은 왼쪽 귀에 손바닥을 댄다.

"없어? 없다는 게 무슨 말이야?"

『말 그대로야! 이 아스널에는 검이나 지팡이뿐이고 거너용 무기가 없어! 이러면…… 도개교의 레버를 쏠 수가 없어……!!』

"왜 없는데!"

다른 유닛의 리더가 조심스럽게 사념을 보내왔다.

『래, 랜덤이라서…… 그런 거 아닐까요.』

"……!"

미토나 회장이 분한 듯이 입술을 깨무는 기척까지, 모든 증폭기로 명확하게 전달됐다.

"그렇습니다."

쿠퍼는 비록 들리지 않아도 소녀들의 당황하는 얼굴이 무엇을 의미하는지 알 수 있었다. 늘씬하게 다리를 꼰 채 냉담하게도 들리는 말투로 계속한다.

"《반입금지 및 현지조달》── 그 가혹함을 저들은 쉽게 보고 있었어요. 필요한 장비가 순조롭게 손에 들어온다고만은 할 수 없는데……. 거니를 중점에 두고 세운 작전은 실패했군요."

"크아아~~ 그래서 말해 주고 싶었는데!"

옆에서는 로제티가 몹시 원통한 듯 머리를 싸매고 있다. 쿠퍼는 오히려 미소를 지었다.

"자, 깊이 생각하고 있을 틈은 없어요, 학생회장. 침략의 마수가 착착 다가오고 있습니다."

객석에서는 아주 잘 볼 수 있었다.

매끄럽게 분산하여 진군한 성 도트리슈의 부대가 성 프리데스위데의 진지에 쳐들어가고 있는 광경을──.

진군 루트를 다시 세우는 데에 30초는 필요로 했다. 겨우 미토나 회장이 얼굴을 든다.

"이, 일단 그 아스널에 있는 무기를 클래스마다 학년순으로 돌려요! 엉뚱한 무기를 들고 나오지 않도록! 한 번 장비하면 버리지 못하니까!"

알겠다는 응답은 즉각 돌아오긴 했지만 이 단계에서 또 시간이 걸리게 되었다. 전 유닛이, 타 유닛이 어떤 클래스로 구성돼 있는지 파악하지 않았기 때문이다. 학년이 다르면 더욱 몰랐다. 결국 협소한 아스널 안을 서로 양보하며 교대로 확인하는 처지가 되었다.

제1부대의 많은 숫자에 비해 아스널의 수용 규모가 너무 작기 때문이다. 결국 무기를 지닐 수 있었던 인원은 3학년을 비롯해 10명이 채 되지 않았다.

타임 로스에 반해 성과가 너무나도 적다.

『지, 지시를 내려줘…….』

3학년 거너의 무력감이 밴 목소리에 미토나 회장은 바로 사념을 돌려보낸다.

"제1부대를 셋으로 나눠! 둘을 좌우의 길로 나아가게 해 제2부대와 제3부대에 합류시키는 거야. 남은 한 부대는 내가 새 루트를 지시할 테니──."

하지만 지시하고, 나아가게 하고, 그다음엔 어떡한다?

미토나 회장은 순간적으로 자문했고 말문이 막혔다. 작전의 전제가 뒤집혀버린 이상 목적도 없이 군을 나아가게 하는 것은 위험하다. 그렇다고 수수방관하고 있을 수도 없다. 지금은 좌우간 말을 전진시키면서 다음 한 수를 궁리할 수밖에──.

『접적(接敵)!!』

날카로운 외침이 마비되기 시작한 뇌를 뒤흔들었다.

미토나 회장은 황급히 발신원을 찾았고, 그리고 자기 눈을 의심했다. 성 도트리슈의 한 부대가 그들의 군대로부터 돌출해서 분산된 이쪽의 제1부대에 급접근 중이었기 때문이다.

──어찌 이렇게 빨리 태세를 갖출 수 있는 거지?!

도트리슈는 전원이 각양각색의 무기를 장비하고 있었다. 하지만 그들이 걸친 마나의 성질로 미토나 회장은 알아챘다. ──전원 글래디에이터 클래스다.

글래디에이터 클래스이면서 그들은 잘 다루는 메이스나 모닝스타가 아니라 검이나 지팡이, 칼 등으로 무장하고 있다. 미토나 회장은 반사적으로 지시했다.

"맞받아쳐!"

하지만 아무리 그래도 핸디캡이 너무 심하다. 그럭저럭 무기를 들고 있는 적과 달리 이쪽은 맨손인 자가 태반! 선전한 보람도 없이 이내 돌파당하고 만다.

맹진을 거듭하는 적 부대를 미토나 회장은 분한 듯이 내려다본다──.

"각 유닛이 학년마다 나뉘어 전위·후위로 밸런스 좋게 배치되어 있는 성 프리데스위데와는 달리──."

쿠퍼가 말한다. 객석의 열광 속에서도 자신의 페이스를 잃지 않는다.

"성 도트리슈는 학년을 하나로 뭉치고, 클래스별로 유닛을 구성한 것 같습니다. 확실히 이쪽이 스피디한 동시에 직감적인 대응이 가능하죠……! 덧붙여 최적의 무기를 철저히 고집하고 있는 점을 보면, 성 프리데스위데는 너무 딱딱 맞춰 하려 하고 있어요."

"어떡해, 어떡하지, 어떡하냐고! 이대로는 지게 생겼어어어

～～～!!"

옆에서 로제티가 쿠퍼의 어깨를 달각달각 흔든다.

과연 성 프리데스위데에게 반격의 실마리는 있을 것인가. 지금 제3부대인 1학년이 목적한 아스널에 도착했다.

『미, 미토나 언니, 이쪽에는 총이 있었어요~!』

1학년인 티치카 스타치가 필사적인 사념을 보내왔을 때 미토나는 저도 모르게 입술을 깨물어 버렸다. '이제 와서 나와 봐야……!' 라는 생각을 간신히 참아 누른다.

"고, 고마워. 우선 제3부대는 장비를 갖추도록."

좌우간 거기서 제3부대인 1학년들은 전원 클래스에 적합한 무기를 손에 넣을 수 있었다. 하지만……! 자신들이 이제야 약소한 성과를 내는 동안에 전황은 단숨에 상대측으로 기울고 있었다. 객석의 환호성이 미토나 회장의 귀에까지 닿는다.

"완전히 도트리슈의 페이스야!"

뺨에 식은땀이 떨어지는 것과 동시에 공명하는 듯한 목소리가 연달아 쏟아진다.

"제법인데, 성 도트리슈의 지휘관! 저분은 누구야?"

"당연히 실력자겠지! 작년도 루나 뤼미에르라던데!! 아름다우셔……!"

"나는 가진 돈 전부 도트리슈에 걸었거든?! 그대로 끝내버려라!"

설마 이 성원 때문은 아니겠지만 성 도트리슈의 공세는 한층 더 거세졌다. 전력을 집중시킨 제1부대가, 여기에 이르러 프리데스위데에게는 완전히 족쇄가 되고 말았다. 비무장으로 이동 중인 제1부대가 절박한 사념을 보내온다.

『저, 접적! 상대는 무장했어!』

미토나 회장의 눈에도 길을 헤매며 진군하고 있는 3학년들과 그들을 덮치려고 하는 성 도트리슈의 집단이 보였다. 미토나 회장은 반사직으로 사념을 돌려보낸다.

"물러나요! 다들, 무기를 손에 넣을 때까지 가능한 한 전투는 피——."

『기다려주세요, 미토나 회장님!!』

유달리 선명한 사념이 말끝을 가로막았다.

성 프리데스위데의 선수들은 다시금 움직임을 딱 멈추었다. 그 목소리의 주인에게—— 티치카가, 네르바가, 소노라가—— 3개 학년 수십 명이 일제히 의식을 돌렸다.

침묵의 바다에 메리다는 벼락과도 같은 사념을 쏟는다.

『——필요한가요?!』

† † †

성 도트리슈의 급습부대는 적군의 행동에 '급기야 자포자기한 건가?' 하고 눈썹을 찌푸렸다. 그럴 만도 하다. 무기를 손에 들고 진격하는 이쪽에 비해 성 프리데스위데는 단 두 사람만—— 그것도 비무장 상태의 2학년을 이쪽으로 보냈기 때문이다.

"시간을 벌 셈인가?!"

4인 유닛 중 선두의 한 명이 속도를 올린다. 두 번째, 세 번째 멤버가 의기양양하게 따라간다. 그러나 후미를 달리고 있었던 유닛 리더가 적과 만나기 직전에 깨달았다.

자매 같은 두 전사가 금발과 은발을 나부끼고 있는 것을——.

모습을 드러내고 눈 깜짝할 사이에 거리를 좁혀온, 학생으로 보이지 않는 그 속도를.

"멈춰어——!"

멤버에게 지시하는 목소리와 거의 동시에 그것은 일어났다. 선두를 달리고 있었던 한 명이 마주치자마자 얻어맞고 쓰러진 것이다. 충돌 전 마지막 몇 미터의 간격을, 금발의 소녀는 희미하게 보일 정도로 속도를 올려 질주했다——. 덕분에 요격 타이밍이 완전히 어긋났다.

"어어…………."

두 발짝 뒤에서 달리고 있었던 두 번째 멤버는 그림자가 춤추는 것처럼 품으로 미끄러져 들어오는 것을 겨우 시야에 포착한다. 메이스를 든 오른팔을 제압당하고, 다리를 걷어차였나 싶었더니 곧바로 지면에 내던져졌다. 오른팔로부터 무기의 손잡이가 회전하면서 멀어진다——.

직후, 허공을 난 그 손잡이를 두 번째 적이 뛰어나가면서 그대로 잡았다. 은발에서 흩어지는 인광. 엘리제는 빼앗은 메이스로 세 번째 사람의 어깨를 강타한다. 그리고 간신히 든 롱 소드를 되받아쳐 부러뜨리고, 그 자리에서 반대 측 발을 미끄러뜨려 그대로 급소를 힘껏 찬다.

연거푸 둔탁한 소리가 나고 세 번째 도트리슈 학생이 후방으로 날아갔다. 네 번째 적—— 유닛 리더가 칼끝을 위로 향해 쳐든다. 엘리제는 놀라서 눈썹을 올렸다.

적 리더는 팔라딘 클래스용 장검을 장비하고 있었다.

"리타!"

예리하게 속삭이며 엘리제는 지면을 찬다. 그 검은 마치 지휘봉과 같이 자유자재로 변환했고, 타격음은 드럼보다도 묵직했다. 한칼 만에 싱겁게 균형을 잃은 적 리더는 이어지는 두 번째 공격을 맞고 지면에 쓰러졌다.

그녀의 손에서 장검의 자루가 떨어진다. 메리다는 즉시 달려가 그것을 주워들었다.

"무기가 없다면——."

"상대에게서 빼앗으면 돼."

엔젤 자매가 쨍, 하고 소리높이 무기를 하나로 모은 순간, 화려한 역전극에 객석이 들끓었다. 성 도트리슈 측의 본거지에서는 키이라가 눈을 부라리고 있었다.

"말도 안 돼……!"

더욱이 다른 장소에서도 전국에 변화가 나타나고 있었다. 무방비한 성 프리데스위데의 3학년 유닛에게 무장한 도트리슈 학생이 덤벼들려고 한다.

——그런데 가만 보니 적의 유닛은 1학년뿐이지 않은가. 프리데스위데의 3학년들은 격투술 자세를 취하고서 용기를 북돋우

며 맞섰다. 기본적인 스테이터스 차이를 살려 하급생들을 때려눕히고, 내던져서, 견디지 못하고 기브업 한 적으로부터 무기를 탈취한다. 다시 성 프리데스위데를 찬양하는 성원이 불어났다.

쿠퍼 역시 무릎 위로 작은 박수를 보낸다.

"잘 판단했습니다, 아가씨들. 그래요⋯⋯《반입 금지》룰에만 사로잡혀 선수 본인의 전투력을 잘못 봐서는 안 됩니다. 메리다 아가씨와 엘리제 님에게 체술로 겨룰 수 있는 학생은 없어요. 상급생이라면 무장한 1학년 정도는 물러설 상대가 아닙니다⋯⋯. 수시로 변동하는《종합 전투력》을 냉정하게 파악해야 합니다."

"해냈어! 해냈어! 이기고 있다구!!"

로제티는 여전히 쿠퍼의 어깨를 잡고 흔들며 호들갑을 떨었다.

미토나 회장은 분위기를 타고 적극적으로 지시를 날렸다. 이번에는 티치카를 비롯한 1학년 유닛으로 이루어진 제3부대를 본거지 근처까지 되돌아오게 했다.

적 부대가 바로 앞까지 다가왔기 때문이다. 처음에 프리데스위데 제1부대를 무찌른 글래디에이터 집단이 칠색의 무기를 들고 본거지로 돌격해온다.

"맞받아쳐요, 티치카 양!"

"네, 네에~~~?!"

1학년들은 깜짝 놀라 눈을 부릅떴다. 왜냐하면── 1학년이다. 상급생도 섞인 적 유닛에게 입학하고 반년 정도밖에 되지 않은 자신들이 과연 맞설 수 있을까?

그렇지만 방어로 돌릴 수 있는 부대는 자신들밖에 없다. 할 수밖에 없었다. 전위가 이를 악물고 벽이 되고, 중위에서 메이든 클래스가 대미지를 벌고, 후위에서 거너가 틈을 찌르나 싶더니 클레릭 클래스인 티치카가 헌신적으로 원호를 펼친다.

그러자── 이 무슨 일인가.

지구전 끝에 마침내 적 유닛 전원이 무릎을 꿇고 말았다. "졌다……." 하고 원통해 하며 백기를 드는 도트리슈 3학년을 앞에 두고, 티치카를 비롯한 1학년은 숨을 헐떡이면서도 놀라움과 기쁨이 뒤섞인 표정을 띠어 보였다.

"어? 이, 이겼어……?"

"이겼다구?"

"이, 이겼어…… 이겼어요오〜〜〜〜〜!!"

병아리들에 의한 설마 했던 대분투에 객석 전체에서 터질 듯한 환호성이 울려 퍼졌다. 그 가운데에서도 눈에 띄는 로제티를 개의치 않고 쿠퍼는 미소를 흘린다.

"클래스별로 유닛을 구성한 성 도트리슈는 즉각적으로 대응할 힘이 있는 대신 지구력이 부족합니다. 그에 비해 유닛 단위의 구성을 의식한 성 프리데스위데는 준비를 갖추는 데에는 고생했지만, 갖추기만 하면 개개의 유닛은 최대한의 퍼포먼스를 발휘할 뿐더러 상황변화에도 능동적으로 대응할 수 있습니다──."

넥타이 목 부분에 집게손가락을 넣어 자기 자신을 가득 채우는 열기를 누그러뜨리는 쿠퍼.

"형세가 바뀌었군요."

시합이 중반에 접어들고 대부분의 선수에게 무기가 쥐어지니 단연 유리해진 것은 성 프리데스위데 쪽이었다. 단기 결전을 의식하여 앞뒤 가리지 않고 무기를 들어버린 성 도트리슈의 선수들은 설령 클래스에 맞지 않는 무기라도 규정상 그것을 바꿀 수 없다.

한 펜서 클래스가 한 번도 다룬 적 없는 차크람을 손에 들고 망설이고 있었다. 유닛의 다른 멤버도 비슷한 처지다. 거기에 프리데스위데로부터 두 자객이 덤벼든다. 메리다는 '가능한 한 팔라딘답게.'라고 자신을 타이르면서 거창하게 장검을 휘두르고, 엘리제는 최소의 움직임으로 리드미컬하게 적을 타도한다.

마지막 한 명—— 후위의 위저드 클래스가 신장에 맞지 않는 장검을 단단히 쥐고 있는 것을 엘리제는 깨달았다. 그녀는 무기를 일부러 머리 위로 높이 들어, 상대가 황급히 장검을 쳐올린 순간에 자신의 메이스를 내려쳤다.

매끄럽게 상대의 검을 끌어들인 다음 교차한 칼끝을 지면에 꽂고 나서 팔꿈치로 가격. 옆구리를 맞은 적은 날아갔고, 이럴 수가, 서로 들고 있는 무기가 바뀌어 있었다. 마술 같은 날랜 솜씨다.

이것은 반칙으로 보아야 할까—— 심판 한 명이 꿈틀거렸지만, 그 너무나도 멋진 솜씨에 그만 휘슬을 내린다. 투기장 중앙 부근에서 각각 손에 장검을 든 천사 둘이 객석의 시선을 낚아챘다. 어지러이 나는 색종이, 드높은 휘파람.

"팔라딘 자매가 장검을 얻었어!"

"그럼 승부는 끝난 거 아니야?!"

누군가 그렇게 외치는 것도 무리는 아니다. 상위 클래스인 팔라딘·드라군·디아볼로스는 잠재능력은 물론 뛰어나지만, 인원의 절대수가 적기 때문에——지금 이 시합의 경우 세 명밖에 없다——배치된 전용무기 자체가 적다.

실제로 도트리슈의 살라샤는 지금 자신 있는 무기인 창이 아니라 롱 소드를 장비하고 있었다. 뮬 쪽도 마찬가지다. 어디의 아스널을 들러도 창과 대검이 보이지 않았다. 이래서는 개인 전투력도 80%퍼센트 수준이라고 할 수밖에 없으리라.

승리의 여신은 지금 완전히 성 프리데스위데에게 미소 지으려 하는 중이었다——.

그러나 아직 예단은 허용되지 않는다. 미토나 회장 옆에서 부관을 맡은 3학년이 한발 물러난 위치에서 전장을 둘러보며 의견을 말한다.

"미토나, 눈치챘어? 장 설리번의 움직임을……."

"물론이야."

곁눈질로 슬쩍 살핀다. 하지만 이쪽에서 적극적으로 공세를 펴기도 망설여진다.

그들의 행동은 전혀 의도를 읽을 수 없기 때문이다. 시합 개시 이래 한 번도 적과 만나지 않았다. 장 설리번의 지휘관은 모든 유닛에게 최소한의 무기만 공급시킨 다음 각각 《대기》를 명했다. 대충이라고밖에 생각되지 않는 위치에 유닛을 유도하고 나서 예외 없이 '그 자리에 머무르고 아무것도 하지 마.' 라는 지시를 내린 것이다.

그걸로 이길 생각인 걸까? 침착한 미토나 회장의 눈썹도 찌푸려진다.

"뭐가 목적일까⋯⋯. 무서워."

무엇이 목적인지, 실은 당사자들도 모르고 있었다. 칼과 창의 소리를 멀리 들으면서 남학생들은 얼굴을 마주 본다.

"있잖아, 우리⋯⋯ 대체 뭐 하고 있는 거야? 안 싸워도 되는 건가?"

"그, 글쎄⋯⋯? 그래도 샴록이 생각한 일이니 뭔가 작전이 있겠지."

남학생들의 망설임은 당연히 본거지의 성채에도 닿았다. 사념 증폭기로부터 끊임없이 의심의 목소리가 난무한다. 결국 부관인 3학년이 리더에게 대들었다.

"야, 록! 진짜 이 전법으로 괜찮은 거야⋯⋯?!"

"문제없어."

어깨를 붙잡혀도 샴록은 미동도 하지 않고 전장을 내려다본다.

"지금은 잠자코 지시를 따라줘. 마지막에는 우리가 이겨."

장 설리번이 무엇을 꾸미고 있든 시합이 종반에 접어들고 있는 것은 사실이었다. 성 프리데스위데 부대의 한 명이 깊은 골짜기의 건너편 기슭에 도착한다. 기계장치를 조작하자 도개교가 내려와 본거지까지의 최단 루트를 만들어냈다.

"꽤 시간은 걸렸지만 이걸로……!"

본래는 레버 반대편에서 이 장치를 꿰뚫을 예정이었다. 3학년 거너는 감회와 함께 레버에서 손을 뗀다. 수백 미터 너머로 시선을 던지자 먼 성채의 미토나 회장도 고개를 끄덕였다.

미토나 회장은 목에 손을 대고 전 부대에 사념을 보낸다.

『단숨에 승부를 낼 거예요. ──분산되어 있었던 제1부대는 집합하면서 센트럴 아스닐을 향하세요! 제2부대는 그들의 호위를! 제3부대는 방어 라인을 형성!』

『『『알겠습니다!!』』』

한 개의 군단, 레기온으로서 더할 나위 없는 연계를 발휘해 순백색 배틀 드레스를 입은 소녀들이 움직이기 시작한다. 관객들은 그 광경을 보며 헤엄치는 물고기 떼 혹은 새의 집단을 상기하고, 이 시합의 결말을 뚜렷하게 예상했다. 다른 학교 선수들도 기세에 압도되고 있다.

"키이라……."

성 도트리슈의 본거지에서는 공사(公私) 양쪽의 파트너인 피냐 하슬란이 애처로운 표정을 띠고 있었다. 지휘관인 키이라는 아주 침착하게 전장을 내려다본다. 자군의 부대는 이미 반만 남은 상태. 남은 전력을 모두 집결시킨들 프리데스위데의 공세는 막을 수 없을 것이다. 이렇게 된 이상 어쩔 수 없다──.

《최후의 수단》이다.

"부르셨나요, 키이라 언니?"

우아하게 미소마저 띠며 다가온 것은 2학년 뮬 라 모르였다.

이미 용건을 헤아리고 있으리라. 키이라는 결연한 표정으로 돌아본다.

"……이 상황에서 도트리슈가 역전할 방법은 한 가지밖에 없어."

"그럴지도 모르겠군요."

"무거운 짐을 떠맡겨서 미안하지만 부탁할게. 성 도트리슈의 희망이 되어 줘!!"

그리 말한 다음 키이라는 양팔을 벌리고 섰다. 마지막으로 파트너 소녀에게 시선을 보냈다.

"피냐, 이후의 지시는 네게 맡기겠어. 우리 군에게 승리를!"

피냐 하슬란은 눈물을 머금으면서 고개를 끄덕인다. 연극을 보는 것 같은 한 장면에 관객들도 알아채기 시작했다. 성 도트리슈가 무언가를 준비하는 모양이다. 대체 무슨 짓을 할 셈일까?

많은 관객이 주목했고, 직후에 그들은 "앗!" 하고 눈이 휘둥그레졌다.

뮬이 천천히 검을 머리 위로 쳐드나 싶더니 키이라를 단숨에 내려친 것이다. 한 줄기 섬광이 번뜩이고 지휘관은 쓰러진다. 그 광경을 보고 있었던 성 프리데스위데 선수 전원이 깜짝 놀라 발걸음을 멈췄다.

"무, 무슨 생각으로……?! 반란……?!"

망원경에서 저도 모르게 얼굴을 떼고 미토나 회장이 신음한다. 그러나 성 도트리슈는 시합을 포기한 것도, 자포자기한 것도 결코 아니었다.

각오를 굳힌 것이다.

지휘관이 쓰러졌지만 여전히 성 도트리슈의 소녀들은 조금도 평정을 잃지 않았다. 남은 전력에서 다시 반수인 15명 정도가 뮬 앞에 죽 늘어선다.

그 한 명 한 명을 뮬은 눈썹 하나 까딱하지 않고 베어갔다. 서 있는 사람 수가 점점 줄어들고 정신을 잃은 소녀들의 몸이 바닥에 쌓인다.

그 중앙에서 검을 휘두르는 뮬은 목숨을 거두는 사신처럼 보였다.

성 프리데스위데의 선수도, 관객도, 그들의 행동을 통 알 수가 없었다. 그러나 기병단 상층부의 극히 일부 그리고 쿠퍼만은 그 의도를 알아챘다.

"대담하게 나오는군⋯⋯!"

쿠퍼조차 식은땀이 뺨을 타고 흐른다. 이윽고 십수 명의 선수가 감시탑에 쓰러지고, 시신 속에 선 사신 같은 인상을 한 미소녀는 유유히 검을 밀어 올렸다.

그 검 끝에 발생한 《이상》을 다른 학교 선수들과 관객들도 마침내 깨달았다.

도저히 한 사람분이라고는 믿을 수 없는 밀도의 마나가 도신에 집중되어 있었기 때문이다. 바람의 흐름이 바뀌었다. 도신을 중심으로 거친 회오리같이 공기가 소용돌이치고, 상공을 한층 진한 암흑으로 물들이나 싶더니, 우렛소리같이 스파크가 튄다.

"저것이 디아볼로스의⋯⋯ 《흡수공격》⋯⋯!!"

메리다의 등골에 전율이 빠져나간다. 멀리 떨어져 있는데도 옷자락이 바람에 희롱당한다.

요컨대 뮬은 키이라를 비롯한 동료들을 제물로 삼아 자신의 마나를 높인 것이다. 십수 명분의 압력이 일극에 집중되어 형형색색의 불길이 서로 어우러지나 싶더니 검은 스파크를 사방에 퍼뜨린다. 황홀하게까지 보이는 미소를 띠고 뮬은 말했다.

"각오해……. 지금 나의 일격은 공작 가문 당주님에게도 필적하니까!"

감시탑에서 튀어나온다. 수십 미터 높이를 어려움 없이 착지한 다음 주저 없이 그대로 질주한다. 일직선으로 향하는 곳에는 성 프리데스위데의 부대가 있다.

미토나 회장은 퍼뜩 목에 손바닥을 댔다.

"조, 조심해요!"

하지만 무의미했다. 멀리 떨어져 있었던 뮬은 단숨에 이쪽으로 파고들어 롱 소드를 가로로 휘둘렀다. 헛스윙, 그러나 피해는 극심했다. 부채 모양으로 지면이 말려 올라가고, 공기의 벽이 선수 네 명을 한꺼번에 날려 버렸다. "꺄아아악?!"이라는 비명조차 한데 뒤섞여 흙덩이와 함께 순백색 배틀 드레스 모습이 고꾸라진다.

네 명은 꿈틀거리지도 않는다. 풍압이었을 뿐인데 위력이……!! 성 프리데스위데 선수들은 본능적으로 뒷걸음질 쳤다. 객석이 크게 동요했다. 쿠퍼조차 낮게 신음한다.

"부조리하게까지 느껴지는 이 포학성이 바로…… 디아볼로스!"

너무나도 거대한 존재감을 앞에 두고 성 프리데스위데 선수들은 순간적으로 아무것도 할 수 없었다. 그런 그들에게 뮬은 대충 눈에 띄는 끄트머리부터 달려들었다. 전술 따윈 생각할 필요가 없다. 그냥 검만 휘둘러도 도신으로부터 휘몰아치는 마나 폭풍이 적을 날려버리니까. 전선을 싱겁게 무너뜨리면서 뮬은 중앙으로 돌진한다.

한편 장 설리번 학생 중에 전율하면서도 입술을 치켜세우는 한 사람이 있었다.

"저게 바로 그 유명한 디아볼로스의 힘…… 어디 한번 시험해볼까!!"

"야, 야, 기다려, 포르테!"

그자는 대기장소에서 뛰쳐나갔다. 샴록이 즉각 사념을 보낸다.

"진형을 무너뜨리지 마! 포르테 디엔드!"

그는 실기성적이라면 전 학년에서 단연 톱을 자랑하는 무투파(武鬪派) 필두의 3학년이었다. 손에 들고 있는 것은 클래스에 맞는 몰드류 무구 상공회제 최고급 메이스. 메이스 끝을 지면에 닿을락 말락 미끄러뜨리면서 무시무시한 속도로 접근해오는 그림자를 뮬도 알아챘다.

"한 수 부탁하지!"

포르테는 지휘관의 지시마저 듣지 않고 메이스를 내려쳤다. 뮬은 롱 소드를 쳐올려 맞받아친다. 무거운 검극이 스파크와 함께 서로를 튕겼다.

"쓰, 쓰러뜨려, 포르테!!"

"장 설리번의 저력을 보여줘!"

다른 남학생들이 입을 모아 격려한다. 관객의 시선도 이 일전에 사로잡혔다. 포르테는 남자의 완력으로, 더불어 체격 차를 살린 상단으로부터의 연격을 선보인다. 일 합, 일 합마다 현기증이 날 것 같은 섬광과 부르르 진동하는 중저음이 터져 나왔다.

한층 더 강렬한 타격이 롱 소드를 때렸다. 뮬의 무릎이 살짝 풀렸으나 그 직후 가볍게 물리친다. 월등한 마나 압력이 그녀의 등을 뒤에서 밀고 있었다.

포르테는 그가 자랑하는 완력이 전혀 통하지 않는 것에 충격을 받았다. 손잡이가 떨리고 금이 간다.

"으음……?! 이, 이럴 수가……!!"

"영 부족하네요."

태연하게 미소를 짓는 뮬은 숨 하나 헐떡이지 않았다. 그녀가 한 발 내디디면 포르테는 어쩔 도리 없이 후퇴하게 된다. 롱 소드에 흉흉한 흑염이 기어오른다.

"이 검에는 지금 키이라 언니를 비롯한 성 도트리슈의 총의가 담겨 있어요. 그 누구라도 쪼개는 건 불가능해요!"

"크윽, 우우……오오오오옷!!"

"나중에 다시 오세요!"

뮬이 검을 힘껏 휘둘렀다. 메이스가 두 동강이 나고 포르테는 비명도 없이 후방으로 날아가 구른다. 장 설리번 학생들의 얼굴에서 핏기가 사라졌다.

무투파 필두인 그는 단순한 스테이터스 수치로 따지면 이 콘테스트에서 톱이었을 것이다. 그런데 저토록 싱겁게……! 성 프리데스위데의 소녀들도 결국 다리가 얼어붙었다. 뮬은 전장의 공기를 지배했다고 보자마자 드높이 검을 쳐들었다.

"우리 학교의 승리는 목전이에요!"

그에 호응해 피냐 하슬란이 전 부대에 지시를 내렸다. 현재는 그녀가 지휘관 대리다.

"남은 전 유닛에 통지합니다. 뮬 양을 뒤따라 센트럴 아스널로! 중앙거점을 제압하고 잔존세력을 물리쳐 승리를 쟁취하는 겁니다!!"

얌전한 함성이 응답했다. 미로에 흩어져 있었던, 규율에 충실한 배틀 드레스들이 거대한 하나의 파도가 되어 중심부를 향해 돌진한다. 형세는 눈 깜짝할 사이에 비등── 아니, 명백히 역전됐다. 성 프리데스위데의 승리의 비전이 멀어져간다.

미토나 회장은 입술을 꽉 깨물고 통신기에 질타 비슷한 사념을 내던졌다.

"성 프리데스위데에 고합니다!!"

선수들이 퍼뜩 정신을 차렸다. 성 프리데스위데도 남은 부대는 적다.

이렇게 된 이상 최후의 한 수── 총력전이다!

"이쪽도 모든 유닛으로 응전해 센트럴 아스널에서 자웅을 가리겠습니다. 저를 포함해 본거지의 전력도 치고 나갑니다! ── 티치카 스타치 양!"

『네, 듣고 있어요~!』

"당신 유닛만은 돌아와서 본거지 방어를 맡아 주세요."

없는 전력으로 구색만 맞춘 셈이다. 미토나 회장 옆에서 급우 한 명이 의견을 말했다.

"본거지가 텅 비게 되는 셈이야. 장 설리번은 신경 안 써도 돼?"

"그들에게도 체면이 있을 테니. 빈집을 노려 트로피를 손에 넣어봤자 나중에 혹독한 평가를 받을 거야."

성 도트리슈도 같은 생각인 것 같다. 성채에는 최소한의 전력 만 남기고 모든 선수가 중앙을 향해 쇄도하고 있다.

위압적인 돌격이 가능한 것은, 선두에서 길을 만들어내는 흑 발의 디아볼로스 덕분이리라. 그녀를 어떻게든 막지 않으면 아 무리 전력을 집중시켜도 의미는 없다――.

공작 가문에는 공작 가문을. 미토나는 동료와 함께 계단을 내 려가며 계속해서 사념을 보냈다.

"메리다 양, 엘리제 양! 당신들에게 부탁이 있어요!"

학생회장에게서 지명이 날아왔을 때 그 내용을 두 사람은 반 쯤 예기하고 있었다.

『성 도트리슈의 디아볼로스를…… 뮬 라 모르 님의 상대를 당 신들에게 부탁하고 싶어요. 가능할까요?』

메리다와 엘리제는 한 차례 시선을 주고받고, 곧바로 엘리제 가 살짝 고개를 끄덕였다.

"해 볼게요!"

『다행히 그녀의 무기는 아직 주 무기인 대검이 아니에요! 지금이라면 승기는 있어요!』

이 대화는 모든 아군에게 전해졌고, 엔젤 자매는 즉각 움직이기 시작했다. 남은 전력은 약 반수……. 선수의 절대 숫자에서라면 아직 성 도트리슈보다 유리하다.

그 사실은 상대측도 아주 잘 알고 있었다. 특히 뮬에게 남은 유닛의 반수를 제물로 바쳤기 때문에 움직일 수 있는 선수는 이제 한정되어 있다. 미로의 양측에서 돌격하는 두 가지 빛깔의 소녀들이 마르지 않는 투기를 발산하며 공중에 스파크를 튀긴다.

장 설리번의 학생들은 그것을 멀리서 바라보며 답답한 듯이 얼굴을 마주하고 있다.

"야, 야…… 우리는 참전하지 않아도 되는 거야?!"

"그, 그렇지. 가자, 다들!"

『안 돼.』

즉시 증폭기에서 채찍 같은 사념이 날아온다.

샴록 윌리엄즈는 조금도 전장의 열기에 휩쓸리지 않았다.

『아직 움직이지 마. 전원 그 자리에서 대기하고 있어.』

"야, 록! 설마 어부지리를 노리고 있는 건 아니겠지?!"

"우리는 장 설리번의 이름을 짊어지고 있다고! 비열한 싸움은 용납 안 돼!"

『아무렴.』

동료들이 저마다 불만을 날려도 샴록의 목소리는 평탄 그 자체였다.

『아직이야……. 조금만 더……!』

이제는 그가 무엇을 기다리고 있는 건지 오래 사귄 학우들조차 통 이해할 수 없었다. 그러는 동안에 성 프리데스위데와 성 도트리슈의 선수들이 접근했고, 마침내 칼과 창이 부딪치는 첫 소리가 울려 퍼졌다. 전쟁이 시작된 것이다.

"뮬 님, 살라샤 님! 가세요!"

도트리슈의 몇 명이 결사의 각오로 벽을 만들고 급우들을 센트럴 아스널의 입구로 보냈다. 즉시 프리데스위데 측이 배의 전력으로 방어 라인을 무너뜨린다. 난전 속에서 메리다와 엘리제가 튀어나왔다.

"우리도 센트럴 아스널로!"

"못 보냅니다!"

입구를 막듯이 도트리슈 학생 한 명이 뛰쳐나왔다. 그러자 프리데스위데 학생 중에서도 한 명이 튀어나와 그녀에게 덤벼든다.

소노라 파바게나였다.

"……지면 이번에는 진짜 용서 안 할 거야!"

메리다를 노려보면서 그렇게 말하고 막무가내로 무기를 휘두른다. 입구로 가는 길이 열렸다.

메리다는 엘리제와 순간 눈짓을 교환하고 지면을 박찼다. 소노라의 배후를 스치듯이 달려나가 센트럴 아스널로 뛰어들었다——.

† † †

그곳은 가늘고 높다란 골조밖에 없는 철탑이었다. 아래층의 칼과 창을 피하며 메리다와 엘리제는 센트럴 아스널을 부지런히 올라간다.

"저것 봐, 리타……."

"응, 굉상하다."

도중에 눈길을 끈 것은 탑의 바닥이나 벽의 철판에 세워진 무수히 많은 무기였다. 몰드류 무구 상공회가 관여한 화려한 롱 소드, 기병단 추기 플랜트가 제작한 최고로 단단한 메이스, 레이볼트 재단이 보증하는 도신이 일곱으로 갈라지는 유니크한 칼——.

마치 그것은 철의 세계에 늘어선 묘비처럼 보였다.

메리다와 엘리제는 팔라딘용 장검을 단단히 쥐었다. 특히 메리다 쪽은 지금까지 몇 번을 써봤지만 역시 신장에 맞지 않고 무겁다. 평소 사용하는 애도라 생각하고 휘두르다간 자신의 손발을 건드리게 생겼다.

게다가 탑을 오르면 오를수록 원형으로 배치된 객석의 시선이 집중된다. 클래스를 의심받을 만한 행동은 삼가야 하는데. 긴장을 꿀꺽 삼키고 메리다는 말했다.

"뮬 양이랑은 어디까지 갔을까?"

직후, 두 사람은 머리 위에서 날아오는 무언가를 동시에 깨달았다. 거울을 보는 것같이 장검을 동시에 번쩍 쳐들자, 날카로운 참격이 단숨에 강타한다. 칵, 까앙! 무거운 충격과 함께 중간점이 나뉘고 메리다와 엘리제는 잽싸게 물러섰다.

"······살라샤 양!"

《비상》을 써서 기습을 걸어온 것은 성 도트리슈가 자랑하는 드라군 살라샤 쉬크잘이었다. 차 모임에라도 부르고 싶은 참이다── 시합 중만 아니라면.

살라샤는 그 손에 거대한 다이아몬드에서 깎아낸 듯한 요철이 눈에 띄는 창을 꼬나들고 있었다. 드라군의 전용무기······. 이 국면에 이르러 기어이 손에 넣고 만 것이다!

살라샤는 심약한 평소와는 달리 무기를 쥐면 표정이 일변하는 소녀다.

"저와 상대해 주세요."

발밑을 강렬하게 걸어차자 철판이 띠이잉!! 하고 진동했다. 튀어 오른 창은 엘리제를 노렸고, 곧바로 번쩍인 장검이 창끝을 물리친다. 되받아친 도신이 격돌한다. 팔꿈치 공격은 상대의 무릎에 막혔고, 동시에 무기를 겨루자 무시무시한 금속음. 두 사람은 동시에 재빨리 물러섰다.

성 프리데스위데의 팔라딘과 성 도트리슈의 드라군, 학생 최고봉의 일전에 객석이 들끓었다. 메리다는 자루를 양손으로 쥐고 서둘러 가세하려 했다.

"엘리!"

하지만 그 직전 발밑에 검이 꽂혔다.

앞길을 막는 것처럼 도신이 떨린다. 깜짝 놀라 올려다보니 한층 위에서 이쪽을 내려다보는 인물이 있었다. 흑수정빛 머리카락을 나부끼는, 뮬 라 모르.

그 손에는—— 아아, 이런 낭패가. 디아볼로스의 상징이라고
도 할 수 있는 대검이 쥐어져 있는 것이 아닌가. 도신에는 불꽃
같은 문양이 기고 있고, 새까맣고 두꺼운 대검은 거인이 굳센 힘
을 다해도 부러지지 않을 것 같다. 확고부동한 최상급의 무기.

"올라오시지."

그녀는 시선으로 도빌하고 나서 몸을 돌렸다. 메리다는 배후
의 공방을 돌아보지 않을 수 없었지만, 그쪽에서는 엘리제와 살
라샤가 한순간도 끊어지지 않는 고속전투를 벌이고 있었다.

연격의 틈 사이로 엘리제는 힐끔 눈짓을 보냈다. '가, 리타!'
무음의 목소리에 살짝 고개를 끄덕여 대답하고서 메리다는 계
단에 발을 들여놓는다.

철판을 소리높이 울리며 한 층, 두 층, 나아가 세 층 위로——.

어디까지 앞서간 걸까, 아직 뮬의 모습은 보이지 않는다. 이윽
고 한결 골조가 눈에 띄는 사방이 훤히 트인 층계로 나왔다. 거
기서 드디어 증기가 낀 하늘을 배경으로 선 흑수정의 뒷모습을
발견한다. 군데군데 서 있는 기둥 외에 일대일 승부를 방해하는
장해물은 없다.

묘비같이 늘어선 무기—— 그 안에 우두커니 선 그녀는 죽음
의 요정으로 보인다.

"뮬 양……."

메리다는 장검을 눈앞에 내걸고 한 걸음 한 걸음 간격을 좁혔
다. 뮬은 아직 뒤돌아보지 않는다. 객석의 절반이 이 층을 주목

하기 시작했다는 게 느껴졌다. 공기가 피부를 찌른다.

　마침내 공격이 가능한 간격에 이르자 메리다는 장검을 들고 정안자세를 취했다.

　"바라는 대로 결판을 내자⋯⋯."

　"딱히 상관은 없는데, 메리다 너, 뭔가 잊고 있는 거 아니니?"

　느닷없이 그런 말을 하고 뮬은 돌아보았다. 동작이 너무나도 무방비해서 메리다는 허를 찔렸다. 뮬의 복숭앗빛 입술이 악마처럼 치켜 올라갔다.

　"내가 일대일 승부라고 했어? 이거, 팀 전이거든?"

　"뭐어⋯⋯⋯⋯?"

　직후, 기둥 뒤에서 도트리슈 학생 세 명이 튀어나왔다. 메리다는 반응이 늦었다. 날카롭게 날아온 메이스를 간신히 막아낸 메리다는 후방으로 굴러갔다.

　낙법을 취해 벌떡 일어나지만 오른손에 든 장검이 말을 듣지 않아, 칼끝이 바닥을 미끄러지며 귀에 거슬리는 소리를 낸다. 객석이 "아앗!" 하고 예민하게 숨을 삼켰다.

　도트리슈 학생들이 메리다를 포위한다. 뮬은 쿡쿡 웃고 있었다.

　"후훗, 메리다도 참⋯⋯ 내가 그런 소릴 해서 《일대일》이라고 생각한 거구나? 우선은 팀의 승리를 생각해야지."

　"거, 거, 거, 거짓말했구나?!"

　"거짓말 아니야. ──받을 건 받아야지."

　도트리슈 학생 세 명이 일제히 쇳바닥을 박찼다. 각자 롱 소드를, 메이스를 그리고 금속제 스태프를 단단히 들고서 도망갈 곳을 없애는 것처럼 메리다에게 덤벼든다.

"메리다 엔젤 님이 활약할 시간이다!"

객석의 누군가가 몸을 내밀었다. 하지만 그가 바라는 대로 전개되지는 않았다.

그들의 이상은 단 하나도 이루어지지 않았다. 메리다가 칼끝을 바닥에서 쳐올리고 그것이 간단히 막힌 순간에 객석의 누군가는 "어라?" 하고 생각했다. 검을 거두는 데에 순간 버벅거렸고, 옆에서 그 틈을 노린 타격에 얻어맞았을 때는 환호성이 그쳤다.

메리다는 다시 바닥을 굴렀으나 곧바로 벌떡 일어난 다음 달려들었다. 언젠가 본 아버지·페르구스의 참격을 머릿속에 그리고 바닥을 박차면서 등줄기를 홱 젖힌다.

"——에이잇!!"

모든 정력을 담아 내려치지만, 적은 단단히 허리를 낮춰 끝내 버렸다. 공중에서 기세를 잃은 직후에 또다시 좌우에서 날아오는 스태프와 롱 소드에 격추당한다.

순백색 배틀 드레스가 데굴데굴 구르고 객석에서 지켜보는 사람들은 웅성거리기 시작했다.

"……약하지 않아?"

누군가가 불쑥 흘렸다가 옆의 친구에게 어깨를 맞는다. "무례하게 무슨!"

그러나 관객들은 하나같이 골탕을 먹은 기분이었다. 그들은 메리다가 엘리제처럼 압권의 장검술을 보여주리라 기대했을 것이다. 다른 세 명을 바람잡이 다루듯 물리치고 같은 공작 가문 영애와의 손에 땀을 쥐는 열전을 벌일 것을 예기했음이 틀림 없다.

그런데 뚜껑을 열어 보니 웬걸……. 자신의 검에도 휘둘리는 추태를 보이고 있지 않은가.

……저것이 신짜로 기사 공작 가문이란 말인가?

객석에서의 성원이 끊어지면 끊어질수록 메리다의 마음에는 초조함이 점점 불거졌다. 회의적인 시선이 사슬같이 손발을 붙들어 맨다. 다짜고짜 칼자루를 쥐고 바닥을 찼다.

그러나 무거운 도신에 또다시 배신당했다. 속도가 전혀 실리지 않은 공격은 상대의 롱 소드에 여유 있게 막혔다. 되받아치느라 애를 먹는 사이 측면으로부터 날아온 스태프에 무릎이 풀린다. 이어서 들어온 세 번째 적의 메이스 공격에 칼끝이 높이 올려졌다.

"자세 잡아, 메리다."

추격타를 가하듯이 뮬이 뛰어온다. 섬세한 손가락 놀림으로 대검을 힘껏 당겼다가, 화살같이 발사한다. 메리다는 순간적으로 검의 배 부분으로 몸을 감쌌다.

격돌. 그리고 금속음——.

장검이 산산조각이 나 부서졌다. 그 충격에 메리다는 전에 없을 정도로 먼 거리를 날아갔다. 철판 바닥에 어깨를 부딪치고 온몸에 통증을 느끼며 긴 거리를 굴렀다.

"아으⋯⋯으윽⋯⋯!!"

신음하면서 어떻게든 상체를 일으키려고 하는 메리다.

그녀를 응원하는 목소리는 이제 객석 어디로부터도 오지 않았
다——.

그런데도 메리다는 거친 숨을 쉬면서 가까스로 한쪽 무릎을
세웠다. 이제 보니 장검은 가운데가 뚝 부러져 있다. 이 상태에
서라면 규정상 무기교체가 허용된다.

메리다가 얼굴을 들자, 정면 바로 앞에 나란히 꽂힌 두 자루의
무기가 보였다.

오른손 쪽에는 팔라딘용 장검——.

그리고 왼쪽에는, 사무라이의 명검이 있다.

메리다는 한쪽 무릎을 세운 채 차츰 손을 뻗었다. ——무기를
쥐는 오른손을.

그러나 검보다 더 앞쪽에서 목소리가 들려왔다.

"장검을 들고 있으면⋯⋯ 그걸로 어엿한 엔젤 가문의 자식이
라고 할 수 있을까?"

흠칫. 메리다의 손가락이 굳어진다.

뮬은 두 자루의 무기 사이로, 멀리 떨어진 이쪽을 똑바로 바라
보고 있었다.

"메리다, 지난겨울에 비블리아 고트 사서관 인정시험이 있었
던 거 기억나? 거기서 어떤 여자애가 이렇게 말했어. 『나는
사무라이 클래스라는 사실에 긍지를 가지고 있어!』『나는 나대
로, 지금 이 모습으로 사람들한테 인정받고 말 거야!』⋯⋯난 그

때, 그 아이를 동경하기까지 했다구?"

"……!"

메리다는 주먹을 쥐고 등을 편다. 뮬은 따분한 듯이 뒤돌아보고 증기가 자욱한 회색 하늘을 바라보았다. 보이지 않는 물건을 찾는 것 같은 목소리로.

"그 아이는 어디로 가 버린 걸까."

메리다는 두 다리에 힘을 넣은 다음 일어섰다.

객석으로부터의 엄청난 시선을 느낀다. 양팔을 축 내린 채 바닥을 찼다.

힘이 빠진 좌우 손바닥은 바람에 나부끼는 것처럼 흔들렸다. 정면에 박힌 두 자루의 무기, 정확히 그 중간을 메리다는 달려 나간다. 무기 사이를 통과하기 직전 양 손가락이 각각 칼자루를 한순간 스치고── 운명의 금속음.

메리다는 달리면서 그대로 왼쪽의 칼을 뽑아 들었다. 철판이 갈라지고 불똥이 흩날린다.

직후, 그녀의 모습이 안개처럼 사라지는 광경을 도트리슈 학생들은 보았다. 순간적으로 속도가 급상승한 것이다. 한 명이 "어디로……?!" 하고 끙끙대며 한 발짝 뒷걸음질 친다.

중심이 뒷발에 기운 순간이 그녀의 최후였다.

"《은밀》이야."

바람처럼 배후로 돌아 들어가 있었던 메리다가 숨골을 가차 없이 베어 넘긴다. 일격에 졸도, 첫 번째 적이 바닥에 쓰러졌다. 너무나도 빠른 솜씨에 다른 면면이 눈을 부릅뜬다.

메리다의 그림자가 바닥을 닿을 듯 말 듯 미끄러지며 다가오자, 두 번째 도트리슈 학생은 즉시 메이스를 휘둘렀다. 그러나 메리다는 바람을 갈랐다. 잔상이 여러 겹으로 겹쳐 그것만으로도 현기증이 날 지경이었다.

"이, 이게……!"

메이스를 머리 높이 휘두르며 잔상을 한꺼번에 쓸어 넘긴다. 그러자 공격을 잽싸게 빠져나간 본체가 뱀과 같은 궤도로 팔을 휘감으면서 육박해, 관절을 꺾어 꼼짝 못하게 했다. 반대쪽 팔꿈치로는 복부를 가격.

"크윽?!" 하고 그녀가 몸을 굽히자 연달아 턱을 때린다. 그러나 직후에 두 번째 적은 메이스를 버리고 메리다의 손목을 쥐었다. 이걸로 양팔을 봉쇄한 셈이다.

"지, 지금이야……!!"

세 번째 적이 무방비가 된 메리다의 등을 향해 스태프를 쳐들었다. 메리다도 칼을 바로 위로 던졌다. 직후에 발이 튀어 오른다. 이어서 오른쪽, 그리고 곧바로 왼쪽——.

우선 오른발 뒤꿈치가 세 번째 적의 손목을 때렸다. 스태프를 내려치는 힘이 확 죽는다. 이어서 원호를 그린 왼발이 위팔을 털어 그 손에서 스태프를 날려버린다. 워낙에 순식간에 일어난 일이었기 때문에 세 번째 도트리슈 학생의 표정은 멍하니 굳어졌다. 그 뺨을, 재차 힘껏 날린 오른쪽 발등이 걷어차 버렸다.

메리다는 두 번째 적에게 체중을 맡기고 공중에서 아크로배틱한 3연격을 날린 것이다. 여기에 더해 팽이같이 하반신을 비틀자 양팔이 말려든 도트리슈 학생은 견디지 못하고 균형을 잃었다. 더 참지 못하고 뒤통수 쪽으로 쓰러진다.

눈을 가리고 싶어지는 격돌음이 울려 퍼졌다. 메리다는 탄탄한 두 다리로 착지하고 나서 오른손을 바로 옆으로 힘껏 뻗었다. 이때 정확히 낙하한 칼의 손잡이를 착 잡은 다음 물 흐르듯이 매끄럽게 바닥에 꽂는다.

안면 바로 옆을 칼끝이 도려내도 도트리슈 학생은 정신을 잃은 채 조금도 꿈틀대지 않았다. 메리다는 쉴 새도 없이 손잡이에 힘을 꾹 넣는다.

"《환도일섬(幻刀一閃)——.》"

뽑으면서 그대로 수평 베기.

"《풍아(風牙)》!!"

도신으로부터 부풀어 오른 충격파가 마지막 도트리슈 학생을 급습했다. 즉 표적이 된 뮬은 대검의 배 부분으로 마나의 칼날을 막아내자마자 그 위력에 압도돼 몇 미터나 밀려났다.

황금색 불길이 공중에 퍼지고 구두 바닥에서 가볍게 불똥이 튄다.

얼굴을 감싸고 있었던 뮬은 도신 뒤로 표정을 슬쩍 비쳤다. 미칠 듯이 기쁘다는 눈빛이다.

"그렇게 나와야지⋯⋯!!"

메리다는 다른 세 사람이 움직이지 않는 것을 힐끔 확인하면서 말없이 허리를 낮춘다.

객석의 대중은 이 어지러울 만큼 빠른 공방을 눈을 부릅뜨고 지켜보고 있었다. 입을 떡 벌리고 있는 자도 있다. 이윽고 기병단 관계자로부터 파문이 번졌다.

"《은밀》 어빌리티를 사용했다고⋯⋯?"

한 사람이 입 밖에 내니 다른 사람이 확신을 얻는 것도 용이했다. 주변 좌석과 시선을 교환하면서 잇달아 위화감을 토해낸다.

"카, 칼을 선택했어? 장검이 아니라⋯⋯ 왜?"

"전투방식이⋯⋯ 보, 보시오, 아래층의 엘리제 님과는 전혀 다르오."

"거기에 마지막엔 마나 자체를 발사하지 않았나요? 저건 분명⋯⋯."

"팔라딘 클래스에게 그런 게 가능했던가⋯⋯⋯⋯?"

"⋯⋯⋯⋯⋯⋯⋯⋯⋯가능할 리가 없잖아."

한 장년의 관객은 그들의 대화를 짜증스럽게 듣고 있었다. 그러다 갑자기 철썩! 무릎을 때리고 일어선다.

"⋯⋯더는 속일 수 없어. 누가 뭐라 하든 뒤집을 수 없다고. 나는 이 눈으로 똑똑히 확인했어⋯⋯! 당신들도 이미 다 알고 있잖아?!"

드높이 팔을 흔든다. 그의 목소리는 관객석 구석구석까지 찌르르 울렸다.

"메리다 엔젤의 클래스는 팔라딘이 아니야—— 사무라이다!!"

동시에 메리다는 내달렸다. 한 박자 늦게 뮬도 바닥을 찬다. 두 사람은 거울을 보는 것처럼 무기를 뒤로 쭉 당겼으나 메리다는 휘두르지 않았다. 뮬이 날린 대검 공격을, 축적한 힘을 보존한 채 상체만 쓰러뜨려 종이 한 장 차이로 빠져나간다.

그리고 메리다의 왼발이 튀어 올랐다. 카운터로 콧등을 걷어차이는 것보다는 낫다며 뮬은 어깨로 그 공격을 받는다. 마나의 충돌음이 우렛소리같이 터지고, 그 반동을 살려 메리다는 발을 되돌린 다음 물 흐르듯이 반대 측 발로 차올린다. 즉각 물러선 뮬의 턱 앞 몇 센티를 예리한 원호가 지나간다.

상대의 중심이 후퇴했다고 보자마자 재빨리 메리다는 칼을 휘둘렀다. 뮬은 한쪽 손으로 대검을 번쩍 들어서 그것을 막는다. 불충분한 자세였지만 그것을 보완하고도 남는 디아볼로스의 마나가 도신에서 폭발. 메리다의 가냘픈 몸을 반대로, 후방으로 날렸다.

답례라는 듯이 뮬은 미끄러지는 듯한 속도로 메리다를 추격, 상대의 발끝이 바닥에 내려오는 그 순간을 노려 대검으로 공간을 쓸어 버렸다. 그 공격을 메리다는 억지로 상체를 쓰러뜨려 피함과 동시에 등 쪽으로 넘어졌다. 등뼈가 삐걱대는 것을 참으면서 벌떡 일어나자마자 귀신같은 솜씨를 피로했다.

브레이크 댄스같이 하반신이 춤춘다. 메리다는 칼을 손에서 놓고 있었다. 오히려 발로 칼을 힘껏 걷어차, 눈이 어지러울 만큼 빠르게 회전한 칼날이 우선 일섬, 방금 공격을 마친 상대의 대검을 타격한다. 회전력이 죽자, 다시 칼등을 차서 두 번째 공격을. 다루는 손이 없는, 하지만 한층 더 강렬해진 참격이 수직으로 대검을 때린다.

이 단계에서 메리다는 회전하면서 몸을 일으키고 있었다. 허공을 날고 있었던 칼자루를 붙잡고 결정타인 삼 섬째를 대검의 배 부분으로 쑥 미끄러뜨린다. 뮬의 마나가 단숨에 베였다.

이 공격에는 뮬도 놀라서 눈을 크게 떴다. 약간 초조해하며 대검을 내려치지만, 그것을 메리다는 날카롭게 뛰어들어 받는다. 밑 부분으로 받고서 곧바로 도신을 기울여 위력을 칼끝으로 흐르게 한다. 여기서 그치지 않고 메리다는 칼등을 대검을 따라 미끄러뜨려 째애앵!! 하는 금속음과 함께 대량의 마나를 깎아냈다. 두 사람의 주위를 메우는 대량의 검은 불꽃.

"굉장해……!"

뮬은 지성과 광기의 틈새에 있는 위험한 색조로 눈동자를 번뜩이고 있었다.

"이 속도……! 역시 이래야 메리다지!"

"진짜, 뮬 양 때문에 내 클래스가 들통나 버렸잖아!"

한 손으로 검을 맞댄 치열한 접전으로 가져가는 한편 기습공격을 가한다. 그러나 이것은 간단히 막혔다. 메리다의 주먹을 어딘가 사랑스러운 듯이 쥐면서 뮬이 미소 짓는다.

"어머? 난 『정체를 드러내!』라는 말은 안 했는데?"

대검을 번쩍 올리고 간격을 벌린다. 금속음에 숨기며 뮬은 중얼거렸다.

"불만은 쿠퍼 선생님한테 말하셔."

그 당사자인 《쿠퍼 선생님》은 관객석에서 킥킥대며 웃음을 참지 못하고 있었다. 그 옆에서는 로제티가 "아차~." 하고 이

마에 손바닥을 대고 있다.

"아~아~아~ 저지르고 말았어……."

"이야— 저질러 버렸네요."

"왜 당신은 그렇게 기뻐 보이는 건데."

뿡뿡대며 야단치는 로제티에게 쿠퍼는 "실례." 하고 시치미를 떼는 듯이 대꾸한다.

더는 숨기지도 않는 메리다의 전투방식에 관객들도 성원을 보내야 할지 아니면 규탄을 해야 할지 판단이 서지 않아 저마다 시선을 주고받고 있었다. 누군가가 질문을 던진다.

"요, 요컨대…… 엔젤 가문의 간통에 관한 소문이 진실이었다는 말인 건가……?"

"……아니, 단언은 할 수 없지. 어떠한 기사 공작 가문이든 간에 유전적으로 사무라이 클래스가 발현될 가능성이 제로로는 아니야……. 전례는 없지만."

"하지만 그렇게 따지면《무능영애》였던 그녀가 왜 이제 와서 마나를? 그거야말로 해명된 건가?"

"페르구스 공은 어떻게 생각하고 계실까…………."

복잡한 표정인 어른들 속에서 어린아이가 천진난만하게 말했다.

"그래도 아빠, 저 누나, 조금 전보다 훨씬 멋있어!"

"아, 그래, 그렇구나. 하지만 그게 문제가 아니란다……."

부친은 슬며시 아이의 입을 막는다. 하지만 그 대화는 주위 사람들에게도 닿았다.

젊은 남자가 일어나 큰소리로 주장을 폈다.

"마, 맞아! 클래스 가지고 이러쿵저러쿵하기 전에 메리다 님의 활약을 봐! 라 모르 가문의 영애에게도 뒤지지 않고 있잖아!! 나, 나는 엔젤 가문을 믿어!"

"그러니까, 그게 문제가 아니라고."

냉정한 다른 누군가가 즉각 그에게 찬물을 끼얹었다.

"강하네 약하네는 문제가 아니야. 아니, 우리가 어떻게 생각하느냐도 대수는 아니지. 메리다 엔젤 양의 클래스는 사무라이였다…… 이 사실은 엄청난 일을 불러올 거다."

아주 조용해져 있었던 주위에 그 말은 침투했고, 일어서 있었던 젊은 남자는 갑자기 몸서리치는 한기를 느꼈다.

투기장에 유유히, 힘을 불린 바람이 지나간다──…………

그것은 착각이 아니었다. 그때, 실제로 냉기를 걸친 바람이 객석에 흘러들어 왔기 때문이다. 발밑에서 기어 올라오는 숨결에 노출이 많은 의상을 입은 로제티는 팔을 문질렀다.

"춥네……?"

위화감은 금방 주위의 관객들에게도 파급됐다. 발가락이 언다. 피부에 소름이 끼치고, 날숨은 점점 하얘진다. 한 아이가 재채기해서 부친이 자신의 재킷을 걸쳐 입혔다. 하지만 그런데도 여전히 공기는 가차 없이 피부를 찌를 뿐──.

어딘가에서 목소리가 터져 나왔다.

"어, 어이, 서리가 끼고 있는데?!"

객석이 술렁거린다. 누군가가 까치발을 해서 그것을 확인한다.

그런데 이럴 수가, 칸막이석 구석에 얼음 막이 달라붙고 있는 것이 아닌가. 그뿐만 아니라 서서히 그 범위가 확대되고 있다.

이 소동은—— 아니, 객석의 노성이나 비명은 투기장에도 전해지고 있었다. 점차 창칼이 부딪치는 소리도 그친다. 선수들은 천천히 무기를 내리고, 자신의 발밑에 슬며시 다가오는 파도와 같은 냉기를 깨달았다. 이제 누구 하나 시합의 결말을 신경 쓰는 자는 없다.

센트럴 아스널 상층에 있는 메리다와 뮬도 마찬가지였다.

"뮤, 뮬 양, 뭔가 아래쪽 상황이 이상한데……?"

"응…… 관객들도 동요하고 있어."

뮬은 대검을 내리면서 "이런 건 못 들었는데?" 하고 속삭인다.

이때, 갑자기 불이 꺼졌다.

원형 투기장 중앙 부근에서 바깥 둘레로, 파문이 퍼지는 것처럼 랜턴 불이 제거되어 간다. 흡사 그 광경은 케이크에 빼곡하게 꽂은 양초가 단숨에 꺼져가는 것같이도 보였다. 연쇄적인 그리고 끊임없는 소실은 순식간에 구석구석에까지 미쳤고, 얼마 안 있어 마지막 하나에 이를 때까지 불은 계속 꺼졌다.

마지막 랜턴이 꺼지고, 투기장은 새카만 어둠에 휩싸였다. 어딘가에서 가냘픈 비명이 터졌다.

"도대체 어떻게 된 거야! 냉큼 불을 켜!!"

"그, 그게 있잖아, 이게 도통 말을 안 들어서 말이야…….'

투기장 바깥쪽, 《도넛》 구조의 전시관에도 이변은 퍼지고 있었다. 어디서부터랄 것도 없이 갑작스러운 냉기가 날아들더니 한쪽 끝에서부터 가로등이 꺼진 것이다.

추기 플랜트 부스에서는 제9공방 반장인 로이가 부하를 다그치고 있었다. 하지만 부하 쪽이야말로 얼떨떨한 모습이다. 사다리를 올라 가로등을 좍 점검해 봤지만 장치 자체에서는 어떠한 이상도 발견되지 않았다. 문제없이 가스도 분사되고 있다.

──불이다. 정작 중요한 불이 켜지지 않는다. 부하가 그렇게 호소하자 로이는 시험 삼아 성냥을 문질러본다. 그러자 잠깐 반짝인 불꽃은 곧바로 어둠 속에 녹아 버렸다.

"어떻게 된 거야, 이거……?!"

성냥을 팽개치고 로이는 몸을 돌렸다. 사다리 위에서 부하가 부른다.

"로, 로이 씨, 어디로?!"

"나가서 불을 받아 올게! 이렇게 어두우면 전시회는 못해!"

새카만 어둠 속에서 몇 번이고 손발을 부딪치면서 로이는 전시관 입구를 향한다.

몇 번을 넘어지고, 짐을 차서 쓰러뜨리고, 팔에 멍을 만들면서 겨우겨우 정문까지 다다르자 거기에는 어째선지 인파가 몰려 있었다. 로이와 같은 이유로 밖으로 향하는 출품자들일 것이다. ──하지만 왜 서둘러 전시관에서 나가지 않는 것일까?

"뭘 꾸물거리고 앉았어! 얼른 비켜 줘!!"

로이는 강인하게 인파를 헤치면서 맨 앞쪽으로 뛰쳐나갔다.

그리고 왜 사람들의 발걸음이 붙들려 있는지를 깨달았다.

문 앞에는 30명 정도 되는 집단이 길을 막고 있었다. 그렇다면 비켜 달라 하면 되는 거 아닌가? 로이는 대장장이 일로 단련된 흉근을 과시하면서 위풍당당하게 걸어 나갔다.

"야야야!! 그런 곳에 버티고 있으면 어떡해. 길 막지 말고 나와!"

"미안하지만 그 말을 들어줄 수는 없어서요."

평온히게 대답하는 목소리는 조금도 밀리지 않았다.

집단 한복판에 선 남자……. 장발이다. 그리고 어둠 속에 안경이 빛나고 있다. 로이는 왠지 천적에게 표적이 된 개구리 같은 전율을 느꼈다. ——겉보기엔 슬림하고 곱상한 남자인데.

그의 배후에 늘어선 20명가량도 비슷한 분위기를 풍기고 있었다. 맞춰 입은 듯한 검은 로브를 걸친 그들은 문 앞에서 당황하는 로이와 사람들을 바라보며 히죽히죽 비웃는다.

——개미를 밟아 죽이는 아이처럼.

안경을 쓴 남자는 갑자기 한쪽 팔을 높이 들었다.

"죄송합니다만 이제 아무도 전시관에서 나갈 수 없습니다. 여러분은 아무쪼록 마음 편히…… 마지막 순간을 맞이하시기를 빕니다."

"무, 무, 무, 무슨 소릴 하고 앉은 거야? 마, 마지막……?!"

"희생자는 많으면 많을수록 내일의 지면이 떠들썩해질 거라서 말이야."

따악! 손가락이 울린다.

직후, 예고도 없이 쇳바닥으로부터 쑥 올라온 《얼음벽》이 두 집단을 분단했다. 위치는 정확히 문짝을 닫는 지점, 그 바로 아래에서 튀어나온 두꺼운 얼음 덩어리가 천장에 격돌한다.

꺼림칙한 꿍음. 사방으로 튀는 얼음 알갱이. "우와아악?!" 하고 로이는 나자빠졌다.

도미노가 쓰러지듯이 출품자들의 집단이 쓰러졌다. 두꺼운 얼음벽 건너편에서 아까 그 집단의 것으로 보이는 폭소가 울렸다. 로이는 혈압이 머리까지 확 올라 구르듯이 벌떡 일어나자마자 얼음벽에 주먹을 박았다.

끄떡도 하지 않는다.

"다, 단단해……!! 손이 나가겠어. 무, 무기다! 무기를 가져와!"

"그, 그래! 마침 여기는 몰드류 무구 상공회의 부스이기도 하니……!"

당연하다는 듯이 몸을 돌리기 시작한 잡부를 향해, 로이는 더욱더 붉어진 얼굴로 호통을 친다.

"아니지!! 추기 플랜트! 플랜트 거치대에서 이 몸의 무기를 들고 와!!"

이 야단법석을, 얼음벽을 사이에 두고 검은 로브 집단은 듣고 있었다. 제퍼는 후드를 벗고 여유 있는 척 본얼굴을 드러내면서 몸을 돌린다.

"이걸로 출구는 봉쇄했다……! 이제 놈들은 《살을 에는 불길》로부터 도망치지 못해!"

"하지만 작전개시 시각이 늦어졌습니다……. 윌리엄 진은 무슨 생각을 하는 건지.”

닥터 애너벨이 투덜댄다. 제퍼는 선두를 걷는 그를 따라갔다.

“놈에게는 징벌이 필요할까? 닥터.”

“나중에 하죠. 우리는 일단……..”

닥터는 안경다리를 밀어 올린다. 여명 희병단의 정예 《애너벨의 사도》가 그 뒤를 따른다. 냉기를 밴 로브 자락이 흔들리며 저승의 장례행렬 같은 분위기를 자아냈다.

“《진짜 계획》대로 조속히 필로소피아 군사 연구소로 침공합니다. 등화 기병단의 대다수는 사태를 수습하느라 정신없겠지만, 백야 기병단이 언제 우리의 행동을 알아챌지 모릅니다. 따라서 신속히 그 《최고기밀》로 접근하겠습니다.”

“가슴이 뛰는걸!! 경비하는 놈들이 방해하면 어떡하지?”

제퍼 외에도 모든 《사도》들이 닥터의 대답에 귀를 기울였다.

안경의 위치를 미세 조정하고서 닥터는 강사처럼 대답한다.

“──죽여도 상관없습니다.”

“휴우우!!”

상스러운 환호성이 들끓었다. 살벌한 검은 로브 집단이 지나가자 시민들은 저도 모르게 길을 연다. 제퍼는 연인의 어깨를 끌어안으려다 그녀가 지금은 이 자리에 없음을 떠올렸다.

티아유는 《무능영애》 암살을 실행하는 역할을 맡고 있다. 지금은 별도 행동 중── 그러나 재회의 순간, 포옹과 함께 첫마디로 주고받을 화제는 이미 정해져 있다.

누가 더 많이 《사냥》했나? 이다.

"살인시간이다⋯⋯. 아, 두근거려!!"

제퍼의 사람이 아닌 듯한 길고 빨간 혀가 나란히 난 엄니를 날름 핥았다.

† † †

투기장 객석에서는 아직 혼란이 계속되고 있었다. 불이 복구되기는커녕 기온까지 뚝뚝 떨어지고 있다. 혈기가 넘치는 젊은 남자가 콘테스트 진행자에게 덤벼든다.

"됐으니까 냉큼 밖으로 나가게 해 줘! 이대로 있다간 다 얼어 죽는다고!"

"주주주주, 주최 측에서도 열심히 원인을 조사하고 있는 중이에요오오오오~~~! 이 어둠 속에서 여러분이 일제히 출구로 뛰어들면 아~~~주 위험하니 잠시만! 잠시만 시간으으으으으으을 ~~~~~~~!!"

관객의 불안과 불만은 한없이 높아지고 있었다. 이미 콘테스트가 문제가 아니다. 투기장 관계자는 객석을 분주하게 뛰어다니고, 필드의 선수들도 완전히 시합을 중지했다.

선수들이 내뿜는 마나만이 어둠 속 여기저기에 박힌 조촐한 이정표가 되었다.

"엘리제 아가씨랑은 다 괜찮을까? 대체 무슨 일이 일어나고 있는 거람⋯⋯."

로제티는 벌써 쿠퍼의 겉옷을 빌렸음에도 "춥다, 추워." 하며 피부를 비비고 있었다. 이대로 있다간 농담이 아니라 정말로 동태가 될지도 모른다……

그 옆에서 도무지 추위도, 공포도 느끼지 않는 것처럼 보이지 않는 청년이 자리에서 일어났다. 쿠퍼는 무의식적으로 허리의 칼을 확인하고 나서 로제티의 팔을 잡아 일으켜 세운다.

"잠깐 같이 가 줄 수 있을까요? 로제."

"어? 이, 어, 어, 어디 가려고? 나, 혀가 잘 안 움직이는데……!"

"혀가 잘 안 움직여도 괜찮아요. 손발만 움직일 수 있으면 충분합니다."

쿠퍼는 한 차례 뒤를 돌아보고—— 무엇을 본 걸까? 투기장 한복판에 높이 솟은 탑과 거기서 반짝이는 네 가지 색의 불길을 마음에 새기고 나서 몸을 돌린다.

그것은 어딘가 미련을 끊는 모습과도 같아서——.

결연하게 멀어지는 청년의 뒷모습을 로제티는 암색 옷자락을 흔들면서 뒤쫓는다.

"어어, 어디로 가는데~에! 메리다 님이랑 보고 있어야 하는 거 아니야?"

"제게는 제가—— 우리가 해야 할 일이 있습니다."

쿠퍼는 곁눈질로 뒤를 보았다. 밤눈이 밝은 남색 눈동자가 신비하게 어둠 속에 반짝였다.

"무기 가져왔죠? 로제."

LESSON : VI ~Bond of fire~

원형 투기장 바깥에서 비명이 메아리쳤다. 누군가가 쓰러지는 소리가 잇따른다.

미로를 에워싸는 객석보다도 더 외벽 쪽이었다. 한층 높은 그 장소에는 심판용 전망대와 통로가 만들어져 있다. 지금 또 다른 심판 한 명이 바닥에 고꾸라졌다. 남은 한 명이 쌍안경을 손에 들고 무릎을 떨며 뒷걸음질 친다.

"뭐, 뭐, 뭔가, 자네들은?! 이곳은 관계자 이외 출입 금지야!"

"……이 장소가 《토끼》가 제일 잘 보여서."

대답하는 것도 귀찮다는 듯이 걸어 나온 것은 바로 《애너벨의 사도》 티아유였다. 그녀는 가느다란 팔로 가볍게 심판의 목덜미를 비튼 다음 그대로 들어 올리고 단단히 졸랐다. 쌍안경이 떨어지고 외벽 밖으로 굴러간다. 까마득한 눈 아래의 전시관으로부터 건조한 낙하음이 올라왔다.

"이, 이거 놔…… 으으, 으윽……!!"

몸집이 큰 어른이 날뛰는데도 소녀의 손목은 꿈쩍도 하지 않는다. 곧 심판의 입이 거품을 물고 흰자를 드러냈을 때, 까딱하면 죽겠다 싶은 타이밍에 후방으로부터 제동이 걸려왔다.

바로 몰드류 경이다. 그는 벌벌 떨면서 티아유의 등을 엿보고 있었다.

"그, 그만하지 않겠나?! 고, 공연한 소동을 일으키지는 말아주게!"

"…………."

티아유는 그가 알아채지 못하도록 혀를 찬 다음 심판을 팽개쳤다. 세 명의 사람이 어둠 속을 구른다. 그것을 힐끗 보지도 않고 걸어 나온 그녀와 대조적으로 몰드류 경은 심판들의 손발을 밟지 않도록 까치발을 들고 볼썽사나운 자세로 뒤를 따라간다.

티아유는 노래하듯이 말했다.

"여기에서라면 타깃이 아주 잘 보여."

바라본 원형 투기장은 어둠에 휩싸여 있었다. 하지만 그런 가운데, 군데군데에 형형색색의 《이정표》가 박혀 있다.

이정표의 정체는 선수들이 내뿜는 마나다. 투기장의 중심에서 유달리 높이 우뚝 솟은 탑에는 네 가지 색의 불이 켜져 있는데, 쉬크잘 가문의 공주가 발하는 《벚꽃색》, 엔젤 가문 특유의 《은백색》. 그보다 위층에는 라 모르 가문 요정의 불가사의한 《검은색》. 그리고 그 맞은편에——.

죄 많은 천사가 《금색》을 번쩍이고 있었다.

티아유의 남다른 시력은 타깃의 불안해 보이는 표정마저 명확하게 포착했다. 그녀가 탑의 발치를 살펴보려고 해선지 한 발, 두 발 옆에 있는 친구 뮬로부터 떨어졌을 때, 티아유 또한 지금이라는 듯이 《준비》에 착수했다.

하르퓌아의 본모습을 드러낸 것이다. 양팔의 피부가 터지고 맹금류를 닮은 날개가 튀어나온다. 새의 날개는 신장보다 더 길다. 티아유는 깃 하나를 잡아 뽑았다. 깃대는 화살같이 곧고, 끝은 화살촉보다도 딱딱하다.

등에 메고 온 활을 잡아 쏠 준비를 하고 화살을 메긴다.

시위가 굉장한 저항을 보였다. 인간을 벗어난 근력으로 티아유는 활을 당긴다.

이 활의 성능과 그녀의 저격능력이라면, 발사된 화살은 수백 미터 거리를 순식간에 날아가 겨냥한 타깃의 심장을 정확히 찌를 것이다.

──그리고 메리다 엔젤은 비밀과 함께 매장된다.

이 혼란한 와중에 관객 누구도 알아채는 일은 없을 것이다. 그녀의 죽음이 소란을 일으킬 즈음에는 다 끝난다. 여명 희병단의 제2의 계획, 제3의 계획이 셀레스트텔레스 개선문 지구를 파괴와 살육의 도가니로 만들고, 나아가 수천의 사람들이 목숨을 잃을 것이다.

그 방아쇠는 티아유의 너무나도 가냘픈 이 하얀 손가락──.

그리고 그녀가 마음속에 품은 사나운 살의다.

"제퍼는 『너를 형제로』라고 했지만 나는 필요 없어."

예리하기 짝이 없는 시야 속에 메리다를 넣고 티아유는 속삭였다.

"나보다 예쁜 애는 싫거든."

깃대가 삐걱댄다. 필요 이상의 힘이 손끝에 들어가 있었다.

"안녕."

화살촉 끝이 수백 미터 거리에 떨어진 심장을 정확히 포착한다.

티아유의 동공이 수축하고, 섬세하게 숨을 들이마시고서 멈춘── 직후.

측면에서 사람이 튀어나왔다.

"기, 기, 기, 기다리게!!"

몰드류 경이다. 그가 활에 부딪히는 바람에 티아유는 저격자세가 흐트러졌다.

그녀의 얼굴이 의아하다는 듯이── 아니, 짜증이 난 것같이 찌푸려졌다.

"……뭐야?"

"아니, 그게…… 주, 죽일 건가? 지금부터 메리다를 죽일 셈이야?"

"그래. 당신이 의뢰한 대로."

"하, 하지만 상황이 달라졌어! 서, 설마 저 아이가 이렇게 많은 사람의 시선 속에서 클래스를 밝히리라곤 나, 난 생각도 못했네. 그러니 지금은 일단 계획을 수정해서…… 윽!"

티아유는 일단 활을 내리고, 화살보다도 날카로운 시선으로 노인을 꿰뚫는다.

"그렇기 때문에 지금밖에 찬스는 없어. 지금이라면 아직 《무능영애》의 시체를 처분해서 비밀이 누설되는 것을 막을 수 있어. 발뺌할 수 있다고……. 그게 당신의 목적이잖아?"

"그, 그렇지. 물론 그렇긴 하다만……."

몰드류 경은 투기장을 돌아보았다.

그의 시력으로는 표정까지는 보이지 않을 것이다. 하지만 오히려 그렇기 때문인지—— 불안한 듯이 우왕좌왕하는 소녀의, 그 등에 나부끼는 금발에 몰드류 경은 누군가의 얼굴이 겹친 것처럼 보였다. 탁한 그의 눈동자가 살짝 흔들린다.

"다——다음으로 미루지 않겠나?"

티아유는 노인의 목을 움켜쥔 다음 사선 밖으로 팽개쳤다. 바닥에 허리를 세게 받친 몰드류 경은 고통에 신음하면서도 아우성친다.

"주, 죽일 건가?! 저 아이를 죽일 셈인가?!"

"그게 당신의 소망일 텐데."

티아유는 자세를 낮추고 한쪽 무릎을 세운 다음 상체를 강철같이 바짝 조였다. 마치 그녀의 온몸이 활 그 자체로 변한 것처럼, 다시 한번 시위에 메긴 화살이 조금의 흔들림도 없이 확 당겨진다.

만약 또 누군가가 사선에 끼어든다 해도 화살은 가차 없이 방해물을 관통하고 그대로 타깃까지 날아갈 것이다. ——이번에야말로 최대의 위력으로.

티아유의 양팔이 삐걱거리고 화살이 한계까지 쭉 당겨졌다. 소름 끼치는 살의가 화살촉의 끝, 그 한 점에 모여 주위의 공기를 일그러뜨리는 것이 몰드류 경에게도 보였다.

납작 엎드린 채 몰드류 경은 소리쳤다.

어둠 속에, 누구의 것인지도 모를 눈물이 흩날린다.

"죽이지 말아 줘!!"

티아유는 마지막으로 말했다.

"이미 늦었어."

운명의 방아쇠가 당겨졌다.

직후, 대지를 가르는 듯한 굉음이 하늘로 빠져나가고──.

티아유의 왼팔이 축 늘어졌다.

오른팔도 늘어진다. 그 손끝에서 발사되지 못한 화살이 떨어진다.

"어…………."

화살을 찾아 시선을 떨어뜨린 그녀는 보았다.

자신의 보들보들한 몸 중심에, 돌이킬 수 없는 큰 구멍이 뚫려 있는 것을.

그곳에서 멈추지 않고 배어 나오는 피가 하반신을 불쾌한 색으로 물들여가는 것을.

"어째……서…………."

시야가 흐려진다. 그런데도 얼굴을 들어 그녀는 보았다.

멀리 탑의 상층에서 금색의 불길이 아직 휘황찬란하게 빛나고 있는 모습을.

자신이 숨통을 끊지 못한 유일한 사냥감이 여전히 건재한 모습을──.

"마, 말도…… 말도 안 돼……에……윽."

입술에서 핏덩이를 쏟으면서 티아유는 망가진 기계 인형처럼 목을 돌렸다. 몸은 이미 움직이지 않는다. 숨이 끊어질 때까지 고작 몇 초 사이에 그녀는 간신히 그것을 발견했다.

셀레스트텔레스 개선문 지구를── 즉 요새를 형성하는 별 모양의 성벽.

그 일각에서 연한 화약 연기가 꼬리를 그리고 있었다. 울퉁불퉁한 틈새 사이로 튀어나온 총구, 이상할 정도로 기다란 총신, 그것을 겨누고 있는 것은── 자신보다도 확연히 어려 보이는, 자그마한 소녀.

피아의 거리는 천 미터를 넘었다.

"제, 퍼……가………………………."

이것이 그녀의 마지막 기억이 되었다. 뒤로 기우뚱하고 기운 상체는 피를 찰박 튀기며 쓰러졌다. 곧 엄청난 양의 적색이 어둠의 세계에 연못을 넓혔다.

티아유가 마지막으로 본, 성벽으로부터 돌출되어 있었던 총구가 소리도 없이 거두어진다.

장전 손잡이를 왕복시키자 빛나는 금속음과 함께 탄피가 튕겨 나왔다.

"클리어."

그렇게 아무렇지도 않다는 듯이 말한 것은, 언젠가 왕작으로 분한 쿠퍼와 그 일행을 열차 위에서 구해준 저격수였다. 옆에는 그때처럼 자랑스럽게 가슴을 펴는 청년의 모습도 있다.

원래대로라면 이곳에 없어야 할 왕작 세르주 쉬크잘의 모습이.

"어떠냐, 《애너벨의 사도》. 내 《파수견》이 좀 대단하지?"

듣지도 못할 상대에게 세르주는 쾌활하게 말을 계속했다. 미 안하지만, 이라며 운을 띄우고.

"자네들 여명 희병단은 오늘 여기서 사라져 주게나."

† † †

목적지인 군사 연구소로 침입한 닥터 애너벨은 당연히 위화감 을 느끼고 있었다.

계획은 더할 나위 없을 만큼 순조로이 진행되고 있다── 너 무 순조로워 문제다. 경비는 상정한 수치의 절반도 없고, 그마 저도 마주치자마자 위협했을 뿐인데 쏜살같이 도망친다. 이런 겁쟁이들이 최중요 기밀을 지키고 있단 말인가……? 미심쩍게 생각하면서도 칸막이벽의 해독을 시도하자, 톱니바퀴장치는 맥이 빠질 만큼 간단히 진로를 열어주었다.

암호가 지나치게 단순하다……. 동서고금의 미로 지도서를 독파하고, 뇌가 터질 만큼 예행연습을 해온 자신이 바보 같지 않은가.

"닥터, 뭐 하고 있는 거야! 늦잖아!"

집단의 선두에서 제퍼가 재촉했다. 닥터는 속도를 올려 그에 게 따라붙는다.

이윽고 일행은 연구소의 최심부에 도착했다. 그곳에는 겨냥도에는 실리지 않은 승강기가 있다. 본디 많은 숫자의 사람이나 —— 대규모 장치를 나르기 위한 승강기인 것 같다. 《애너벨의 사도》 약 30명이 여유롭게 올라탄 후 창살이 상하좌우로부터 닫혔다.

레일을 따라 움직이기 시작한다.

"드디어 프란돌의 《최고기밀》을……!!"

"터무니없는 병기일까? 아니면 역사의 어둠 속에 묻힌 진실?"

인조 란칸스로프들은 후드를 벗고, 만찬을 기다리는 것처럼 입맛을 다셨다.

랜턴 불조차 없는 어둠의 회랑을 한 대밖에 없는 승강기가 활주한다.

빈틈없이 닫힌 쇠창살은 흡사 감옥 같은 인상을 주었고——.

"……아니, 그만두죠."

닥터 애너벨이 중얼거리는 소리에 옆에 있는 제퍼는 "응?" 하고 눈썹을 올렸다.

그러는 동안에 나아가는 곳이 희미하게 파래지기 시작했다.

꽤 지하 깊숙이 들어온 것 같다. 승강기가 나룻배라고 하면 도착할 곳은 저승인가……. "어디 보자." 하고 닥터가 마음을 굳게 먹었을 때, 마침내 레일이 날카로운 소리를 냈다.

공중에 불똥을 마구 튀기면서 브레이크를 건다.

승강기는 매끄럽게 속도를 낮추더니 정확히 종착역에 미끄러져 들어갔다.

야호! 환호성을 지른 것은 누구였을까, 창살이 열리자마자 동료들은 앞다투어 뛰기 시작했다. 닥터도 설레는 마음을 힘껏 억누르면서 그 뒤를 따른다.

이 앞에 펼쳐질 광경은—— 프란돌 정부가 오랫동안 은폐해 온 최고기밀!!

시야를 푸른빛이 가득 메운 순간, 닥터는 과학자 나부랭이로서 "오옷!" 하고 감탄하게 되리라. 그 모습을 본인 스스로 그리며 흥분에 어깨를 들썩이다——.

막 토해내려 했던 숨이 콱 막혔다.

그 앞에 보인 것은…………——————————.

"……관?"

기계에 연결된…… 그렇다, 그것은 관으로밖에 보이지 않았다.

종착점은 상당히 넓은 방이었다. 댄스홀 정도는 되어 보인다. 하지만 그 절반 이상이 거대한 동시에 용도를 알 수 없는 기계장치들로 완전히 메워져 있고, 크고 작은 다양한 파이프에 연결된 중앙에—— 관 하나가 떡 하니 자리 잡고 있었다.

왜 그것을 《관》이라고 판단했느냐면 뚜껑은 유리로 되어 있었기 때문이다.

다시 말해 안에 든 것이 보였다.

새하얀 꽃이 좍 깔린 관 안에는 꽃만큼이나 새하얀 원피스를 입고, 새하얀 긴 머리카락을 사방으로 펼친 여성이 잠들어 있다.

——아니, 죽은 것이리라.

하지만 그렇게는 보이지 않을 만큼 아름답다. 호흡도 하지 않거니와 심장도 움직이지 않는다. 하나, 오히려 그렇기에 만들어진 물건처럼 보인다고 해야 할까. 나이는—— 요컨대 향년은 30대는 되지 않을 것이다. 닥터 애너벨은 그 《유체》를 앞에 둔 채 아주 잠깐 눈을 크게 뜨고 주시했다.

똑같은 것을 보고 마찬가지로 몸이 굳어져 있었던 동료 한 명이 말한다.

"……이게 《최고기밀》?"

닥터는 퍼뜩 정신을 차린다. 동료들도 잇달아 얼굴을 마주 보았다.

"그냥…… 여자잖아. 대체 누구지……?"

"진짜 인간 맞지? 근데 뭐랄까, 인간이라기보다……."

"응, 내 생각도 같아. 마치——."

몇 안 되는 여성 인조 란칸스로프가 지난날의 섬세한 여성의 마음을 생각해내고서 중얼댄다.

"은수정의 요정……이라고나 부를 법한."

꿀꺽, 닥터는 말할 수 없는 두려움을 등줄기에 느끼고 저도 모르게 침을 삼킨다.

누구도 움직이지 못하는 가운데 오기와 같은 구두 소리가 울렸다. 제퍼가 짜증이 난 듯이 집단으로부터 걸어 나온 다음 관으로 바짝 다가간다.

"정체가 뭐든 무슨 상관이야! 이 녀석이 목적인 《최고기밀》이 잖아?"

말 없는 관을 인사 대신 후려갈긴다. 기계장치로 이루어진 관은 꿈쩍도 하지 않았다.

"어떡할 거야, 닥터! 가져갈 거야? 아니면 박살 낼 거야?!"

"…………그건."

닥터는 반사적으로 안경을 눌렀다. 표정을 숨기지만 말문이 막힌다.

다른 장소에서 대답하는 소리가 나왔다.

"둘 다 안 해도 돼."

30명의 사도들이 일제히 경계했다. 방의 더더욱 안쪽, 거대한 기계 뒤에서 남자가 걸어 나왔기 때문이다. ──천적인 기병단의 군복을 입고서.

닥터 역시 긴장하지만 본 기억이 있는 그의 얼굴을 보고 미소를 짓는다.

"배, 《백야》 님이 아닙니까! ……왜 이곳에?"

"이쪽이 할 말이다. 너희는 지금쯤 투기장에서 테러 소동을 일으키고 있어야 하는 거 아니었나? 전시관을 암흑으로 만든 그 장치는 대체 뭐지? 응?"

닥터는 티 안 나게 손가락 사인으로 동료들에게 '임전태세를 취하라.' 라고 전했다.

그러나 소용없었다. 군복의 남자보다 더 뒤쪽에서── 즉 기계장치들의 여기저기에서 같은 암색 군복을 입은 자들이 소리도 없이 나타났다.

주위는 어둡고, 개중에는 후드를 뒤집어쓴 자도 있어서 분위기는 파악할 수 없었다. 하지만 한 명 한 명이 상당한 실력을 지니고 있음은 명백하다. 그도 당연한 것이, 이들은 프란돌의 암부를 소수정예로 결집한, 냉혹하고 무자비한 동시에 사상 최강인 암살집단이기 때문이다——.

백야 기병단의 단장이 소리 없는 살의를 짊어진 채 이쪽을 바라봤다.

"너희가 오늘 《무능영애》의 암살을 틈타 이 방을 노리리란 것은 예상했었다. ……너희에게 《최고기밀》에 관한 정보를 누설해준 것은 다름 아닌 우리니까 말이야."

"……!!"

"몰드류 경이 셀레스트텔레스 개선문 지구를 결행장소로 선택했을 때, 너희는 '찬스다.' 라고 생각했을 거야. 기병단의 총본부에 대군을 투입할 수 있는 천재일우의 기회! 프란돌의 현 체제에 큰 타격을 입힐 더할 나위 없는 타이밍이었을 테니까! 너희가 오늘의 암살계획에 필요 이상의 숫자를 투입한 시점에서 그 숨겨진 목적에는 바로 짐작이 갔다. 그리고 그건—— 우리 백야 기병단에 있어서도 《더할 나위 없는 찬스》였다는 말이다."

단장은 지팡이를 짚고 한 발 앞으로 나왔다. 닥터는 반사적으로 물러날 뻔한 것을 참았다.

"백야 님…… 그건 무슨 말인지요?"

"그냥 내버려 둘 줄 알았나? 너희 같은 《세계의 적》을."

암색 군복들이 단장에 이어서 발을 미끄러뜨렸다.

"확고부동한 여명 희병단의 최대병력 《애너벨의 사도》! 평소엔 임무로 뿔뿔이 흩어져 있는 너희가 일거에 집합하는 시간을 우리는 기다리고 있었다……!!"

"……!"

"사냥당하고 있는 건 너희였던 셈이지."

그 한마디가 자존심 센 제퍼를 몹시 짜증 나게 만들었다. 덤벼들려 한 그를 닥터는 황급히 팔을 뻗어 만류한다. 뒤에서 두 팔로 제퍼를 붙잡고 이렇게 속삭인다.

"안 돼요, 제퍼. 다 함께 일제 공격의 타이밍을 계산해서——."

암색 군복들이 포위를 점차 좁힘에 따라 애너벨의 사도는 마치 자석처럼 한 곳으로 모여든다. 그런 그들의 모습을 백야의 단장은 아무런 감정도 내비치지 않고 내려다보고는 교대하듯이 그 《관》의 옆으로 나아갔다.

은수정의 요정은 주위에 가득 찬 살벌한 공기를 개의치도 않고 계속 자고 있다.

"……이분에게 해를 가하려고 하다니, 불경하군. 생의 마지막 순간에 알현할 수 있었던 것을 영광으로 생각해라."

단장은 관의 테두리에 손을 얹으려고 하다 그만둔다.

"너희는 여명 희병단의 갖가지 작전에서 부대를 이끄는 간부급이다. 인조 란칸스로프를 만들어내는 너희만 일망타진해 버리면 남은 병력은 잔당이나 마찬가지지……! 경사스러운 기념이 되겠군, 이 눈부신 강철궁 박람회 날에——."

한쪽 팔을 번쩍 들었다. 휘하의 군복들이 살의를 부풀린다.

제퍼가 기어이 닥터를 뿌리치고 뛰쳐나가려고 한 순간 단장은 이렇게 말했다.

"여명 희병단은 끝난다."

"까불지——."

제퍼가 소리를 지른 순간 격렬한 섬광이 그 시야를 멀게 했다.

닥터를 비롯한 다른 면면들도 견디지 못하고 얼굴을 가린다. 그 폭력적이기까지 한 빛의 정체를 그들은 보지 못했으리라. 그 것은 《공격》이며 그 주체는 백야 기병단의 암흑기사들이었다. 즉 기사들이 각자 휴대한 블래스터로부터 가차 없는 섬광탄이 사방팔방으로 방사된 것이다.

어느 틈엔가 눈가에 얹은 고글에 손을 대고 단장은 계속해서 지시한다.

"두 번째 탄 발사——."

쉴 틈을 주지 않고 모든 블래스터에서 음향탄이 발사됐다. 굉 음의 막이 물리적인 압박감을 동반하여 《애너벨의 사도》들을 짓누른다. 몇 명인가는 견디지 못하고 쓰러졌다. 일시적으로 눈도 보이지 않고 귀도 들리지 않는다. 그런 그들의 발밑에 굴 러온 물체가 있다.

수류탄이었다. 그것들은 차례차례 맹렬한 기세로 가스를 분 사해 방을 가득 메웠다. 인조 란칸스로프들은 고약한 냄새와 목 이 타는 이상한 감각에 저도 모르게 신음했다. 그야말로 아비규 환—— 지옥의 솥을 연상케 하는 광경을 앞에 두고 백야의 단장 이 태연하게 고한다.

"근이완 계통 가스라고 하더군. 많이 마시면 심장이 멈추는 모양이야."

평소 버릇처럼 담배를 피우는 동작을 하려다 입가의 방독면에 저지당한다.

그게 아쉬운지 머리를 흔든 단장은 곧 그 손가락을 아래도 훅 휘둘렀다.

"죽여라."

암흑기사들이 각자의 포지션에서 일제히 덤벼들었다. 자기들은 고글과 귀마개, 방독면으로 완벽히 방비하고 바닥 위에서 몸부림밖에 칠 줄 모르는 사냥감에 무기를 겨누고──── 꽂는다. 십여 개의 무기가 일격에 급소를 관통, 선혈과 교대로 비명이 그친다.

거기서부터는 지옥보다 더한 참극이 펼쳐졌다. 인조 란칸스로프들은 저항도 뜻대로 못하고 차례로 목숨을 잃었다. 제퍼는 악착같이 눈가를 문질러 시야를 되찾으려고 했다. 조금이나마 되살아난 청각이 동료들의 단말마를 줍는다.

발걸음이 불안하다. 손가락을 만족스럽게 움직일 수 없는 것은 가스를 너무 마셨기 때문일 것이다. 백야의 기사들이 쑥쑥 질주하는 모습이 매우 부조리하게 보였다. 지금 그중 한 명이 제퍼를 겨냥했다. 롱 소드를 힘껏 당기면서 단숨에 돌격해 온다.

피할 수 있을 리가 없었다.

고로, 제퍼 앞으로 뛰쳐나온 누군가가 대신 칼날을 받아주었다. 등에 검이 꽂힌 채 닥터 애너벨은 결사의 각오로 제퍼를 감싼다.

"제퍼…… 이건…… 함정이에요………."

닥터는 띄엄띄엄 나오는 말과 함께 입술에서 피를 흘렸다.

그의 손가락이 제퍼의 뺨을 기어 그곳에도 핏자국을 늘린다.

"당신만은 도망쳐요……. 아아…… 나의 최고 걸작………!!"

그 등에 다시 기사 둘이 검을 꽂는다. 닥터의 상체가 활처럼 휘고, 최후의 숨결을 토했다. 그것을 눈앞에서 본 제퍼의 관자놀이에서 혈관이 터졌다.

"으윽……으아아아아아아아아아아악!!"

제퍼의 다리가 급격히 부풀어 올랐다. 다리가 네 개로 갈라지고, 부피를 단숨에 늘리더니 말과 똑같은 체모가 덮이고 꼬리가 자란다. 키가 족히 배는 커졌다.

켄타우로스의 본성을 드러낸 것이다. 그 압력에 암흑기사들은 순간 압도되었다. 그중 한 명에게서 제퍼는 오른손으로 검을 낚아채 빼앗았다. 그리고 왼손에 닥터의 시체를 방패같이 들고 바닥을 찬다. 번쩍 든 앞다리에 기사들이 나가떨어졌다.

제퍼는 목구멍이 찢어질 정도로 절규하고, 돌격했다. 오른쪽에서 메이스가 날아왔다. 멈추지 않는다. 왼쪽에서 마력탄이 가차 없이 발사됐다. 닥터의 사지가 후드득 날아가고, 쓸모없어진 그것을 제퍼는 팽개친다.

노리는 것은 단 하나였다. 혼자 여유 있게 지팡이를 짚고 있는 백야의 단장. 길동무로 삼아주마! 네 다리의 가속으로 기사들의 추격마저 뿌리친 제퍼는 최후의 거리를 단숨에 도약했다. 등을 차크람이 찢는다. 아랑곳하지 않고 검을 치켜든다.

"죽어어어어라아아아아아아아아아아아앗!!"

단장은 넌더리를 내며 허리 뒤로 손을 돌린 다음——.

번개 같은 속도로 총을 쳐들었다.

격발.

그러자 놀랄 만한 총격이 뿜어져 나왔다. 총구에서 통나무처럼 굵은 광선이 튀어나왔다 싶더니 직후에 거목의 뿌리인 양 갈라진 것이다. 각각의 앞부분이 제퍼를 일제히 꿰뚫는다. 공중에서 한순간 제퍼를 십자가형에 처한 광선은 사지를 관통하고 천장까지 강타했다.

"커헉…………."

제퍼는 그 자리에서 바닥에 추락했다. 동시에 총을 쏜 단장 쪽도 크게 어깨를 떨군다.

"크하아…… 뭐야, 이 총은! 단 한 발로 마나를 몽땅 가져가다니……! 정말이지, 레이볼트 재단은 터무니없는 물건을 만들어 댄다니깐."

그러나 효과는 아주 큰 것 같다. 바닥이 안 보이는 HP가 단 한 발에 날아가, 제퍼는 바닥에서 신음했다. 초점이 맞지 않는 눈동자는 천장에 환각을 보고 있는 것같이도 느껴졌다.

단장은 슬쩍 시선을 돌려 전황을 살핀다.

칼과 창 소리가 울렸다. 이 켄타우로스 란칸스로프도 그렇고 다들 회복이 빠르다. 어느새 백야에 의한 일방적인 유린이 아니라 여기저기에서 전투가 일어나고 있었다. 아무리 그래도 밀리는 일은 없겠지만…… "이거 길어질 것 같군." 하고 단장은 투덜거린다.

"뭐, 됐어. 최신무기의 성능을 실컷 확인하도록 하마."

단장은 다시 총을 손에 들고 빈사인 켄타우로스에게 다가갔다.

이미 죽음을 기다릴 뿐인 그의 얼굴을 들여다보고, 딱딱한 총신을 내보인다.

"여어, 참고하게 감상 좀 들려줘. 이 총의 맛은 어땠어? 만전의 상태였으면 피할 수 있었겠냐? 충분히 대비하면 버틸 수 있겠어? 응, 어때?"

"…………아……가…………!"

"아아, 뭐야. 그러고 보니, 그렇군."

단장은 그렇게 말하고 상체를 되돌렸다. 아직 쓰고 있는 귀마개를 왼손으로 쿡쿡 찌른다.

"지금은 안 들리는 상황이었네."

총구를 바닥에 향하고 발사.

총성과 바꾸어 신음 소리가 그쳤다.

† † †

그때, 멀리 떨어진 투기장에서 얼굴을 꿈틀거리며 든 인물이 있었다.

바로 샬록 윌리엄즈다. 지금까지 계속 억누르고 있었던 감정을 드러내고, "하아." 하며 안도의 한숨인지 탄식인지 모를 목소리를 흘린다.

"이제야 작전이 개시됐군……!"

갑자기 몸을 돌린다. 전망대에서 아래쪽을 살피고 있었던 부관이 황급히 그를 보았다.

"야, 록, 어디 가?! 섣불리 움직이면 위험해!"

투기장은 아직 깜깜하다. 광원이라고는 선수들이 자체적으로 내뿜는 불길뿐.

샴록은 계단에 발을 들여놓았다. 그의 마나가 한순간 기둥 뒤에 가리어진다.

그 영 점 몇 초 사이에 변장을 풀었다. 장 설리번의 전투복을 단숨에 벗어 던지자, 그 아래에서 한결 몸집이 작은 소녀의 모습이 드러났다. 갈색 피부에 부스스한 머리카락. 허리춤에 달린 일곱 종류의 무기. 노출이 많은 이너웨어를 감추듯이 성 프리데스위데 여학원의 강사용 로브를 걸친다.

기둥을 가로지르는 잠깐 사이에 열다섯 살 남학생은 그보다 다소 어린 소녀로 돌변해 있었다. 귓가의 사념 증폭기에 손을 대고 라클라 선생이 외친다.

"성 프리데스위데, 성 도트리슈, 투기장에 있는 모든 학생들에게 고한다!"

백 수십 명분의 동요가 일제히 모인 것을 알 수 있었다. 성 프리데스위데 여학생들은 익숙한 목소리 때문에 더 큰 혼란이 닥쳤다.

『라, 라클라 선생님? 왜 이곳에……?』

라클라 선생은 계단을 내려가면서 일방적으로 쏟아냈다.

"전원, 신속히 미로에서 탈출해! 장 설리번 학생들이 표식이다!! 출구까지 가는 길에 그들의 유닛을 배치했어. 남학생들은 그 자리에서 움직이지 마!"

만약 하늘을 나는 새가 투기장을 상공에서 내려다본다면 알 수 있을 것이다. 장 설리번 남학생들은 미로의 분기점에 정확히 배치되어 있고, 그들이 내뿜는 마나가 어둠의 이정표가 되어 있음을.

마치 길 잃은 아이를 집으로 이끄는 빛나는 돌멩이처럼——.

그러나 신속히 지시에 따르는 학생은 좀처럼 없었다. 미토나 회장이 묻는다.

『라클라 선생님, 대체 어떻게 된 거예요? 이 추위는 무엇이 원인이죠?』

"설명은 나중에. 간결하게 말하자면, 이 콘테스트는 범죄조직의 표적이란 거야! 공기는 앞으로도 계속 차가워질 거고 이대로 머무르다간 동사자가 나올 거야!"

제자들의 긴장이 통신기 너머로 전해진다. 라클라 선생은 딱 잘라 말했다.

"서둘러!!"

이제야 여학생들은 튕겨 나가듯이 움직이기 시작했다. 센트럴 아스널의 발치에서 두 가지 색의 배틀 드레스들이 한 덩어리가 되어 뛰기 시작한다. 각자의 본거지에서도 티치카를 비롯한 방어부대가 철수를 시작한 상태. 상처를 입어 뒤처지는 학생은 없지만, 라클라 선생은 철저하게 피난 신호를 내며 계단을 내려간다.

망루에서 장 설리번의 부관이 계단으로 급히 달려왔다.

"어, 어라?! 록…… 록은 어디로 갔지?! 아까 여기에 그 녀석이 있었는데……."

라클라 선생은 커다란 한숨을 쉬고 되돌아간 다음 그의 목덜미를 잡고 깅제로 끌고 갔다.

다른 남학생들에게도 철수를 재촉하면서 슬쩍 가르쳐준다.

"그 녀석은 아직 의무실에 있어."

귓가에 울린 라클라 선생의 지시와 센트럴 아스널로부터 떠나기 시작한 학우들을 내려다보고서 메리다와 뮬도 겨우 상황을 이해했다.

뮬이 말한다.

"우리도 도망치자."

메리다는 후방을 가리킨다.

"데리고 가야 해!"

그곳에는 그녀가 기절시킨 성 도트리슈 여학생 세 명이 쓰러져 있었다. 뮬이 고개를 끄덕여 대답했을 때 탑 아래층으로부터 철판을 때리는 구두 소리가 울렸다.

"리타!", "미우!"

이제는 혈연 같은 유대감이 느껴지는 엘리제와 살라샤다. 합류한 네 사람은 간략히 서로의 상황을 확인했다. 메리다가 앞장

서서 몸을 돌리려 한다.

"서두르자. 이러다 뒤처지겠어!"

"유감이지만 그렇게는 안 돼——…………."

누구 목소리지? 전원의 몸이 픽 굳었다.

남성의 목소리였기 때문이다. 장 설리번의 학생——일 리는 없다. 그들은 라클라 선생의 포석에 따라 계속 자군의 진지에 머무르고 있기 때문이다.

실제로 돌연히 어둠의 건너편에서 걸어 나온 청년은 학생과는 일선을 긋는 위험한 분위기를 풍기고 있었다. 녹슨 것 같은 피부색, 색소가 옅은 머리카락, 여기에 얼굴의 하반부를 붕대로 덮고 있다. 양지의 사회를 살고 있다면 결코 그렇게는 되지 않겠다 싶은 탁한 눈매——.

"두 번 다시 만날 일은 없을 줄 알았어, 메리다 양."

"당신은……!!"

메리다는 저도 모르게 칼자루를 쥐는 손에 힘을 넣었다. 엘리제가 "히익." 하고 뒷걸음질 친다. 《무능영애》라고 불렸던 메리다의 씁쓸한 기억 중 하나다. 사무라이 클래스라는 사실을 은폐하기 위해서, 그녀의 클래스를 팔라딘으로 바꾸려는 이들에게 엘리제와 함께 유괴당한 작년의 서클렛 나이트——.

그것을 의뢰한 자의 정체를 메리다는 여태 모르고 있다. 메리다는 솔선하여 발을 앞으로 내디디고서 언제든지 공세를 펼 수 있도록 칼로 벨 자세를 취했다.

"또 『클래스를 바꿔주겠다』는 소리라도 하러 온 거야? 몇 번이고 말하지만 난 사절이야!!"

"응? 유감이군! 더는 그런 간단한 상황이 아니게 되었어———."

붕대남은 그렇게 대꾸한 다음 품에서 무언가를 꺼냈다.

무언가——— 단적으로 말하면 《불덩어리》로 보였다. 요란하고 격렬한 불길을 발하며 악마 같은 실루엣을 일렁이고 있다. 그것을 남자는 붕대를 감은 손으로 직접 쳐들어——— 뜨겁지 않은 걸까? 공작 가문 영애들에게 과시하였다.

"《살을 에는 불길》이블 라보스."

요컨대 단순한 불구슬이 아니란 뜻이다. 그것을 붕대남은 자신의 눈앞에서 어른거리게 했다.

"여명 희병단의 비장의 카드 《일곱 개의 재해》 중 하나…….이 녀석은 대개 밀폐공간에서만 효과를 발휘하는데, 주위의 열량을 제한 없이 빨아들여 자신의 화력을 늘리지……! 랜턴 안에 틀어박혀 사는 인간들에게는 안성맞춤인 병기겠지?"

"설마 투기장이 느닷없이 이렇게 어두워진 것은……!"

"내가 이 녀석을 우리에서 풀어놓은 덕분이지."

붕대남은 겉옷 자락을 흔들어 병의 파편으로 보이는 것을 털어냈다.

그의 손바닥이 악마 같은 불꽃을 높이 들었다. 기분 탓일까, 투기장 안의 공기가 소용돌이치고, 그 한 점으로 빨려 들어가는 듯한 감각이 든다. 피부를 찢는 것 같은 냉기가 객석을 괴롭히고, 마나의 가호조차 없는 일반객들은 온몸이 뻣뻣해지고 움츠러든다.

이미 노성도 비명도 울리지 않았다. 사형을 기다리는 죄인같이 얼굴을 숙이고 있을 뿐——

유일한 희망을 붕대 틈새로 남자가 흘렸다.

"이 녀석을 파괴하면 열은 되살아나."

네 소녀는 깜짝 놀랐다. 하지만 그것을 당연히 예상하였다는 듯이 남자는 불길을 든 손을 머리 위로 끌어당긴다. 그리고 턱을 위로 들고서 "아~앙." 하고 입을 크게 벌린다.

"——그렇게 하게 하진 않을 거지만."

꿀꺽. 삼켰다.

《살을 에는 불길》이라는 것이 남자의 목구멍을 미끄러지는 것을 메리다와 친구들은 시각적으로 확인했다. 아마도 그 터무니없는 광량이 피부를 빨갛게 달구고 있는가 보다. 빛의 덩어리가 목구멍에서 위(胃)로 내려가 남자의 가슴 중심에 도착한 직후, 두근! 고동 같은 빛을 부풀린다.

"막으려면 나를 죽이는 수밖에 없어."

메리다는 자세를 바꿔, 하단에서 돌격자세를 취했다. 빠득, 날밑이 울린다.

붕대남은 탑 구석에 쓰러져 있는 세 명의 도트리슈 학생을 힐끔 바라본다.

"너희는 도망쳐도 괜찮지만, 그렇게 되면 친구들이 죽겠지."

그에 대한 대답처럼 공작 가문 영애 세 명이 일제히 메리다의 좌우로 나왔다.

드높은 금속음과 함께 쭉 나오는 엘리제의 장검.

"더는 짐이 되지 않겠어……!"

오싹할 만큼 매끄럽게 바람을 가르는 살라샤의 창.

"막을 수 있는 사람이 우리밖에 없다면……."

뮬의 대검이 머리 위로 번쩍 들리자 공간 그 자체가 몸서리친다.

"퇴장해 주시는 수밖에 없네요."

"마음가짐이 좋군, 기사 공작 가문……!!"

붕대남도 완만하게 중심을 낮춰, 맹수 같은 자세를 하고 악의를 드러낸다. 게다가 《살을 에는 불길》이 축적한, 한도를 모르는 열량이 싸우기 전부터 소녀들의 뺨에 식은땀이 흐르게 한다.

"심판의 시간이다."

붕대남―― 즉 윌리엄 진은 중얼거렸다.

"그리고 내게 있어선 인생을 건 도박……! 부정당한 자는 사라져야 하는지, 아니면 거역할 길이 남아 있는지……. 그 가능성을 지금 이 자리에 묻겠다!"

양팔의 근육이 한계를 넘어 삐걱거리고 손바닥이 부르르 경련한다.

갑자기 그는 양팔을 확! 펼쳤다. 객석에 둘러싸인 이 무대가 마치 인생 최고의 순간이라도 되는 양 소리높이 노래한다.

"와라, 《무능영애》!! 그 긍지를 가지고…… 너의 가치를 사람들에게 보여라!!"

바닥의 철판이 동일한 타이밍에 격렬하게 흔들린다.

번개 같은 네 개의 검섬(劍閃)이 일제히 윌리엄 진에게 덤벼들었다──.

† † †

 그 광경을 바라보고 있었던 자가 불쑥 중얼거렸다.

 "시작됐군."

 세르주 쉬크잘은 망원경을 내리고 싸움을 끝까지 보지도 않고 그대로 접었다.

 "메리다 양의 시련이다. 여기서 저 아이의 운명이 끊어진다면 그것도 좋지. 하나, 만약 살아남을 것 같으면──…………."

 옆에서 대기 중인 저격수 소녀는 그런 주인의 모습을 눈으로 좇는다.

 장대한 스나이퍼 라이플은 어깨에 걸쳐 세우고 있다.

 그녀의 시선에 세르주가 반응해 빙그레 웃어 보인── 직후의 일이었다.

 갑자기 세르주의 잘생긴 용모가 딱딱해졌다.

 즉각 소녀에게 달려들어 바닥에 넘어뜨린다.

 "무슨……──────."

 소녀가 뺨을 붉힐── 틈도 없이.

 두 사람이 쓰러진 거의 동시에 두 사람의 머리 위를 섬광이 날아갔다. 순식간에 저격수의 시야를 가로지르고, 저 오른쪽에서 굉음이 울렸다. 황급히 고개를 돌리니 철판에 박힌 《봉》이 보였다.

아니, 《봉》이 아니다──《깃》이다.

화살처럼 기다란 깃대와 쇠조차 손쉽게 관통하는 화살촉을 이용한── 저격.

저격수는 즉시 상체를 튕겨 올렸다. 세르주도 몸을 굴리면서 등을 신중히 들어, 성벽의 울퉁불퉁한 부분에 저격수와 나란히 서서 얼굴을 슬쩍 내민다.

"그럴 수가……. 살아 있다고……?!"

저격수가 저도 모르게 신음하는 것도 당연하다. 원형 투기장 바깥 둘레 부분에 난폭한 《괴조》의 모습이 보였다. 조금 전까지는 그래도 여성의 실루엣을 유지하고 있었다. 그러나 지금은 의상 대부분이 터져 날아가 드러난 피부 위로 빽빽하게 깃털이 돋아 있다. 양다리는 숫제 새나 다름없었다. 유일하게 인간성을 남긴 안면이 하늘을 향한다.

"케캬아────────아라라라라아!!"

그 우렁찬 외침도 심상치 않았지만 저격수 소녀를 가장 놀라게 한 것은 적의 몸통이다.

놀랍게도 몸에는 라이플 탄에 의한 커다란 구멍이 여전히 뚫려 있는 상태였다. 가까이 가서 보면 반대쪽 경치가 보일 것이다. 자신이 올린 전과지만…… 아직 10대 중반인 저격수 소녀는 등줄기에 오싹한 공포심을 느꼈다.

"어, 어떻게 저 상태로 살아 있을 수 있는 겁니까……?!"

"성가시게 됐군. 저건 《하르퓌아》 같은데."

세르주 쉬크잘은 냉정히 적을 관찰하고 있었다. 저격수는 시선으로 뒷말을 재촉한다.

"하르퓌아에게는 《목숨을 두 개 지니는》 아니마가 있어. 한 번 죽으면 식욕의 화신이 되어 되살아난다고 해. 지성이 없어지는 만큼 공격능력도 태반을 잃게 되지만…… 아무래도 저 여자는 네 살이 먹고 싶어서 견딜 수 없는 모양이다."

실제로 티아유라고 불렸던 하르퓌아는 옆에 있는 몰드류 경을 한 번도 쳐다보지 않았다. 양팔의 날개를 쳐 힘차게 날아오른다. 그때 일어난 폭풍에 몰드류 경은 "히이익!!" 하며 넘어졌다.

세르주의 분석대로 티아유의 이성을 잃은 눈동자는 아득히 먼 성벽의 소녀만을 정확히 겨냥하고 있었다. 다시 날개로 공기를 때려 단숨에 가속한다. 상공에 풍압과 기성을 마구 뿌리면서 일직선으로 이쪽을 향해온다──.

저격수 소녀는 주인을 올려다보았다.

"한 번 더 죽이면 죽을까요?"

세르주는 눈썹 하나 까딱하지 않고 끄덕였다. 소녀도 결연하게 고개를 끄덕여 대답한다.

"결판을 내고 오겠습니다!!"

"혼자서 괜찮겠어?"

"문제없습니다──."

그녀는 대답한 다음 자신의 자그마한 그림자에 손바닥을 얹었다.

그러자 놀랍게도 그림자에서 무언가가 차례로 튀어나왔다. 《사람》이 아니라 《물체》── 바로 동물이다. 회색 털이 가지런하게 난 늑대같이 보인다. 전부 일곱 마리. 성인 남성만 한 커다란 몸으로 자그마한 소녀를 지키듯이 착 달라붙는다.

"저는 《혼자》가 아니므로!"

소녀는 가장 체격이 좋은 한 마리에 올라탔다. 스나이퍼 라이플을 포함한 중량을 늑대는 아랑곳하지 않는다. 매끄럽게 방향을 전환하여 달음질치기 직전, 세르주가 부른다.

"프리지아."

소녀는 돌아보았다. 세르주는 본심을 엿볼 수 없지만 매혹적인 미소로 마저 말한다.

"아니…… 피즈. 조심해서 다녀오렴."

"저는 당신의 총――."

짊어진 총신에 손바닥을 대고 《파수견》 프리지아는 대답한다.

"저의 왕에게 승리를 바치겠습니다!!"

늑대 일곱 마리가 일제히 바닥을 찼다. 무시무시한 속도로 멀어져갔고, 철판이 사나운 진동을 세르주의 발밑까지 전해준다.

세르주는 증기가 낀, 어딘가 핏빛을 띤 하늘을 올려다보았다.

"……저런 눈을 똑바로 바라보는 건, 쉽지 않군그래."

그 시야에 기성을 사방으로 지르며 날아가는 한 마리의 괴조가 보였다――.

한편 피의 연못 옆에 홀로 남겨진 몰드류 경은, 깜짝 놀라 엉덩방아를 찧은 후 못 안을 구르다 손가락에 딱딱한 감촉이 부딪친 것을 깨달았다.

내려다보니 병이었다.

안에 든 것은 추악한 고깃덩이로, 칸막이가 쳐진 부분에는 물약도 함께 담겨 있었다. 요컨대 병을 깨면 고깃덩이에 약이 뿌려지고──극적인 변화를 가져오는 것이다. 그 정체를 몰드류 경은 알고 있다. 여명 희병단의 비장의 카드 중 하나인 《헌티드 키마이라》다.

사전에 들은 계획에 따르면 메리나 엔셀을 저격으로 확실히 죽인 후 티아유가 이 키마이라를 투기장 상공에서 투하, 다수의 학생을 휘말리게 하여 시체의 판별·조사를 불가능하게 만들 속셈이었던 것 같다.

하지만 그들의 계획은 좌절되었다.

티아유도 이것을 떨어뜨린 채 어딘가로 날아가 버렸다.

투기장의 미로에서는 속속 학생들이 탈출하고 있다──그 광경을 내려다보고 몰드류 경은 퍼뜩 정신을 되찾았다. 피로 범벅된 병을 주워들어 가슴에 안는다.

"조, 좋지 않아, 이건 좋지 않아…… 이대로라면 메리다의 암살이 실패하고 말 거야……! 죽여야 해, 빨리 학생들을 죽여야 해……!!"

조급하게 중얼거리며 일어선다.

피의 연못 주변을 우왕좌왕하다 불현듯 그는 가슴팍의 병을 내려다보았다.

"……죽여? 내, 내가 죽이는 건가?"

병 속의 고깃덩이가 꿈틀, 꿈틀 맥동하여 대답했다.

말도 안 된다며 몰드류 경은 격렬하게 고개를 흔든다.

"나, 나는 보잘것없는 무기상인이야!! 죽이느니 죽이지 않는 다느니, 왜 그런 생각을 해야 하냐고! 나, 나한테는 상관없어. 나는 그냥——."

갑자기 멈추어 선 그는 피투성이가 된 의상으로 가만히 있었다.

멍하니 주위를 바라본다.

"……나는 왜 이런 짓을 하고 있지?"

불이 끊어진 새카만 어둠은 아무런 대답도 해 주지 않는다.

하지만 그런 가운데에서도 열심히 반짝이는 빛이 있었다. 먼 센트럴 아스널의—— 상층에 뒤섞여 있는 네 가지 색의 불길이다.

금색 불길에 꼼짝없이 몰드류 경의 시선이 빨려갔다.

나부끼는 금발은 그에게 지난날의 기억을 되살리게 하였다.

"메리노아?"

그때 그의 눈동자는 이미 눈앞의 광경을 비추고 있지 않았다.

"아이가 태어난 게냐?"

뺨이 누그러진다.

피투성이인 팔에서 고깃덩이가 든 병이 떨어졌다.

기이하게도 그것이 철판에 부딪치는 소리 때문에 몰드류 경은 정신을 차렸다. 황급히 시선으로 좇는다. 병은 금이 가긴 했지만 어찌어찌 깨지지 않고 그대로 주르륵 굴러간다.

"……아."

몰드류 경은 두세 발 뒤쫓아 갔다. 그러나 늦었음을 뇌가 감지했다.

바깥쪽으로 병이 굴러떨어진다.

몰드류 경은 튕겨 나간 것처럼 바깥쪽으로 몸을 내밀고, 목구멍이 찢어질 정도로 절규했다.

"도망쳐어어어어어어어어어어——————————!!"

† † †

기묘하게도 노인의 경고와 거의 동시에 병은 철의 지면에 격돌했다.

원래 병이 사용될 예정이었던 투기장 측이 아니라 박람회의 전시장 측이었다. 불행 중 다행인지 《살을 에는 불길》의 맹렬한 한파를 피해 관계자들이 달아나 부스는 주변까지 텅 빈 상태라, 깨지고 날아가는 유리 조각을 목격한 사람은 단 한 명도 없었다.

고깃덩이가 굴러 나온다.

물약과 뒤섞여 두근! 한층 더 격렬한 고동을 울린다.

마치 전력 질주하는 심장처럼 고깃덩이는 끝없이 팽창과 축소를 반복한다. 쿠퍼가 이 광경을 보았다면 1년 전 서클렛 나이트를 떠올렸을 것이다. 즉 고깃덩이가 폭발적으로 부피를 늘리고, 안쪽으로부터 네 다리와 머리가 부풀어 오르기 시작하는 모습을——.

《완성형》이라는 그 키마이라는 1년 전보다도 신속히 그리고 약간 스마트한 형상을 만들어냈다. 바닥으로 뻗은 네 다리와 유선형인 머리는 개구리의 외관에 가까워 보인다. 여섯 개의 안구로 주위의 부스를 훑어보자마자 옆머리 중앙까지 찢어진 입을 쩌억 벌렸다.

──먹는다.

큰 입을 벌린 대가리가 스프링같이 위아래로 왕복해 전시관의 일각을 통째로 베어 먹었다. 거치대를 집어삼키고 이빨에 썰려 어중간하게 남은 토대는 퉤 내뱉는다. 키마이라가 하늘을 우러러보듯이 코끝을 위로 향하자 180도 벌어지는 어금니 틈으로 강철이 돌출되는 것이 보였다.

전시되어 있었던 무기다. 그것을 키마이라는 우적우적 씹는다. 도신이 부서지면서 위 속으로 내려가 강렬한 용해액에 녹고, 이것은 키마이라의 온몸에 왠지 모를 두려운 변화를 가져왔다.

먹힌 무기가 돋아난 것이다.

피부 표면에 비늘같이 빼곡하게 칼끝이 돌출된다. 키마이라의 거구가 흔들릴 때마다 귀에 거슬리는 불협화음이 연주된다. 키마이라는 기분이 좋아졌는지 탐욕스럽게 주위의 것을 전부 베어 먹었다. 먹을 것이 떨어졌다고 보자마자 옆 부스로 돌격했다. 그리고 먹고, 휩쓸고, 먹다 남은 찌꺼기 같은 파괴의 흔적을 사방에 뿌리며 전시관을 약 반 바퀴 돌았다──

이제야 전채를 먹어치웠다는 듯이 키마이라가 멈추어 선다. 어느새 《완전무장》을 마친 상태였다. 다시 말해 다리 끝부터 몸통, 턱 아래부터 등에 이르기까지 빈틈없이 무기로 전부 덮은 것이다. 머리에도 페이스 가드 같은 갑주가 채워졌다. 어둠 속에서 여섯 개의 안구가 새빨간 빛을 발한다.

그 모습은 마치 전시관 그 자체가 악의를 머금은 것 같은 화신
────.

《아머먼트 키마이라》라고나 불러야 할 이질적인 존재로 변모해 있었다.

키마이라는 자신의 진화를 기뻐했다. 임계지점에서 최고봉의 무기를 흡수함으로써 더욱 상승한 스테이터스에 전지전능함을 느꼈다. 하지만 고기가…… 역시 고기를 먹어야! 아직도 공복을 호소하는 위장이 시키는 대로 키마이라는 갑주를 찬 머리를 한 바퀴 돌렸다.

라클라 마디아가 이끄는 학생들이 투기장에서 뛰쳐나온 것은 바로 이 순간이었다.

그 괴물은 어둠 속에서도 압도적인 존재감을 발하고 있었다. 선수용 출입구에서 탈출한 직후 라클라 선생과 학생들은 먼저 그 앞에 예고도 없이 우뚝 서 있었던 강철의 거인에 놀랐고, 이어서 처참하게 부서진 전시관의 광경에 아연실색했다.

괴물의 입이 히쭉 비웃는 것처럼 보인 순간 라클라 선생이 외쳤다.

"흩어져!!"

학생들이 큐에 맞은 당구공같이 흩어졌다. 그 잠깐 차이로 키마이라가 입을 열었다. 피부가 더욱 찢어지고 피가 튄다.

한계까지 턱을 내린 다음 목 안쪽에서 《탄환》을 발사했다. 즉 흡수한 무기 자체를 구토하는 것처럼, 하지만 소름 끼치는 속도와 밀도로 날린 것이다.

옆으로 들이치는 강철의 비가 귀청을 찢을 듯한 금속음과 함께 전방을 쓸어버린다──.

도트리슈 학생들은 간발의 차로 물건이나 구조물 뒤에 뛰어들었다. 장 설리번 학생 한 명은 다리가 살짝 찢어져 구르면서도 대피했다. 그러나 성 프리데스위데의 1학년 티치카는 도망이 늦었고, 공포에 눈이 휘둥그레진 그녀에게 엄청난 수의 검이 쇄도했다.

그 전방에 갈색이 끼어들었다. 첫 번째 도신이 티치카에게 도달하기 직전, 라클라 선생이 그 자루를 잡았다. 몸을 비틀면서 그것으로 두 번째로 날아온 검을 때려 떨어뜨린다. 왼발에 힘을 주어 버티며 검을 위로 휘두르자, 세 번째 검의 칼끝이 튕겨 나가 공중을 격렬하게 회전한다.

빈손에 다시 그 칼자루를 붙잡는다── 이도류. 좌우의 팔이 희미하게 보일 만큼 엄청난 속도로 응수해 질리지도 않고 밀어닥치는 도신을 튕기고, 받아내고, 물리치기를 계속한다. 꼼짝달싹도 못하는 티치카. 안구를 번쩍여 짜증을 드러내는 아머먼트 키마이라.

키마이라는 검의 비에 섞어서 메이스 두 개를 연달아 발사했다. 완벽히 똑같은 궤도로 비상한 메이스는 첫 번째가 튕겨 나간 직후, 불시에 두 번째가 강습했다. 정확히 라클라 선생의 가

날픈 왼쪽 어깨를 강타했고, 그 손에서 검이 튕겨 나왔다.

부서진 어깨에서 선혈이 솟구쳤다. 직후에 라클라 선생은 왼팔로 자신의 리볼버를 뽑아 들었다. 순식간에 조준하고, 발사.

강철의 비를 역주행한 한 줄기의 탄환은 바늘귀에 실을 꿰듯 정밀하게 페이스 가드로 미끄러져 들어갔다. 그리고 안구 하나에 구멍을 낸다. 순간 절규를 지르며 몸을 젖히는 키마이라.

『기샤아아―   ――아아―――아아아아아아아아아아악!!』

찢어진 입에서 대량의 침과 무기 파편이 쏟아져 나왔다. 그 틈에 라클라 선생은 티치카의 손을 잡은 다음 그녀의 학우들이 기다리는 스탠드 뒤로 뛰어들었다.

아이러니하게도 아머먼트 키마이라가 게걸스럽게 먹어치운 덕분에 주위에는 잡동사니로 이루어진 바리케이드가 형성되어 있었다. 학생들이 전원 경상에 그쳤음을 잽싸게 확인한 라클라 선생은 "하아." 하고 크게 숨을 내쉬었다.

피가 뚝뚝 떨어지는 왼손에서 권총이 흘러내린다. 티치카는 울면서 그녀에게 매달렸다.

"라, 라클라 선생님, 저 때문에 부상을……!"

"문제없어."

하지만 왼팔은 당분간 못 쓰겠군―― 이라고는 속으로만 덧붙였다.

라클라 선생은 바리케이드에서 신중히 얼굴을 내밀었다. 아머먼트 키마이라는 귀에 거슬리는 금속음과 함께 대가리를 흔들고, 남은 다섯 개의 눈으로 날카롭게 노려보며 사냥감의 모습을 찾는다.

"저것이 《임계에 도달한》 것인가……!! 어떻게 여기서 날뛰고 있는 거지?! 병을 가지고 있었던 적은 저격수가 처치했을 텐데……!"

여하튼 마냥 숨어 있을 수는 없었다. 키마이라는 사냥감들의 모습이 보이지 않는 것을 알자마자 심한 짜증을 일으켰다. 거대한 앞발로 주위를 아랑곳하지 않고 쓸어버려 전시관을 빈터로 만들기 시작한 것이다.

이곳은 몰드류 무구 상공회의 부스다. 총기의 화약이 원흉이 되어 금속끼리 격돌해 불똥을 낳는다. 산발적으로 부풀어 오른 폭발과 화염은 과다한 장식의 전시대들을 뒤덮었다. 단숨에 붉은 바다가 번지고 상공회의 붉은 깃발이 홍련 속에서 나부꼈다.

그리고 그 열량은 멀리 떨어진 센트럴 아스널의 《살을 에는 불길》로 흡수되었다. 격렬한 회오리 같은 돌풍이 휘몰아치고, 천막이 송두리째 날아갔다. 악몽 같은 광경이다.

"투기장에 있으면 동태…… 밖으로 나오면 화형이냐!"

라클라 선생은 그야말로 진퇴양난에 빠졌다. 학생들은 머리를 감싼 채 웅크리고 앉아 있었다.

이리로 급히 달려온 자들이 있었다. 콘테스트가 한창 진행되는 중에도 순찰을 거르지 않은 기병단의 한 부대다. 부하 두 명을 데리고 온 대장이 신음한다.

"대체 이 무슨 사태란 말이냐……!!"

부하 중 한 명, 셴파가 플래티넘 블론드를 휘날리며 후배들 곁으로 급히 달려갔다. 미토나 회장은 어린 소녀처럼 울상을 짓는다.

"언니……!"

"다들, 잘 견뎠구나."

뒤는 맡겨줘. 셴파가 말했다. 그러나 함께 달려온 세 번째 기사가 똑같이 바리케이드에 몸을 숨기면서 말했다.

"하지만 놈을 두시장으로 들여보낼 수는 없어. 거리 쪽으로 내보낼 수도 없고. 어느 쪽이든 수천 명 단위의 희생이 나올 거야……!"

"여기서 잡는 수밖에 없겠지."

대장은 적의 주의를 끌기 위해서 오히려 몸을 드러냈다. 아머 먼트 키마이라의 시선이 어렵사리 발견한 사냥감을 날카롭게 꿰뚫는다. 계속해서 두 번째, 세 번째 기사가 군복 자락을 나부끼면서 걸어 나왔다.

"헌티드 키마이라의 보고는 대충 훑어봤다."

대장은 등에 메고 있었던 창같이 자루가 긴 메이스를 빼 든다.

"공격력과 방어력을 임계까지 높이기 위해서 속도를 희생한 모양이야. 내가 가능한 한 놈의 주의를 끌겠다. 너희는 놈의 가면을 벗기고 눈을 우선적으로 노려라."

셴파가 롱 소드를 뽑고 세 번째 기사가 머스킷 총을 든다.

""알겠습니다!!""

──직후, 세 번째 기사가 셴파 옆에서 날아갔다.

온몸에서 피를 내뿜으면서 요란하게 날아간 그는 철로 된 지면에 세게 격돌했다.

하늘을 처다보는 그의 눈동자는 더 이상 빛을 비추지 않았다. 온몸에 무수히 난 총상으로부터, 마개라도 뽑은 것처럼 엄청난 양의 피가 흘러나온다.

"……어?"

대장의 눈으로조차 무슨 일이 일어났는지 뒤쫓을 수 없었다. 키마이라가 앞발의 관절 부근을 내민 것은 확인했다. 현재 그곳에는 총신 아홉 개가 빽빽이 돋아나 있었다. 불을 뿜은 것은 바로 그것들이다—— 지금은 화약 연기를 펑펑 나부끼고 있다.

어이없어하고 있을 틈조차 없었다. 키마이라는 잠시 내린 앞발을 날카롭게 내밀었다. 피하지도 못하고 대장이 받아낸다. 빽빽하게 난 무기 중 첫 번째 무기를 메이스로 막는다. 비늘 같은 두 번째, 세 번째 날에 사지가 꼬치처럼 꿰인다.

셴파는 비틀거린 덕분에 간신히 공격선에서 벗어났다. 그러나 몸이 꿰인 대장은 키마이라가 앞발을 힘껏 휘두른 속도 그대로 함께 끌려갔다.

앞발이 원래 위치로 돌아온다.

대장은 지면에 박힌 채 질질 끌려갔다. 비늘 같은 칼끝이 철판을 깎아, 칠판을 긁을 때와는 차원이 다른, 온몸의 털이 곤두서는 금속음이 울린다. 소름이 끼칠 정도로 무서운 불똥이 사방에 튄다. 단속적인 그 빛이 칼날과 철에 유린당하는 대장을 비추었다.

"으으……윽……컥…………!!"

비명조차 변변히 들리지 않는다. 이윽고 키마이라는 실컷 지면을 깎은 앞발을 뽑았다.

간신히 오체를 보존한 대장의 몸이 공중을 날았다.

마치 물을 먹은 걸레처럼 지면에 충돌함과 동시에 피가 튄다. 코앞에서 그 광경을 보고 만 장 설리번의 남학생들이 "히익!!" 하고 숨을 죽였다.

키마이라는 오른발을 되돌린 다음 이어서 왼발로 공격준비에 들어갔다. 아직 건재한 기사 한 명—— 셴파는 롱 소드 끝을 올리고 멍하니 중얼거린다.

"오……《올 개런드》."

너무나도 연약한 사념이 간신히 방어(이지스) 스킬을 발동시켰다. 바람에 꺼지기 직전 같은 마나가 도신에 휘감겨 있었다. 셴파 자신에게도, 주위의 눈에도 명백했다.

——무리다.

키마이라가 왼쪽 발등으로 셴파를 후리는 공격을 가했다. 성 프리데스위데와 성 도트리슈의 소녀들이 비명을 질렀다. 직후, 연달아 세 개의 사건이 일어났다.

라클라 선생이 오른손으로 리볼버를 주워들고 쐈다. 셴파의 종아리를 스친다. 그녀의 자세가 덜컥 무너져, 뒤로 누우며 공격을 넘겨버리는 결과를 낳는다.

그러나 피부 밖으로 돌출된 칼끝이 그녀의 목을 노리고 있었다. 이때 뛰어들어온 암색의 청년이 키마이라의 왼발을 잽싸게 빠져나가면서 칼날을 번뜩인다. 비늘 같은 검은 부러지고, 셴파는 까딱하면 죽을 뻔한 타이밍에서 지면에 쓰러진다.

키마이라의 왼발이 끝까지 휘둘러진 직후 세 번째 그림자가 뛰어들어왔다. 로제티는 셴파의 몸을 부축하자마자 단숨에 도약. 허공을 빙그르르 날아 바리케이드 반대쪽으로 착지했다. 순간 어안이 벙벙해졌지만 곧바로 대환호성을 지르는 여학생들.

"로제티 선생님! 쿠퍼 선생님!!"

쿠퍼 역시 추가타가 날아오기 전에 바리케이드 뒤로 미끄러져 들어간다. 장 설리번의 학생들이 숨은 곳이었다. 벌벌 떠는 학생 한 명에게서 사념 증폭기를 잡아챈다.

"이 상황은? 만일의 경우 투기장에서 키마이라를 처치하기로 했었을 텐데……!"

증폭기 너머에서 라클라 선생의 사념이 되돌아온다.

『모르겠어. 어떠한 상황으로 인해 놈이 이쪽에서 해방된 것 같아. 아무튼 놈의 파괴능력에다 이 많은 사람 숫자를 생각하면, 섣불리 움직일 수는 없어.』

서로 눈짓을 주고받자 라클라 선생이 다친 것이 보였다. 쿠퍼는 얼굴을 찡그린다.

"증원을 부르는 건 어때?"

우리(백야) 부대에서, 라는 생략된 말을 라클라 선생은 명확히 이해했다.

『힘들지, 손이 부족한 건 오히려 《아빠들》 쪽이야. 움직일 수 있는 것은 등화 기병단의 부대인데, 저 괴물을 상대로 어중간한 전력을 모아봤자――.』

"쓸데없이 희생을 늘릴 뿐인가."

어쩔 수 없군. 쿠퍼는 검은 칼을 단단히 쥐고서 바리케이드 밖으로 발을 내디뎠다.

그러나 얼굴이 새파래진 장 설리번의 남학생이 쿠퍼를 만류했다.

"싸, 싸우려고요?! 저 괴물하고?! 그, 그, 그러다 죽어요!!"

"이런, 모르셨습니까?"

쿠퍼는 그의 손을 슬쩍 뿌리쳤다.

"죽고 싶어 하지 않는 사람 대신 《죽음》으로 향하는 것이 우리 기사의 일입니다."

그리고 몸을 돌린다.

모습을 나타낸 순간 열기를 밴 바람에 군복 자락이 심하게 나부꼈다. 쿠퍼는 검은 칼 한 자루를 손에 들고 수천 개의 강철이 돋은 거인에게 향했다. 배경은 불바다다.

무의식적으로 중얼거렸다.

"리벤지다⋯⋯!"

순간, 키마이라가 왼쪽 팔꿈치를 내밀었다. 9중주의 총성. 쇄도한 아홉 개의 탄환의 선로는 쿠퍼의 눈앞에서 불꽃같이 흩어졌다. 검은 칼의 궤적이 어둠 속에 잔상을 남긴다.

"1년 전보다 완성도가 올라갔군⋯⋯!!"

그렇지만 쿠퍼 쪽이 여전히 더 빠르다. 키마이라도 그것을 깨닫자마자 오른쪽 앞발을 번쩍 들었다.

거목과 같은 질량을 단숨에 가한다. 쿠퍼는 날카롭게 왼쪽으로 미끄러져 공격을 피했다. 하지만 크게는 피하지 않는다. 아슬아슬하게 주먹을 스치는 위치에 서자 비늘같이 빽빽이 난 도신이 쇄도해왔다── 쓰나미같이.

쿠퍼는 그것을 물리쳤다.

거대한 팔이 몸 옆을 관통하는, 그 찰나와 같은 교차 순간에 수백 합의 격돌이 겹쳤다. 쿠퍼의 전신이 한계를 넘어 신음하고, 흐트러지는 검은 칼은 음속에 가깝게 공간을 진동시킨다. 눈앞에 나타나는 갖가지 무기를 쿠퍼는 마주치자마자 때려 부러뜨리고, 토막 내고, 뿌리부터 도려내 버렸다.

옆에서 보기엔 일순간.

키마이라가 팔을 당겼다 주먹을 내지른 순간에 학생들은 "앗!" 하고 절망했다. 하지만 군복 청년이 희미하게 보일 정도의 속도로 옆으로 미끄러지자마자 먼저 첫 번째 참격을 위로 번뜩였다.

거기서부터는 눈이 휘둥그레지는 공방이 벌어졌다. 키마이라가 앞발을 힘껏 휘둘렀을 때 난도질당한 피부가 보였다. 공중에 흩어진 수백 개의 무기가 번쩍인다. 군복 청년은 칼을 끝까지 휘두른 자세에서 잠시 근육을 이완시킨 다음 숨 돌릴 틈도 없이 칼끝을 찔러 넣는다.

노출된 피부에 검은 칼이 깊숙이 박혔다. 쿠퍼는 칼자루를 꽉 쥔다.

"……으음!!"

무거운 호흡과 함께 끝까지 휘두른다. 무시무시한 절단력으로 키마이라의 오른 다리는 가랑이에서부터 잘려 날아갔다. 믿을 수 없는 큰 중량이 허공을 날아 꿍음과 함께 불바다로 떨어진다.

장 설리번의 남학생들은 새삼스럽게 절규했다.

"그걸 막아내다니?!"

쿠퍼는 지체 없이 지면을 박찼다. 키마이라의 몸통 아래로 미끄러져 들어간 다음 앞으로 밀어붙이듯이 몇 번이고 수평 베기를 날린다. 몸통 아래로 고드름같이 늘어져 있었던 검을 사방에 튀는 피와 함께 베어버린다.

키마이라의 절규가 울려 퍼졌다. 남은 세 개의 다리로 어지럽게 방향을 바꾸지만, 적의 그림자는 집요하게 몸통 아래를 왕복하며 피부를 찢고 있다. 키마이라는 부아가 치밀었고, 이내 명안을 생각해냈다.

체중을 지탱하는 다리의 힘을 빼 바로 아래를 찌부러뜨리는 것이다. 세 개의 다리의 힘을 쭉 빼자 터무니없는 거구가 철판에 낙하, 장절한 충격음을 사방에 퍼뜨린다.

——그러나 이 순간 쿠퍼는 이미 군복 자락이 보일락 말락 한 속도로 그 자리로부터 대피해 있었다.

"예상대로다……."

도망친 곳은 좌측 뒷다리. 이쪽도 무기가 빽빽하다—— 쿠퍼는 키마이라의 바위 같은 발뒤꿈치에 올라탄 다음 천천히 머리 위로 칼을 높이 들었다. 매끄럽게 남는 잔광.

잔광은 단숨에 달려 나갔다.

발뒤꿈치부터 뒷다리 죽지까지 한 줄기의 섬광이 꿰뚫었다.

흡사 꼬리가 기다란 불꽃처럼. 쿠퍼는 초월적인 속도로 달려 나가면서 참격을 가해 바늘방석같이 빽빽이 돋은 검을 한 자루도 남김없이 베어 버렸다. 파편을 사방에 뿌리며 허공에서 서로 부딪치는 도신들. 그것들을 쳐다보지도 않고 쿠퍼는 드러난 피부에 칼끝을 꽂는다.

두 번째 고깃덩이가 스프링으로 발사된 것같이 지면에 튀었다. 그나마 원형을 유지하고 있었던 전시관을 유린하고, 철과 고기 파편을 뿌리면서 긴 거리를 구른다.

키마이라는 비명을 지르지 않았다. 다만 페이스 가드 안에서 눈동자가 번뜩였다. ——용서하지 않겠다며.

지면 위에서 용케도 몸을 돌린 키마이라는, 쿠퍼를 바로 위에서 때려잡으려고 했다. 아직 건재한 왼쪽 앞발이 지면으로부터 질질 끌린 순간, 그러나 바리케이드 건너편에서 동시에 소녀 셋이 뛰쳐나왔다.

"《폴카 스패니시》!!"

로제티의 양손에서 발사된 차크람은 그 속에 짜 넣어져 있었던 방대한 마나로 40개의 카피를 만들어냈다. 압도적인 밀도로 쇄도해 앞다리 죽지의 비늘을 날려 버린다.

키마이라는 순간적으로 차크람이 날아온 쪽을 돌아보았다. 구역질이라도 나는지 목을 경련시킨 놈은 엄니 틈으로 일곱 개의 무기를 발사했다. 세 명을 한꺼번에 관통할 수 있는 궤도—— 라클라 선생은 미끄러지듯이 한쪽 무릎을 꿇고 축 처진 왼팔은 놀린 채 오른손에 쥔 리볼버를 내밀었다.

"《세븐스 스켈티오》……!"

단 한 발 발사된 총탄은 공중에서 일곱으로 분열되어 마나를 내뿜었다. 키마이라가 발사한 무기를 정확히 추적해 떨어뜨린다. 거너 클래스와 메이든 클래스의 복합 스킬——《모방》어빌리티를 가진 클라운 클래스가 아니고는 할 수 없는 기발한 기술이었다.

개척된 최후의 거리에 플래티넘 블론드 소녀가 군복을 나부끼며 뛰어든다.

"《뱅가드…… 러시》!!"

교과서의 본보기 같은 연속 검 공격이 키마이라의 훤히 드러난 피부를 때렸다. 일격으로는 모자라다. 그렇다면 이격, 삼격하고 셴파는 참격 한 번 한 번에 있는 사념을 모두 쏟아붓는다. 선율처럼 매끄러운 연속공격은 한층 더 날카로운 수평 베기로 피날레를 고했다.

힘줄이 꼼꼼하게 으깨진 키마이라의 앞다리가 힘을 잃었다. 하나 남은 뒷다리로는 도저히 그 거구를 지탱할 수가 없다. 쿠퍼는 여유 있게 정수리 쪽으로 이동했다.

"《지원발도(至源拔刀)——…………》"

검은 칼을 일단 칼집으로. 하지만 납도된 칼집조차 구부러뜨릴 정도로 방대한 압력에 아머먼트 키마이라는 부르르 떨었다. 뒷다리로 발버둥 치지만 도저히 피할 길이 없다.

쿠퍼는 뽑는다. 뽑은 순간에 모든 것이 끝났다.

"《참가(斬歌)》!!"

그것은 단칼인 동시에 극대의 참격이었다.

검은 칼은 페이스 가드 끝을 찢었을 뿐이다. 하지만 그 절단력은 키마이라의 정수리부터 하반신까지를 단숨에 분단하여 푸른 궤적을 남겼다. 선혈이 솟구친다.

몸통 좌우가 두 동강이 난 키마이라는 결국 단말마를 질렀다. 페이스 가드가 깨져 좌우로 갈라지면서 지면에 떨어진다. 그 요란한 금속음 때문에…… 멍하니 격투를 지켜보고 있었던 백 수십 명의 학생은 눈앞의 광경이 현실임을 깨달았다.

로제티의 손바닥에 차크람이 저절로 되돌아온다. 라클라 선생은 왼팔을 감싸면서 일어나 리볼버를 집어넣는다. 셴파는 롱소드를 좌우로 털고 나서 칼집에 넣은 다음 부대 동료에게 조용히 묵도를 올렸다.

"자……."

쿠퍼는 시치미 떼는 얼굴로 검은 칼을 몇 번인가 돌려본 다음 단숨에 칼집으로 떨어뜨렸다. 칼집 아가리가 강렬한 소리를 내서 장 설리번 남학생들의 어깨가 꿈틀 뛰었다.

쿠퍼는 주로 그들을 보며 후방의 아머먼트 키마이라를 가리켰다.

"어찌어찌 이 녀석은 아직 살아 있습니다."

남학생들은 깜짝 놀라 물러서지만 쿠퍼는 마치 수업 중인 것처럼 선선하다.

"이제 일어설 힘도 남아 있지 않음에도 불구하고 제한 없이 부풀어 오른 HP가 이 녀석에게 죽음을 허락하지 않는 겁니다. 아아, 정말 가엾지 않나요!"

무대 위 배우처럼 양팔을 펼친다. 남학생들은 서로 얼굴을 마주 보았다.

——이 남자는 대체 무슨 말이 하고 싶은 걸까?

그런 물음표를 띄우는 소년들에게 쿠퍼는 장난기 가득하게 호소했다.

"남학생 제군…… 눈앞에는 꼼짝도 못하는 사냥감이 있고, 주위에는 마음대로 골라잡을 수 있는 무기가 있어요! 레이디들 앞에서 멋진 모습을 보여주고 싶지 않습니까?"

이글이글. 제일 먼저 불길을 눈동자에 머금은 것은 누구였을까.

장 설리번의 학생들 뒤에서 착각인지도 모르지만, 열기에 의한 아지랑이가 피어오른 것처럼 보였다. 쿠퍼는 만족스러운지 "그럼." 하고 진로를 열어준다.

"나, 나 말이야…… 슬슬 몸이 쑤셔서 견딜 수가 없었어."

한 명이 그렇게 말하며 앞장서 걸어 나온다. 누가 선수 치는 꼴은 볼 수 없다며 주위의 친구들이 뒤따랐다. 자력에 질질 끌리는 것처럼 집단 전체가 움직이기 시작한다.

"나도 그래. 결국 콘테스트에서는 활약할 장면이 없기도 했고 말이야……!"

"너는 좀 쉬고 있어. 감기 기운이라며?"

"아니, 제군들이야말로 물러나 있도록. 여기는 내가——."

"너 인마, 그 무기는 내가 점찍은 거거든!"

"시끄러워, 첫 번째는 나야!!"

눈 깜짝할 사이에 고함이 섞인 레이스가 시작됐다. 키마이라의 온몸에서 튀어 나간 무기들을 달려나가자마자 바로 주워들고 앞다투어 사냥감에 달려든다. "으랴아앗!" "우오오오오!!"하고 여봐란듯이 기세등등하게, 어썰트 스킬을 쓸 줄 아는 자는 아낌없이 스킬을 피로했다. 여학생들의 시선만 신경 쓰고 있는 탓에── 방금, 미숙한 한 명의 검이 튕겨 나가 바닥을 굴렀다. 모쪼록 다치지 않으면 좋으련만…….

여하튼 간에 이 많은 숫자라면 금방 HP를 다 깎을 것이다. 쿠퍼는 산뜻하게 몸을 돌려 성 프리데스위데와 성 도트리슈 학생들에게로 달려갔다.

"""멋졌어요, 쿠퍼 님!!"""

두 가지 색의 소녀들의 반짝반짝하는 눈빛을 한 몸에 받으며 목적했던 상대를 찾는다.

"로제, 라클라 선생, 뒷일을 부탁할 수 있을까요?"

"너는 어떡하려고?"

라클라 선생의 눈길을 쿠퍼는 똑바로 바라본다.

"메리다 아가씨가 있는 곳으로 갑니다. ──끝까지 지켜보러."

"끝까지 지켜봐?"

로제티는 고개를 갸웃했다. 쿠퍼는 그녀도 바라보며,

"서두르지 않으면 늦을지도 모릅니다. ──걱정하지 마세요, 엘리제 님도 내게 맡기고요. 로제는 여기에 있는 사람들을 지켜

주세요."

빠르게 말하고 몸을 돌린다.

바로 이때 셴파의 손바닥이 손목을 붙잡았다.

"쿠퍼 선생님—— 또 구해 주셨네요?"

"부르시면 어디든지……."

"어머."

기쁜 듯이 웃고서 셴파는 손가락에 힘을 꾹 넣은 다음 손을 놓았다.

쿠퍼는 이번에야말로 뛰기 시작했다. 투기장 내부로 이어지는 출입구를 향해.

소녀들에게 보여 주었던 해사한 미소와는 정반대로—— 그 모습이 통로의 그늘에 섞이고 후방으로부터의 시선이 끊어지자마자 그의 표정은 일변했다. 시야가 일절 확보되지 않는 어둠 속을 최고속도로 달려 나가면서 이를 꽉 악물고 있다. 마음속으로 날카롭게 신음한다.

——전황은 지금 어떻게 됐지?!

† † †

그때 셀레스트텔레스 개선문 지구를 에워싼 별 모양의 성벽 위에서 총성이 울려 퍼졌다.

장전 손잡이를 조작하는 것은 나이도 차지 않은 소녀—— 프리지아. 눈이 핑 돌 정도의 속도로 주위의 풍경이 움직이는 까닭은 그녀가 질주하는 늑대에 올라타고 있어서다. 허벅지를 조여 자세를 고정하고 재차 라이플 끝을 후방으로 돌린다.

벌써 여러 차례 무리한 사격자세를 반복하고 있는 탓에 허리가 끊어질 것 같다. 설마 《타깃》도 그것을 노리고 있는 걸까——— 티아유는 일부러 겨냥하기 쉬운 높이에 강하했다가, 프리지아의 손가락이 방아쇠를 당기기 직전에 훌쩍 상공으로 달아난다.

지금 또다시 한 발이 무의미하게 공중을 날아갔다. 귀에 거슬리는 티아유의 폭소가 들려온다.

프리지아는 혀를 차면서 장전 손잡이를 왕복시켰다.

"앞으로 다섯 발……!"

프리지아가 든 스나이퍼 라이플은 세계에 한 자루뿐인 초장거리 무기다. 아직 하늘에 태양이 빛나고 있었다고 하는 시대의, 로스트 테크놀로지. 프리지아가 나타날 때까지 오랫동안 다루는 사람이 없었던 이 총은 사용자를 너무 가리는 유별난 사양 때문에 무수한 거너를 거절해 왔다고 한다.

이 총을 제대로 다루려면 첫째, 육안으로 수백 미터 앞을 겨냥할 수 있는 시력.

그리고 단 아홉 발이라는 장탄 수에 모든 마나를 넣을 수 있는 뛰어난 집중력이 필요하다.

탄창에서 한 발씩 내뱉어질 때마다 프리지아의 가냘픈 몸을 피로가 콱콱 짓누른다. 남은 건 다섯 발……. 이걸로 적을 죽이지 못한다면 프리지아는 손가락 하나 움직이는 것도 어려워져 늑대의 등에서 굴러떨어지고 말 것이다.

무방비한 그 모습에 티아유가 지금이라는 듯이 덤벼들 거라는 사실은 상상하기에 어렵지 않다. 프리지아는 자기 등에 흥건히 땀이 난 것을 의식했다.

──불쾌해. 집중력이 흐트러져.

다른 여섯 마리의 늑대들도 열심히 보조하며 움직이는 중이다. 그러나 자유롭게 하늘을 나는 상대가 적이라 효과는 적다. 티아유는 양팔을 뒤로 쭉 당기더니, 날갯짓과 함께 엄청난 수의 깃을 발사하기 시작했다. 한 발 한 발이 필살의 위력이다.

늑대들은 전속력으로 달렸다. 바짓가랑이를 붙잡는 것처럼 몇 발의 화살이 바닥에 박힌다. 프리지아를 태운 한 마리는 재빨리 사선으로부터 멀어졌고 반대로 도망치지 못한 한 마리가 최후미에서 구르고 말았다.

지성을 잃은 티아유가 안면을 희색으로 물들였다. 쓰러진 늑대에 달려든다.

──함정이었다.

그 순간에 프리지아는 몸을 틀어 후방에 총구를 내밀고 있었다. 적의 목적은 알고 있다. 강하하는 속도를 잰다. 순식간에 100% 적중하는 타이밍을 포착해 방아쇠를 조였다.

꿍음과 함께 라이플 탄이 비상.

그것은 프리지아의 눈동자가 환시한, 티아유의 미래의 모습을 완벽하게 꿰뚫고── 아무런 소득도 없이 탄은 휭 날아갔다. "아닛?!" 하고 프리지아가 경악하는 것도 당연하다.

티아유는 탄에 맞기 직전 사선에서 몸을 빼 피한 다음 프리지아를 향해 급선회해 왔다. ──함정에 빠진 것은 이쪽이었다. 지성이 없는 게 아니었던가?! 프리지아는 경탄하다가 순간적으로 회피의 판단이 늦었다.

"케샤아아────캬캬캬캬캬!!"

괴조 그 자체의 발이 날아오자마자 프리지아를 걷어찼다. 흩날리는 핏줄기. 늑대의 등에서 요란하게 날아간 프리지아는 데굴데굴 철판 위를 굴렀다.

"아으……으윽……!!"

바로 일곱 마리의 늑대가 주위를 둘러싸고 상공의 적에게 위압을 가한다. 그러나 아무리 엄니를 드러내고 으르렁거려도 우아하게 하늘을 나는 티아유는 웃음이 진해질 뿐이었다.

"캬, 캬, 캬……!"

불쾌한 웃음소리를 뒤집어쓰면서 프리지아는 겨우 상체를 일으켰다. 콧등을 비벼대는 한 마리에게 얼굴을 숙인 채 타이른다.

"괘, 괜찮아…… 간신히 《이곳》까지 도착했어."

아픈 온몸에 채찍질하고 다시 늑대의 등에 올라탄다.

"가자!!"

직후, 티아유는 상대 집단의 행동에 "케캬?" 하고 고개를 갸웃거렸다. 놀랍게도 프리지아를 태운 한 마리를 시작으로 늑대들이 일제히 성벽으로부터 뛰어내린 것이다. 무슨 생각이지 하고 공중에서 바짝 뒤따라간 티아유는 참으로 재미있는 광경을 보았다.

놀랍게도 일곱 마리의 늑대는 성벽을 수직으로 뛰어 내려가고 있었다. 무시무시한 속도. 대열의 중심에서 프리지아는 억지로 몸을 비튼 다음 흔들림을 아랑곳하지도 않고 사격했다.

티아유는 안면에 광기의 미소를 띠며 양 날개로 공기를 때렸다. 옆을 날아가는 라이플 탄을 의식하면서 더욱 속도를 올려 단숨에 급강하해 적 집단을 몰아붙인다.

프리지아는 늑대의 등에서 떨어지지 않도록 신들린 균형감각을 발휘했고, 동시에 이 높이에서 추락하면 죽음을 면할 수 없다는 극한의 긴장상태 속에서 방아쇠를 조였다. 틀림없이 그녀 외엔 불가능할 정밀사격이 상공의 적을 덮쳤다.

애석하게도 상대의 회피능력이 너무나 우수하다. 티아유는 짐승의 본능으로 명민하게 살기를 감지, 탄환이 발사되기 직전에 궤도를 바꾸었다. 결과, 종이 한 장 차이로 사선에서 벗어난다. 프리지아의 뛰어난 명중 정밀도가 오히려 독이 되어 정확한 조준은 번번이 빗나간다.

잇따르는 두 발, 세 발째도 괴조가 가볍게 따돌리자 프리지아는 이를 악물면서 장전 손잡이를 왕복시켰다. 튀어 날아가는 탄피.

"앞으로 한 발……!!"

티아유는 승기를 잡았다고 보자마자 단숨에 강하속도를 올렸다. 늑대 세 마리를 손쉽게 앞지르고, 순간적으로 머리를 감싼 프리지아를 발톱으로 움켜쥔다.

프리지아가 공중으로 끌려간다.

그리고 휙 내팽개쳐졌다. 비록 거의 지면에 가까운 높이였지만, 십수 미터 위치에서 지면에 떨어졌는데 상처가 없을 순 없다. 프리지아는 공처럼 세차게 튀며 어깨와 다리를 부딪치고, 의식이 날아갈 것 같은 격통을 참으면서 긴 거리를 굴렀다.

간신히 멈추어 퍽! 하고 큰대자로 뻗었을 때 그녀는 피가 섞인 숨을 토했다.

"커헉! 크흐……!!"

그곳은 요새 바깥에 펼쳐진 로트 아이언 숲이었다. 나뭇가지를 본뜬 끝부분에 몸이 꿰이지 않은 것은 기적이었을까? 하지만 곧바로 쫓아온 괴조가 프리지아를 덮친다.

티아유는 쩌억 입을 벌리고 생전의 음성을 흉내 냈다.

"잘·먹·겠·습·니·다……."

프리지아는 두 번 호흡하는 사이에 숨을 추스르고, 오기로 계속 안고 있었던 스나이퍼 라이플을 들고 사격자세를 취했다. 총구를 티아유의 콧날 앞 몇 센티에 들이댄다.

티아유는 즉각 날아오르려고 하다가 배후의 살기를 눈치챘다.

언제부터였을까…… 일곱 마리의 늑대가 그녀들의 주위를 에워싸고 있었다. 그중 세 마리는 나무 위에 올라가 조금이라도 움직이면 물어 찢어주겠다는 듯이 사납게 으르렁거리고 있다.

"이게 《새 사냥》의 기본이야, 언니."

프리지아는 입술에 피를 묻히면서도 의연하게 적을 쳐다본다.

"하늘을 나는 사냥감을 조준하기 쉬운 지상에 묶어두려면 《날아오르는 것이 불리》한 상황을 만들 것……. 감쪽같이 유인당해 줬네. 이대로 내 총에 맞을래? 아니면 하늘에서 늑대들에게 잡아먹힐래?"

총구를 한층 더 가까이 대고 프리지아는 방아쇠에 건 손가락을 움직인다.

"어느 쪽이든 너는—— 끝이야!!"

최후의 한 발이 화염과 함께 발사되고——.

순간적으로 고개를 비튼 티아유의 뺨을 도려내고 빠져나갔다. 프리지아의 눈동자가 휘둥그레진다. 그 일순간에 확인할 수 있을 리 없다. 그러나 프리지아의 눈에는 뺨에서 흐르는 피를 날름 핥아 올리는 티아유의 요염한 동작이 확실히 보였다.

사라진 줄 알았던 지성이 말한다.

"짐승을 상대하고 있는 거 아니거든? 귀여운 아가씨………."

"그것도 다 계산 완료."

"——음?!"

동시에 격렬한 금속음이 울린다.

상공으로 날아간 줄 알았던 라이플 탄이 흑철로 된 나뭇가지에 충돌하고 되돌아온 것이다. 당구공처럼 한 번 더 반사, 다시 반사——티아유의 뇌를 경악이 공격했다.

"그렇구나! 이 숲은 철로—— 윽."

직후, 세 번의 도탄을 반복한 라이플 탄이 정확히 측면으로 날아들어 티아유의 머리를 날려 버렸다. 머리 없는 사체가 된 괴조가 기우뚱하고 상체를 흔들다 쓰러진다.

털썩. 지면에 쓰러진 그녀는 아마도 이제 두 번 다시 일어나지 않을 것이다……. 구멍이 난 몸통과 목으로부터 모든 혈액이 흘러나와 지면에 빨려 들어가고 있다.

프리지아의 손가락이 떨면서 방아쇠와 개머리판을 놓았다. 거의 수직으로 서 있었던 라이플이 천천히 기울어 옆으로 쓰러진다.

프리지아는 팔다리를 팽개치고 격하게 헐떡였다. 전에 없는 격전……! 이 정도로 체력과 마나를 몽땅 쥐어짠 적은 쉬크잘 가문에 고용되고 나서 처음일지도 모른다.

"이제…… 마나가 고갈됐어……! 하아, 하아아……!"

곧바로 주위에서 네 마리가 그리고 나무 위에서 세 마리의 늑대가 뛰어 내려와 그녀를 둘러쌌다. 용맹한 얼굴을 불안한 듯이 찌푸리며 "크으응~" 하고 운다. 프리지아는 쓴웃음을 지었다.

"괜찮아…… 괜찮다구."

콧등을 문질러오는 한 마리를 간신히 손바닥을 들어 쓰다듬는다.

"나…… 아직 더 싸울 수 있어……. 너희도…… 반드시, 《되찾아》줄…… 테니까……————."

그러니 걱정하지 마, 라며 속삭이고 그녀의 팔이 떨어진다.

늑대들은 몹시 당황하여 우왕좌왕했다. 하지만 프리지아의 입술은 희미하게 벌어져 있다. ——잠시 잘 뿐이다. 이제 이 강철궁 박람회에서 자신이 할 일은 없을 테니.

남은 건 《무능영애》와 그녀를 지켜보는 자들이 결판을 짓는 일…….

프리지아는 천천히 눈을 감는다. 서서히 흩어져 가는 의식의 건너편을, 언젠가 본 차 위의 광경이 가로질렀다. 메이드복을 입은 금발의 소녀가 루비를 닮은 눈동자로 이쪽을 쳐다본다. 그러고 보니, 하며 프리지아는 잠에 빠지기 직전에 떠올렸다.

——그 아이—— 이름—— 뭐라고 했더라——…………?

† † †

메리다 엔젤은 몇 번째인지 모를 호기라 보고 과감하게 뛰어들었다.

그러나 적의 사각에서 가했다고 생각한 참격은, 적이 보지도 않고 번쩍 올린 팔에 막히고 말았다—— 찢어발길 수가 없다! 전적으로 팔을 보호하고 있는 딱딱한 붕대 때문이다.

그렇다고 해서 다른 수단으로 압도하고자 해도 그 또한 뜻대로는 되지 않는다. 좌측에서 쳐들어온 자신과 거울을 보는 것같이 우측에서는 살라샤와 엘리제가 돌격한다. 장검과 창끝이 눈으로 좇는 것도 힘들 만큼 복잡한 궤적을 그리지만, 이것을 적은 오른팔 하나로 모조리 물리친다.

윌리엄 진은 아직 여력을 남기고 있었다.

"기사 공작 가문이라고 해도 이 모양이군."

창끝을 손등으로 튕겨 올리고 한 발 내디딘다. 순간적이면서 중후하다. 바닥의 철판에 엄청난 충격이 전해지고 창 자루로 급소를 맞은 살라샤는 날아갔다.

동시에 간격에서 멀리 떨어져 있는 메리다의 칼을 왼손으로 붙잡는다. ——맨손이다. 그는 아무 망설임도 없이 악력을 넣어, 메리다를 칼과 함께 아주 쉽게 들어 올렸다.

"꺄아악⋯⋯?!"

그리고 내던진다.

무시무시한 괴력에 내던져진 메리다는 엘리제와 격돌했고, 두 사람은 서로 뒤엉킨 채 후방으로 굴렀다. 이어서 진은 허점을 발견했다고 떠벌리고 싶기라도 한 것처럼 양쪽 소매에서 붕대 몇 겹을 확산시켰다.

강철 같은 붕대 끝이 사방팔방에서 쇄도했고, 메리다와 엘리제는 순간 두 눈을 번뜩였다.

메리다는 다리를 번쩍 올려 첫 번째를 차내고 하반신을 팽이같이 회전시키면서 벌떡 일어난다── 공방일체. 그리고 사지가 자유로워지자마자 엘리제도 전신의 탄력을 사용했다. 등을 튕겨 벌떡 일어나며 붕대를 베어 올리고, 앞으로 고꾸라질 뻔한 관성을 실어 붕대를 때려눕히며 춤추듯이 스텝을 한 발자국 밟은 다음, 단숨에 주위를 쓸어 버린다. 갈기갈기 찢어져 날아가는 붕대.

순간적으로 사방으로 흩어진 붕대 다발에 천하의 진도 가볍게 눈이 휘둥그레졌다.

"헤에⋯⋯.《항주》어빌리티를 잘 단련해온 모양이군."

하지만, 하고 손바닥을 든다.

"그것만 가지곤 나한테 이길 수 없어."

저리로 가라는 듯이 다섯 손가락을 튕긴다. 그 손으로부터 아니마 그 자체가 날아와, 오직 그 압력에 메리다와 엘리제는 후방으로 밀려났다. 칼과 장검으로 필사적으로 얼굴을 감싼다.

진은 자세다운 자세조차 취하지 않고 유유히 팔을 내렸다.

"막기만 하면 어떡해."

"그렇다면 있는 힘껏——."

흑수정 머리칼이 진의 배후로 도약한다. 마나를 지우고 살며시 다가가 있었던 뮬이 적의 주의가 끊어졌다고 보자마자 마나를 전부 해방해 압력을 최대치로 높이고 달려든 것이다. 진의 시선이 즉시 흐른다.

가차 없는 대검이 허점투성이인 등을 내려쳤다. 정타를 가한 느낌이 왔다.

그리고 도신이 튕겨 나온다. 마치 두꺼운 철 덩어리를 강타한 것 같은 충격에 뮬의 양손에는 전격 같은 저림이 일었다. "뭐야……!" 하고 그녀의 눈동자가 휘둥그레진다.

겉옷 뒷면이 찢어졌다. 그러나 칼끝은 피부에까지는 닿지 않았다. 피부를 보호하는 붕대의 무시무시한 방어력……! 막을 필요조차 없었다는 듯이 진은 이제야 뒤돌아본다.

"디아볼로스냐…… 꽤 통했어."

뮬의 몸이 공중으로 튀어 오르고 교대하듯 진이 그 밑으로 파고든다. 주먹을 번쩍 쳐올려 대검의 배 부분을 때렸다. 어깻죽지를 노린 두 번째 공격은 닿기 직전에 뮬이 물리쳤다. ——합을 겨룰 때마다 엄청난 굉음과 충격파가 튄다. 드럼 같은 음색이 두 발 울린 후 진은 오른팔을 뒤로 잔뜩 당겼다.

보복 같은 풀 파워 라이트 스트레이트와 대검의 날밑이 격돌.

뮬은 포탄처럼 날아갔다. 낙법도 치지 못하고 바닥을 튀며 철판 위를 한참 미끄러진다. 층의 거의 끝까지 도달한 그녀는 거친 숨을 반복했다.

"뮬 양!"

메리다가 불렀지만 대답은 금방 돌아오지 않는다. 뮬은 후들거리며 손을 바닥에 짚고 상체를 들어 올리려 했다. 살라샤도 충격으로부터 겨우 회복하여 한쪽 무릎을 꿇고 섰다. 메리다와 엘리제는 나란히 무기를 들고 자세를 취하지만 반격의 이미지가 떠오르지 않는다.

네 명에게 포위당하고도 아직 상처 하나 입지 않은 윌리엄 진.

전투가 시작되고 나서 여태 유효타 하나 주지 못했다.

투기장을 에워싸는 객석으로부터 신음이 새어 나왔다.

"아아…… 공작 가문의 아가씨들조차 상대가 안 되는 건가……?!"

"저 남자는 대체 누구야……! 온 도시의 불을 독차지하고 앉아서!"

다름 아닌 《살을 에는 불길》을 집어먹은 진이 스스로 광원이 되어 있는 상태다. 추위와 어둠에 갇힌 가운데에서 그의 가슴팍만이 요란하게 적열하고, 센트럴 아스널을 비추고 있다. 투기장의 광경은 마치 네 가지 색의 별이 난동을 부리는 태양에게 반역하는 것같이도 보였다.

관객 한 명은 기병단 관계자석으로 뛰어들어 높으신 분의 멱살을 잡고 있었다.

"당신들! 빨리 좀 도와주러 가 줘! 저 아이들 저, 저러다 죽게 생겼어!!"

"부대는 한참 전에 보냈어! 하지만, 저걸 봐!"

관록 있는 기병단의 노병은 똑같이 노기를 띠고 투기장을 가리킨다.

"워낙에 어두워서 미로를 빠져나가 중앙에 도착하기가 쉽지 않아……!! 바, 방한 장비도 충분히 갖추시 못해 움직일 수 있는 자는 계속 줄어들고 있고……!"

관객은 비틀거리며 그에게서 손을 놓고 시선을 다시 저쪽의 탑으로 돌렸다.

실제로 진의 내부에서 《살을 에는 불길》은 계속해서 힘을 늘려, 주위로부터 기온을 빼앗아 자신의 화력을 계속 올리는 중이었다. 붕대에 덮인 가슴팍이 연옥의 화로인 양 빨갛게 달궈지고—— 이때, 진이 "크으." 하고 신음하며 가슴팍을 눌렀다. 이 동작에 메리다는 잠시 눈썹을 찌푸렸다.

틀림없이 《살을 에는 불길》이라는 녀석을 집어먹고 파워업한 줄 알았었는데…… 거꾸로 약해지고 있다? 고열 덩어리를 삼키고 있으니 당연하다면 당연하지만.

진은 몇 번인가 거친 숨을 내쉬며 호흡을 조절한 다음 아무렇지도 않은 얼굴로 영애들에게 돌아섰다.

"괜찮겠어? 사람들의 희망인 공작 가문이 이런 한심한 싸움밖에 보여주지 못해서."

"크으……!"

"너희, 대체 요 1년 동안 뭘 공부한 거야?"

메리다는 얼굴을 퍼뜩 들었다.

친애하는 가정교사의 목소리가 뇌리에 되살아난다.

——아가씨. 집단전의 기본적인 두 가지 전술을 실천해봅시다——.

서서히 휘둥그레져가는 메리다의 눈동자가 직후 야무지게 가늘어졌다.

"다들! 막무가내로 싸우면 안 돼!"

옆에서 엘리제가 그리고 살라샤가, 얼굴을 든 뮬이 시선을 보내온다.

윌리엄 진도 조용히 메리다를 노려본다.

"지금은 내 지시를 들어 줘! 우선 뮬 양이——."

진이 순식간에 품까지 뛰어들어와 오른발을 차올렸다. 턱을 차이기 직전에 메리다는 상체를 젖힌다. 진은 힘껏 휘두른 발을 지체 없이 내렸다. ——발뒤꿈치부터.

메리다는 온 힘을 다해 후방으로 도약. 진의 구두 바닥은 철판을 함몰시켰다. 무시무시한 위력이다.

"한가롭게 작전회의나 하게 해 줄 것 같아?"

진은 물 흐르는 듯한 동작으로 손등을 홱 올려 옆에 있는 엘리제를 날려버린다. 살라샤가 곧바로 뛰어들어, 명중하지 않더라도 창끝을 열심히 찔러 적의 주의를 끌었다.

그 틈에 뮬이 메리다 옆으로 급히 달려온다.

"어떡하면 좋을까, 메리다?"

"대미지를 입힐 수 있는 사람은 뮬 양밖에 없을 것 같아. 그러 니——."

요란한 금속음이 대화를 가로막았다. 진은 창을 물리치면서 재차 바닥을 밟아 철판을 뚫고, 그것을 한 장 차올렸다. 걸쇠가 튀어 날아가 자유의 몸이 된, 납작한 초중량의 물체가 허공에 떴다.

살라샤가 저도 모르게 주춤한 순산 진은 그 철판을 발로 찼다. 표적은 메리다와 뮬. 중간이 갈라지고 두 사람은 재빨리 물러선 다.

진은 연달아 바닥을 박차 뮬에게 달려들었다. 대검을 내세우 고 맞받아치는 뮬. 자세를 고친 엘리제가 원호하러 급히 달려갔 고 살라샤는 창으로 견제하면서 《비상》.

긴 체공 뒤 메리다의 옆으로 내려섰다.

"저는 뭘 하면 되죠? 메리다 양."

"살라샤 양과 나는 적의——."

짐승의 우렁찬 외침이 울려 퍼졌다.

진이 갑자기 천장을 올려다보고 콘서트 회장인 양 샤우팅을 한 것이다. 철판에 메아리쳐 엄청나게 시끄럽다. 갑작스러운 기행에 엘리제와 뮬은 공세를 망설이고, 살라샤는 반사적으로 귀를 막았으며 메리다는 속이 메슥거려와 발을 동동 굴렀다.

"이봐, 시끄럽잖아!!"

"미안, 스트레스 좀 푸느라."

진은 성의라곤 눈곱만큼도 없는 사과를 한 다음 이쪽으로 양팔을 내밀었다. 소매 끝에서 붕대가 쇄도해와 메리다와 살라샤는 좌우로 도약해 벗어난다. ──이야기하고 있을 틈이 없다.

에잇, 진짜, 성가시게!!

메리다는 공중에서 사고방식을 바꿨다. 착지와 동시에 훼방을 놓지 못하도록 큰 소리로 외친다.

"──미우!!"

친구 세 명이, 그리고 진마저 흠칫하며 움직임이 멈췄다.

조금이라도 허를 찔렀다면 행운! 메리다는 멈추지 않고 단숨에 쏟아냈다.

"네가 《메인》이야! 엘리는 방어, 나랑 사라는 교란! 알아들었지?!"

친구들은 순간적으로 세 군데에서 시선을 주고받았다.

그리고 차례로 든든하게 고개를 끄덕이며 대답한다.

"알았어, 리타!"

"알았어요, 리타 양!"

"맡겨 줘, 리타……!"

윌리엄 진은 여기에 이르러 천천히 맹수 같은 자세를 취했다.

"마음에 안 드는군…………."

그를 중심으로 전장의 투기가 임계점까지 부풀어 오르고, 폭발했다.

엘리제가 선수를 친다. 공기가 윙윙거릴 정도로 바닥을 강렬하게 걷어차고, 장검의 칼끝이 발밑에서 튀어 올라 나선을 그리며 날아올랐다. 발레리나같이 허공을 나는 엘리제. 공방일체의 돌격에 진은 양팔로 연속공격을 털어내면서 후퇴한다.

그가 세 발짝 물러나는 사이에 다른 세 명은 움직이기 시작했다. 뮬은 엘리제의 후방으로 돌고, 메리다와 살라샤가 적을 좌우에서 협공한다. 뒤로 힘껏 당겨진 칼과 창이 동일한 타이밍에 튀어 나갔다. 엘리제도 그것을 시야에 포착해 착지와 동시에 장검을 수평으로 휘둘렀다.

진은 잔상을 남기면서 몸을 구부렸다. 그 머리 위에서 세 방향으로부터 날아온 칼날이 뒤엉킨다. 강렬한 충돌음. 진은 즉시 등줄기로 그것들을 튕겨 날리고 몸을 일으킴과 동시에 주먹을 힘껏 당겼다.

"작전은 알고 있어……."

몸을 최대한으로 비틀어 당긴 주먹을 화살같이 발사한다. 계획은 이렇다── 정면의 엘리제를 후려갈겨 뮬과 함께 구르게 만든다. 곧바로 바닥을 차고 천장 높이 뛰어올라 온몸의 중량과 중력을 실은 추가타를 박아── 두 명을 한꺼번에 KO시킨다.

그런데.

얻어맞기 직전, 엘리제는 순간적으로 허리를 낮추고 하반신에 힘을 주었다. 백은색 마나가 한층 더 높이 타오른다. 지닌 모든 사념 압력이 장검의 도신에 모이고── 주먹과 격돌.

가가각!! 둔탁하고 성대한 소리가, 그러나 도중에 뚝 멈춘다.

엘리제의 구두 바닥이 미끄러지고 철판이 눌어붙는다. 하지만 무릎은 꺾이지 않았다. 진은 주먹을 쭉 내민 자세에서, 자신의 근력을 되돌려 보내오는 굳센 의지에 눈을 부릅떴다.

──쉽게 봤어!! 이 방어력이…… 팔라딘인가!

　　눈앞에 칼날이 스쳤다. 진은 반사적으로 상체를 뺐다.

　　유일하게 붕대에 덮이지 않은 눈 주위를 메리다와 살라샤가 집요하게 노려 왔다. 진은 입맛을 다신다. 그 틈에 엘리제는 팔에서 빠져나가 온몸을 던지며 장검을 내려쳤다. 대미지는 없을지라도── 짜증난다.

　　──디아볼로스 계집애는 어디지?!

　　아차 하며 진은 눈을 부릅뜬다. 엘리제의 배후에서는 나오지 않을 거라 철석같이 믿고 있었다. 그러나 뮬은 적극적으로 파고 들어 오더니──《간접거리》라고 해야 할 리치에서, 메리다의 등 너머로 대검의 칼끝을 내질렀다. 길어지는 점 같은 칼끝이 육박한다.

　　진은 자신의 몸통──《살을 에는 불길》을 노린 공격이라 생각했다.

　　하지만 그렇지 않았다. 대검은 메리다의 칼과 공중에서 교차하자마자 되받아쳐 졌다. 두꺼운 도신에 채이는 금색 마나.

　　무슨 꿍꿍인가 하고 진이 눈썹을 찌푸리고 있을 틈도 없이 좌측에서 날아온 살라샤의 창이 눈을 노린다. 진은 순간적으로 머리를 틀었고, 그 옆을 공기와 함께 창끝이 관통한다.

　　그리고 기다란 창 끝부분은 진을 가르고 뮬의 눈앞으로 내밀어졌다.

　　대검이 번쩍 들린다. 창끝에서 벚꽃색 마나가 그리로 올라간다──이걸로 삼인분.

"설마⋯⋯!!"

진은 피해야 하는 방향을 착각했다. 아까는 물러설 것이 아니라 몸을 앞으로 기울였어야 했는데. 계속해서 엘리제가 장검을 위로 휘두르자, 그는 다시금 한 발짝 뒷걸음질 치지 않을 수 없었다.

진의 뺨의 옆 몇 센티를 아슬아슬하게 칼끝이 베어낸다.

위를 향해 휘두른 장검은 기세를 실어 그대로 엘리제의 배후로. 뮬은 지체 없이 그 칼날에 대검을 미끄러뜨려, 팔라딘의 마나를 있는 대로 자신의 칼날에 얹는다.

"받으세요, 디아볼로스의《흡수공격》을━━⋯⋯⋯⋯."

뮬은 뼛속까지 추위가 스며들 것 같은 목소리를 발하며, 때를 기다렸다 적의 품으로 파고들었다. 이 공격을 피하기에는 진의 자세가 나쁘다. 순간적으로 팔을 들어 몸통을 막으려 했지만, 바로 밑에서 날아온 질량에 양쪽 모두 튕겨 올라갔다. 메리다와 살라샤가 양쪽에서 전력으로 무기를 휘둘렀기 때문이다.

"⋯⋯크윽."

진은 무슨 소리를 내려고 한 걸까.

그는 자신의 정중앙을 쓸어 버리는 칼날을 보는 것밖에 할 수 없었다. 격돌음이 투기장을 울린다. 틀림없이 뮬의 전력을 얻어맞은 진은 그 자세 그대로 후방으로 쭈욱 미끄러져 간다. 롱부츠 바닥에서 철판이 불똥을 튀긴다. 네 가지 색의 마나가 파앗, 사방으로 흩어졌다.

그리고.

"——컥, 커헉!!"

진은 격렬하게 피를 토했다. 가슴의 붕대가 확실히 찢어졌고, 그곳에 칼자국이 새겨져 있었다.

""""통했다!!""""

네 소녀는 스스로도 믿기지 않는지 쾌재를 불렀다. 그 순간, 차갑게 식은 객석이 열기를 되찾은 것처럼 산발적으로 환호성이 들끓는 것이 들렸다.

진의 가슴팍에서 피를 밴 붕대가 축 늘어진다. 그는 이를 악물었다.

"우쭐……대지 마라, 꼬맹아아!!"

진은 순간적으로 올린 구두 바닥을 있는 힘껏 내려쳤다. 귀청을 찢을 듯한 폭음. 충격이 파문처럼 번지고 철판이 파도같이 말려 올라간다. 소녀들의 자세가 무너진 순간, 뮬의 왼쪽 발목에 붕대가 휘감겼다. 진은 가차 없이 붕대와 함께 소매를 추어올린다.

낚싯줄에 걸려 올라간 것처럼 뮬은 천장에 격돌했다. 이어서 바닥에 내동댕이쳐진다. 마지막으로 지면에 휙 내던져지는 동시에 붕대가 풀렸다.

엄청난 기세로 벽에 슝 날아가는 뮬의 몸. 살라샤는 바닥을 찼다.

"미우!!"

아슬아슬한 타이밍에 뮬의 몸을 붙잡는 데에는 성공하지만 그대로 두 사람은 뒤엉켜서 벽에 격돌했다. 살라샤는 자신의 몸을

밑에 깔아 두 사람분의 체중과 속도와 충돌의 힘을 전부 떠맡고
—— 우둑, 늑골이 삐걱대는 소리가 났다. "커헉……!" 침이 번
뜩인다.

벽에서 미끄러진 두 사람은 바닥에 고꾸라졌다. "미우! 사
라!" 메리다가 비명을 지른다.

"친구들을 걱정할 때야?"

진은 왼발을 날카롭게 내밀었다. 소매 끝에서 붕대 십수 줄기
가 단숨에 튀어나와 트럼펫같이 말렸다 퍼진다. 곧바로 칼을 들
고 자세를 취한 메리다의 전방을 싹 메운다.

도망칠 곳을 막는 것처럼——.

붕대 하나하나가 채찍같이 휘며 메리다의 온몸을 남김없이 후
려쳤다. 첫 번째, 두 번째 공격을 처리한 단계에서 그 엄청난 무
게와 단단함에 칼은 날뛰었고, 직후에 옆구리를 맞는다.

거기서부터는 이제 머리를 감싸는 것밖에 할 수 없어 메리다
는 그저 폭풍이 지나가 줄 때까지 견뎠다. 무릎을 맞고, 복부를
찔리고, 강렬하게 등을 맞고는 앞으로 고꾸라지듯 쓰러진다.

메리다가 엎어진 직후, 엘리제가 비명을 지르면서 돌격했다.

"리타!!"

한결 세게 장검을 쥐고 대상단 자세에서 적의 정수리를 노린다.

진은 오른손 손바닥을 번쩍 들어 그것을 막아냈다. 붕대와 칼
날이 빚은 금속음이 터져 나온다. 엘리제는 당장에라도 울 것 같
은 표정으로 검을 밀어 넣었지만, 진의 한 손 악력에도 못 미쳤
다.

"아니, 그러니까, 네 공격은 통하지 않는 거…… 알고 있잖아!!"

레프트 훅을 옆구리에. 소녀의 온몸이 뒤흔들리고 엘리제는 날카롭게 헐떡인다. "콜록!"

마나가 급속히 몸통으로 모인 직후, 진은 불시에 킥을 날렸다. 엘리제의 가냘픈 몸이 재미있을 정도로 허공에 붕 뜬다. 진은 곧장 그 손목을 붙잡았다.

그리고 던진다.

일부러 기둥에다 던져 격돌시킨다. 격돌하고도 남은 힘에 엘리제의 몸은 바닥을 튀었다. 사지가 따로 놀아, 긴 거리를 미끄러지면서도 낙법을 치지 못하고 쓰러진 그녀는…… 말할 것도 없이 꿈쩍도 하지 않는다.

"튼튼한 팔라딘 클래스라 다행이군."

그렇게 큰 소리 친 진은 그러나, "제하악……!" 하고 심하게 헐떡이면서 무릎에 손을 짚었다.

《살을 에는 불길》을 집어먹은 대가가…… 슬슬 한계에 가까워지고 있다. 하지만 그전에 결판이 나리란 것은 명백했다.

관객 중에도 영애들의 승리를 믿는 자는 이제 거의 없었다.

"이, 이제 다 틀렸어……! 우리는 이대로, 어, 얼어 죽을 거야……!"

그렇게 신음하는 남자도 이가 덜덜 떨린다. 그만큼 처절한 한기가 객석을 싸고 있었다.

이미 노성도, 비명도, 환호성도, 성원도 들리지 않는 캄캄한 강철의 세계——.

　그저 죽음을 기다리고 있을 뿐인 광경 속에서, 그래도 영애들은 일어서고자 몸부림쳤다. 뮬은 오기 하나로 대검을 계속 쥐고 있었다. 아픈 늑골이 살라샤의 호흡을 방해했다. 엘리제의 가슴에는 '내가 방패가 되어야 한다.' 라는 성기사의 긍지가 싹트기 시작한다.

　메리다도 어떻게서든 얼굴만이라도 들려고 하지만, 이 무슨 일인지 몸이 전혀 움직이지 않는다. 흠씬 맞은 사지가 납처럼 무겁고, 손가락만 움직여도 뼈까지 격통이 인다.

　——죽음으로 이어지는 겁니다——.

　멍하니 마비된 사고 속에 가정교사의 목소리가 울렸다.

　어쩌면 그것은, 자신의 몸에 밴 그의 가르침이 메아리치고 있는 걸지도 모른다.

　자신의 마음에 불을 지펴 주는 것은 언제고 사랑하는 사람의 존재였다.

　——춥습니까? 괴롭습니까?

　——그렇다면 저항하세요!!

　——그렇게 고개를 떨구고 있으면 적은 기꺼이 목을 칠 겁니다.

　——자…….

마나를 태우세요!!

메리다의 등에 불똥이 날렸다. 진도 그것을 알아챈다.

"으⋯⋯으으⋯⋯아아아⋯⋯!!"

다 죽어가는 곰처럼 신음하면서도, 메리다는 팔을 들어 올렸다. 아찔해질 만큼 둔중한 감각을 버티며 손을 바닥에 짚고 상체를 들어 올린다.

조금씩 커지는 금색 기둥을 관객들도 멀리서 알아보았다.

"⋯⋯메리다 님이."

"일어났어⋯⋯⋯⋯."

사람들의 눈동자에 빛이 불쑥 비친다.

메리다는 더디게 상체를 일으키고 한쪽 무릎을 세운다. 구두 바닥에서부터 올라온 격통에 얼굴을 찡그린다. 후들거리는 손가락으로 칼자루를 쥐고 왼손을 바닥에 대고 버티며 다른 쪽 다리를 세운다.

무릎이 바들바들 떨리는 가운데 천천히 바닥에서 손바닥을 뗐다. 그로써 간신히 《적》과 정면으로 마주할 수 있게 되었다. 계속 참고 있었던 숨을 "하아아." 하고 토해낸다.

찌르면 바로 쓰러질 만큼 연약한 소녀를, 윌리엄 진은 조용히 노려본다.

"⋯⋯지금 든 생각인데."

진은 입을 열며 오른손 손바닥으로 붕대 다발을 모이게 했다.

다섯 손가락으로 꽉 쥐자 거기에는 아주 날카로워 보이는 검이 완성되어 있었다. 대체 어디에서 배운 것일까, 귀족 스타일의 검술로 메리다에게 칼끝을 향하면서 나머지 말을 흘린다.

"너는 우리의 《형제》는 될 수 없어."

메리다는 바닥을 찼다. 퍼 올리는 듯한 참격은 그러나 진의 훌륭한 검술 솜씨에 막힌다. 달려든 속도 그대로 다시 쓰러지는 메리다.

그것을 보고 있었던 남자 관객은 얼굴을 가렸다.

"아아…… 역시 틀렸어……!"

하지만 얼굴을 드는 자도 있었다.

"힘내라————! 메리다 님—————————!!"

그 말은 메리다가 아니라, 이상하게도 주위 관객들에게 활기의 불씨를 가져다주었다.

"……그, 그래. 힘내라……."

"힘내요! 밀리지 마요, 메리다 님!!"

"일어나세요! 우리 아이를 도와주세요!"

"그 자식을 해치워 버려————! 엔젤 가문의 성기사!!"

메리다의 구두 바닥이 타앙! 바닥을 힘껏 밟았다.

무릎에 손을 짚고 다시 일어선다. 진은 그 뒷모습에서 1년 전의 광경을 보았다.

"역시 그때 숨통을 끊어 놓았어야 했는데……."

진은 검을 손에 들고 붕대를 나부끼며 걸어 나왔다. 다른 세 명의 공작 가문 영애들은 이제야 겨우 상체를 일으킨 참이다. "리타." "……리타." "리타 양……!" 저마다 눈길을 쏟는다. 메리다는 아직 거친 숨을 조절하고 있다.

어째서 너는 한낱 사무라이 클래스이면서 그렇게까지…………

그러나 진 쪽도 한계가 가까워지고 있었다. 인조 란칸스로프의 육체가 강인하다 해도 제한 없이 화력을 높이는 《살을 에는 불길》을 계속 유지하곤 있을 수는 없다. 당장에라도 우리를 씹어 먹고 나오려 하는 악마의 사나운 성질이 몸 안쪽부터 사지에 칼을 씌우고 있었다.

이미 진의 외관은 태양을 집어먹은 불길의 화신 그 자체——.

결말은 머지않다. 진은 메리다의 배후까지 걸어간 다음 대충 검을 치켜들었다.

내려친다.

동시에 메리다도 그를 보면서 칼을 쓸어 올렸다. 도신이 격돌하고 서로의 검이 튕겨 나온다. 되받아친다. 부딪치고 또다시 궤도가 틀어진다. 진은 한 손으로 검을 힘껏 내려치고, 그것을 메리다는 완강하게 계속 물리친다. 애들 칼싸움 같은 지근 거리에서의 접전——.

수차례 무기를 맞부딪치고, 합을 겨룰 때마다 두 사람은 속도를 더해갔다. 검극의 템포가 서서히 올라가 무시무시한 비트를 연주하고 이내 현기증이 날 정도로 불똥이 정신없이 날아다닌다.

스타일을 바꿔 매끄러운 검술로 진은 검을 치켜든다. 상단 양손 잡기. 수직으로 내려치는 공격을 메리다는 《종이》처럼 피한다. 다시 말해 검의 풍압에 날리듯이 하여 맞기 직전에 훌쩍 몸을 돌려 피하고, 회전속도를 그대로 실어 반격을 가했다.

진은 딱 필요한 만큼만 물러섰다. 눈앞 몇 센티를 칼끝이 베어내는 것을 눈도 깜빡이지 않고 지켜본다. 그리고 지체 없이 발차기를 날렸다. 옆구리에 통타를 받고 메리다가 날아간다.

메리다는 곧바로 바닥에 손을 짚고 뛰어올랐다. 기가 막힐 정도의 스태미나. 가뿐하게 착지한 그녀와 바로 옆 공간을 베어버린 칼에 진은 별 뜻 없는 감상을 들려준다.

"좋은 칼이군."

그만큼 맞부딪치고도 날이 이 하나 빠지지 않았다. 메리다도 칼자루를 내려다본다.

"할이버지의—— 상공회의 칼……!"

메리다는 무슨 생각을 했는지 순간적으로 시선을 퍼뜨렸다. 그리고 달리기 시작한다.

옆 방향으로.

간격을 재는 것은 아니고—— 도망칠 길을 찾는 것도 아니다 ——. 진은 직후 깜빡한 사실을 떠올렸다. 메리다는 달려 나가자마자 이 무기고에 꽂혀 있는 허다한 무기 중에서 왼손으로 칼을 한 자루 더 뽑았다. 바닥이 찢어지고 불똥이 튄다.

"이도류냐……."

그리고 메리다는 크게 우회하면서 다시 진에게 달려들기 시작했다. 바닥을 찬다.

도약한 힘을 실은 메리다의 선제공격을 진은 옆으로 굴러 피했다. 몸의 탄력으로 일어나자마자 달려든다. 메리다도 칼을 끝까지 휘두른 기세를 이용해 몸을 반전시키고 질세라 파고든다.

중간점에서 격돌. 검 한 자루와 칼 두 자루가 불똥을 튀기며 맞물린다.

——직후.

메리다가 왼손에 들고 있었던 칼이 부서졌다. 검과의 교차점에서 칼끝이 튀어 날아가, 그 속도 그대로 진의 안면을 강습한다. 진은 오로지 반사신경이 시키는 대로 고개를 틀었다. 하지만 그런데도 칼날은 그의 왼쪽 눈을 깊숙이 후비고 후방으로 날아갔다. 허공에 흩날리는 피의 궤적.

"크아아아아아아아아아악?!"

안면에서 피를 내뿜으면서 신은 견디지 못하고 몸을 젖혔다. 두 발, 세 발 뒷걸음질 치면서 왼쪽 눈을 누르고, 그곳이 이미——빛을 비추지 않음을 깨닫는다. 오른쪽 눈이 처절하게 번뜩였다.

"노렸구나……?!"

"그래!!"

메리다는 지금이라는 듯이 파고들었다. 왼쪽 칼을 버리고 대신 허리띠에서 칼집을 뽑는다. 팔이 흐릿하게 보일 만큼 재빠르다. 오른손의 칼을 칼집 속에 떨어뜨렸을 때는, 틈이 드러난 진의 몸이 눈앞이었다.

"《발도개벽(拔刀開闢)…… 백휘야(白輝夜)》!!"

한계를 넘은 속도로 첫 번째 공격이 힘차게 뽑혔다. 칼은 붕대가 찢어진 진의 가슴팍을 정확히 포착했다. 칼을 거두며 이 섬, 삼 섬. 검이라고는 거의 생각되지 않는 장절한 참격음. 진의 동체 시력으로조차 따라갈 수 없는 자유자재로 변하는 궤도. 그는 깜짝 놀라 눈을 부릅떴다.

"이 스킬은, 그 녀석의……!!"

노도의 16연격이 박히고 진의 몸이 후방으로 미끄러진다. 사방에 퍼지는 선혈.

　메리다는 호흡 한 번 가다듬지 않고 다시 칼을 집어넣었다. 오른발을 미끄러뜨리며 발도에 들어간다.

　"《환도삼차(幻刀三叉)ㆍ절풍아(絶風牙)》!!"

　도신으로부터 날카롭게 날아간 충격파 세 개가 진의 오른쪽 무릎을 때리고, 복부를 베고, 안면을 노렸다. 원근감을 파악할 수 없는 그가 마지막 한 발을 크게 피했을 때, 메리다는 자신의 얼굴 옆으로 칼자루를 끌어당겼다.

　"《천도술(千刀術)……————.》"

　칼날을 희미한 빛이 뒤덮는다. 메리다는 바닥을 찼다. 진은 가만히 보고 있을 수밖에 없었다.

　돌출된 칼끝이 진의 가슴의 중심을 깊숙이 관통했다. 외친다.

　"《앵화(櫻華)》!!"

　메리다가 지닌 마나 전부가 세밀한 칼날이 되어 난무하고, 진의 체내를 잘게 손상시켰다. 등 쪽이 뚫리고, 그곳이 출구가 되어 피와 불길이 뒤섞여 쏟아져 나왔다.

　세상이 멈춘 듯한 몇 초의 교착——.

　메리다는 칼을 뽑고 두 발짝, 세 발짝, 방심하지 않고 간격을 벌렸다.

　진도 가슴을 누르고 두세 걸음 비틀거리며 자신이 만들어낸 피의 연못을 밟는다.

　"5년은 걸릴 거라 예상했는데…… 1년 만에 이렇게까지 될 줄이야…………."

진은 천천히 얼굴을 들고, 그 입가로부터 피와 함께 예상치 못한 말을 흘렸다.

"잘……했다."

"뭐?"

"이걸로, 진짜로, 얼굴 보는 건 마지막이다…… 메리다 엔젤…………."

비틀거리면서 한 걸음 한 걸음 내려간다. 층의 가장자리로——증기색의 배경이 다가온다.

진은 어떤 표정을 짓고 있을까……. 요동치는 가슴의 불길이 그것을 감추고 있었다.

"도박 시간은 끝났어……. 너라는 존재가 이제부터 세계에 어떤 파문을 일으킬지…… 후훗, 어떤 혼돈이 일어날지…… 기대하고 있으마…………."

휴우, 숨을 내쉬고 진은 허리를 폈다. 마지막으로 말한다.

"너는 이겼어."

직후, 진의 가슴이 폭발했다.

그곳에 봉해져 있던 《살을 에는 불길》이 관통되어, 축적돼 있었던 방대한 화력이 단숨에 해방된 것이다. 무시무시한 기세로 열파가 확산하여 주위의 모든 것을 날려 버린다. 메리다는 견디지 못하고 후방으로 굴렀다. 세 친구들은 머리를 감쌌다. 무기 몇 자루가 바닥에서 날아간다.

그 안에서——.

진의 몸은 반대 방향으로 날아가고 있었다. 센트럴 아스널 밖으로 튀어나가 아득히 먼 눈 아래의 지상으로 빨려 들어간다. ——만약 내려다본다 해도 그 모습은 이미 어둠에 섞여 보이지 않을 것이다.

폭발음이 하늘 저편까지 지나가고…… 이윽고 관객석에 있는 자들은 깨달았다.

폭발 순간, 머리를 감싸고 있었던 누군가가 조심조심 얼굴을 든다.

아들을 껴안고 있었던 모친은 그 체온이 확실히 느껴짐을 알았다.

서서히 웅성거리는 소리가 번지고, 주위를 확인한 사람들은 저마다 소리를 질렀다. 환호성을 날렸다. 뛰어올라 만세를 부르는 자도 있었다. 한 소녀는 눈물을 글썽이며 웃는다.

"빛이……!"

랜턴 안에 등불과 열이 되살아나고 있었다. 본래의 모습을 되찾은 셀레스트텔레스 개선문 지구는 흑철의 예술에 넥타르의 빛을 반사했다. 여기저기에서 환호성이 들끓었다. 기뻐하며 축하하는 사람들의 목소리가 울려 퍼졌다. 열광의 도가니 속에서 객석에 있었던 누군가가 자리에서 일어선다.

"공작 가문의 젊은 기사들에게 박수를!!"

객석의 모든 사람이 동작을 뚝 멈추고 투기장 중앙을 향해 몸을 돌린다.

"뮬 라 모르 님에게!"

시원스런 귀공자가 솔선해서 손뼉을 친다.

"살라샤 쉬크잘 님에게!"

꺅꺅대던 여성이 그 뒤를 따른다. 질세라 주위의 사람들도 손뼉을 쳤다.

"엘리제 엔젤 님에게!"

굵은 목소리가 울려 퍼지고 기병단 관계자석에서 떠나갈 듯한 박수가 울린다.

마지막으로 어린 여자아이가 아직 비 없이 귀여운 손바닥을 짝짝 맞췄다.

"그리고…… 메리다 엔젤 님에게."

눈부신 환호성과 박수의 파도가 번져 전 방향에서 센트럴 아스널을 뒤덮었다. 특히 그곳에 있는 네 영애들을 말이다. 메리다와 겨우 몸을 일으킨 엘리제, 살라샤, 뮬은 서로를 부축하며 일어나 재빨리 얼굴을 마주한다.

"빠……빨리 내려가자."

주목받는 건 딱 질색이다. 냉큼 몸을 돌려 아래층을 향하는 메리다 일행이었다.

"학교 사람들은 괜찮을까?"

기절한 도트리슈 학생을 업으면서 뮬이 말했다. 살라샤가 이어 말했다.

"프리데스위데의 선생님이 인솔해 주시고 있었으니 괜찮으리라 생각하지만……."

"저기 좀 봐. 리타!"

엘리제가 날카롭게 소리쳤다. 어딘가 먼 쪽을 손가락으로 가리키고 있다.

그 방향을 더듬어가자──투기장 바깥쪽의, 즉 전시관이 불타고 있는 것이 보였다. 대체 무슨 일이 있었기에?! 엄청난 참극의 흔적이 남아 있다……!!

그러나 엘리제가 절박한 소리를 지른 까닭은, 그보다 더 앞에 있는 것 때문이었다.

"저기…… 입구 근처! 리타가 보여준 지도에 있었던……."

말하고자 하는 바를 새삼 헤아리고서 메리다는 '헉' 하고 숨을 들이쉬었다.

"몰드류 무구 상공회의…… 할아버지의 천막 근처야!!"

† † †

《살을 에는 불길》이 폭발해 사방으로 흩어진 직후의 일이다──.

결전장에서 추락한 진이 어떻게 됐느냐면, 당연한 말이지만 자력으로는 어찌할 도리가 없었다. 숨이 붙어 있는 것이 신기할 정도로 만신창이였으니 말이다. 이대로 지면에 떨어져 죽는 건가, 하고 멍하니 생각했을 때 갑자기 시야를 한 인물이 가로질렀다.

센트럴 아스널의 하층으로부터 청년 한 명이 몸을 날리고 있었다. 정확히 진이 낙하하는 순간에 층의 가장자리에서 튀어 나가 떨어지는 그의 몸을 날렵하게 받은 것이다. 그대로 공중에서 자세를 추스르면서 미끄러지듯이 지면에 착지했다.

구두 바닥이 닿은 순간, 지면이 푹 꺼지고 굉음이 느긋하게 울렸다. "으윽." 청년은 등을 구부리고 양팔을 부르르 떨었다.

"다, 다이어트 좀 해 주지 않겠어……?"

"……말이 심하네. 나, 슬림하거든."

농담이야 어떻든 간에, 타이밍을 가늠하고 진을 구출해 준 것은 바로 쿠퍼였다. 그는 군복 품에서 약병을 꺼낸 다음 내용물을 진의 몸에 대충 뿌렸다.

가슴의 장절한 상처를 중심으로 찢어진 피부에서 연기가 피어오른다.

"ㅇㅇㅇㅇㅇㅇ윽…… 아려!!"

그래도 죽는 것보다는 훨씬 나은 고통이기는 했다. 진이 아이같이 몸부림치며 뒹구는 동안 미로의 출구에서 또 다른 인물이 이쪽으로 걸어온다.

"임무 수고 많았다, 윌리엄 진."

바로 백야 기병단 단장이다. 태평하게 담배를 피우고 있는 모습을 보아하니 《애너벨의 사도》 소탕은 순조롭게 끝난 모양이다. 진이 원망스러워하며 그쪽을 쳐다본다.

"……죽을 뻔했지만요."

"그래, 네 충성심은 똑똑히 봤다."

단장은 뺨에 살짝 튀어 있던 피를 닦고 말을 계속한다.

"테스트 기간은 끝이다. ——너의 백야 기병단 입단을 정식으로 승인하지."

심통이 났는지, 환영한다는 듯이 팔을 벌리는 단장에게서 진은 시선을 돌린다.

"……그거 고맙네요."

엄밀히 말해 진은 《이중 스파이》이긴 했다. '백야 기병단에 잠입한 애너벨의 사도의 자객──을 가장하고 실제로는 여명 희병단의 범죄계획을 누설하는' 임무를 띤.

그가 과연 어느 편이었는지.

──이번에 목숨을 걸고 그것을 증명한 셈이다.

이때 관객석에서 우레와 같은 박수가 일었다. 단장은 머리 위를 보았지만, 빛이 되살아났어도 센트럴 아스널의 상층까지는 보이지 않는다.

"《무능영애》는 암살을 거부했군. ……나 원, 진짜 터프한 아가씨구만. 매번 놀라."

북북 머리를 긁는다. 쿠퍼는 그런 상사의 입가를 슬쩍 살핀다.

"이걸로 메리다 양은 편안히 죽지도 못하게 됐다. 엔젤 가문의 위신을 짊어지고 계속 싸워 나갈 수밖에 없게 됐어. 상상을 불허하는 길이지……! 오늘 여기서 비극적인 죽음을 맞이하는 편이 좋았을 거라고 생각할지도 모른다고, 《무능영애》와──."

그의 곁눈질이 찢어 가르는 듯한 적의를 띤다.

"그녀를 부추긴 어느 양반은."

쿠퍼는 천천히 일어나 그의 눈길을 정면으로 받아냈다.

"글쎄, 어떨까."

각오의 칼날이 두 사람의 중간에서 드높은 소리를 내며 부딪친 것을, 진은 또렷이 느꼈다——.

이때 네 번째 사람의 구두 소리가 울렸다. 미로에서 노인 한 명이 기어 나온 것이다.

"……이건 도대체, 어찌 된 일인가……?"

요 몇 시간 사이에 더욱 늙어버린 것처럼 보이는 몰드류 경이었다. 본인은 다친 데가 없어 보이지만 몸에 걸친 쥐스토코르는 피투성이가 되어 있었다.

"계획이…… 어, 언제부터 변경된 거야? 나, 나는 아무 말도 듣지 못했는데. 여, 여명 희병단 사람들은 어디로……? 왜 아무도 나를 데리러 오지 않는 거지…………?"

"……이보세요, 몰드류 경."

단장은 아이에게 이치를 설명하듯이 북북 머리를 긁어댄다.

"우리 백야는 체제 측 인간이라고요? 설마 진짜로 범죄조직과 손을 잡을 거라 생각했수?"

"세상에…………."

"평의회의 인간이라고 해도 정도란 게 있는 법인데, 최중요 군사거점에 이렇게 대놓고 테러리스트들을 초대하는 당신을 내버려 둘 순 없지요. 《무능영애》나 여명 희병단뿐만 아니라 당신도 우리의 숙청 대상에 들어 있었습니다."

손가락 세 개를 척 세우고 하나하나 접으면서 세는 단장.

"이번 작전에 있어서 우리의 목표는 셋. 《무능영애》를 암살하는 것, 미끼에 걸려든 《애너벨의 사도》를 전멸시키는 것 그리고 범죄조직과의 커넥션을 가진 위험인물—— 헤이미쉬 몰드류를 권력의 자리에서 배제하는 것!"

"……윽."

두 발짝, 세 발짝 뒷걸음질 치는 몰드류 경을 보며 단장은 어깨를 으쓱한다.

"뭐, 그중 《한 가지》는 실패했지만 말이죠."

"말도 안 돼……. 나, 나는……!!"

"안심하세요, 우리가 스캔들을 일으키지는 않을 테니까. 의미도 없고. 상공회의 경영은 후계자 거트루드 회장에게 모든 권한을 양도한 다음에…… 당신은 은거해 주셔야겠습니다."

단장은 사신같이 선고한 후 뒤에 있는 부하들을 향해 대충 손가락을 흔든다.

"붙잡아."

쿠퍼가 걸어 나오고, 몰드류 경이 "히익!" 하고 뒷걸음질 친 직후의 일이었다.

그들의 눈앞에서 쇳덩어리가 격돌했다. 지면이 크게 말려 올라가고 모래 먼지가 부풀어 오른다.

단장은 즉시 얼굴을 감쌌고, 이어서 튕겨 나가듯이 상공을 올려다보고 이해했다. 격투의 여파인지 센트럴 아스널의 상층에서 철골이 벗겨져 무너진 것이다.

깜짝 놀라 그가 얼굴을 되돌렸을 때는 이미 늦었다.

모래 먼지가 개자 피투성이 노인의 모습은 홀연히 사라져 있었다. 부하를 나무랄 순 없지만…… "칫!" 하고 혀를 차는 것은 참을 수 없었다.

"아아, 젠장, 재수도 없네!! 너희, 빨랑 뒤쫓아 가!"

"어? 나도?"

놀라서 되묻는 진. 단장은 죽은 사람에게 채찍질하는 것처럼 그의 어깨를 몇 번이고 때렸다.

"당연하지! 우리 부대에 휴식은 없어! 빨리 일해, 부지런히 일하라고!"

"누가 변호사 좀 안 불러주나……."

"재판관이라면 소개해줄 수 있는데?"

가벼운 농담으로 서로의 피로를 얼버무리면서 쿠퍼와 진은 빠르게 미로로 뛰어든다.

어디로 도망갈 것 같아? 진은 시선으로 그렇게 물었다.

쿠퍼는 다소 감상적으로 대답한다.

"《자신의 집》이 아닐까."

† † †

전시관은 여전히 불길에 휩싸여 있었다. 아머먼트 키마이라가 일으킨 참상이다. 지금은 인명구조가 최우선—— 콘테스트의 학생선수들은 벌써 전시관에서 탈출했고, 박람회 출품자들도 기병단의 유도에 따라 대부분이 피난을 마쳤다.

하지만 그런 와중에 남겨진 자가 있었다.

바로 여태껏 의무실에서 자고 있었던 한 남학생이다.

"대체—— 이건—— 뭐가 어떻게 된 거지——?"

샤록 윌리엄즈는 몽롱한 머리로 정처 없이 불의 바다를 헤맸다. 그것도 당연한 것이, 퍼레이드 도중부터 기억이 끊어진 데다가 피부를 굽는 열기와 얼굴에 엉겨 붙는 검은 연기가 사고를 어지럽게 만들고 있다.

　"펜드래건 교장 선생님은……? 퍼레이드는……? 콘테스트는……?! 아무것도 생각이 안 나…… 으으윽! 나는 아직 자고 있는 건가……?"

　현실을 초월한 광경까지 덮쳐 샤록은 걷는 것을 포기해 버렸다.

　무릎을 푹 꿇고 주위의 악몽을 거부하며 주저앉는다.

　"마, 맞아……. 나는 분명, 아직 저택의 침대에서 자고 있는 걸 거야……. 빨리 일어나서, 학교 사람들과 박람회에 가야 하는데…… 자, 깨라. 악몽이여, 깨라……!!"

　그때 그의 머리 위에서 불똥이 터졌다.

　현실을 뼈저리게 깨닫게 하는 것처럼 불길을 감은 스탠드가 샤록 쪽으로 쓰러진다. 그는 얼굴을 번쩍 들었다. 서서히 덮여 오는 불길의 벽이 눈동자에 비쳤다.

　"우우……우와아아아아아악?!"

　지면이 흔들렸다.

　스탠드가 산산조각 나 부서지고 불길을 감은 파편이 부채꼴 모양으로 굴러간다.

　그것을 샤록은 보고 있었다. 발끝, 불과 몇 센티 거리 차이로 화를 면했다.

전적으로── 깔리기 직전에 목덜미를 쥐고 뒤로 잡아당겨 준 자가 있었기 때문이다.

"⋯⋯⋯⋯."

윌리엄 진은 아주 비슷한 이름과 용모의 소년을 조용히 내려다보았다.

"어, 고, 고맙, 스, 습⋯⋯니다⋯⋯?"

띄엄띄엄 말하는 샘록에게서 진은 손을 뗀다.

그러는가 했더니 다시 그 손가락을 소년의 목으로 뻗어── 멈칫, 직전에 움직임을 멈춘다. 발끝에 넘치고 있었던 살의가 아주 잠시 아지랑이처럼 흔들리고, 흩어진다.

──사실은 오늘 여기서 너를 죽여 버려도 됐다.

다섯 손가락을 꾸욱 쥔다.

──하지만 나는 도박에 모든 것을 걸었다. 이것을 《패배》로 볼지 말지는⋯⋯.

그다음 생각은 마음속으로 삼켰다. 진은 머리를 흔들고 다시 샘록의 멱살을 쥐고 일으켜 세운다. 정신 차리라고 말하고 싶었는지, 그의 등을 두드린다.

"지금은 투기장에 있는 편이 오히려 안전해. 관객에 섞여서 유도 지시를 따라라."

"네? 아, 네엡!"

샘록은 반사적으로 순순히 수긍한다. 아무래도 청년이 가리키는 방향이 안전한 길 같다.

그러나 막 달리려고 한 샘록의 팔을 진은 다시 한번 잡았다.

등 뒤에서 귓가에 입술을 대고 말한다.

"……아버지와 어머니에게 전해, 《수치스러운 장남》은 반드시 돌아간다고."

"————네?"

샴록은 홱 돌아보았다.

하지만 이미 붕대를 감은 청년의 모습도, 팔을 잡은 손의 감촉도 사라지고 없었다.

아지랑이로 인한 신기루였던 걸까? 그렇다면 자신의 목숨을 구해준 것은? 귓가에서 속삭여 온 목소리는? 그 음성을 자신은 잘 알고 있는 기분이 든다.

"…………형?"

그를 부르는 불확실한 목소리는 탁탁 불똥이 터지는 소리에 사라졌다.

그 무렵, 불바다 속을 방황하며 걷는 또 한 명의 인물이 있었다.

바로 몰드류 경이다. 쿠퍼가 상상한 대로 지금 그가 기댈 수 있을 만한 장소는 자신이 쌓아 올린 성 외에는 없었다.

하지만 그마저도 지금은 불에 휩싸여 처참하게 타고 무너졌다. 웅장하고 화려하게 장식한 전시대들이 위세 좋게 불탄다. 불길의 혓바닥이 상공회의 깃발을 핥는다. 상인들의 호령은 어디서도 들리지 않는다. 철을 때리는 뜨거운 소리도 울리지 않는다. 전부, 전부 다 자초한 일이다————.

몰드류 경은 발밑에 검 한 자루가 뒹굴고 있음을 깨달았다. 주워든다.

밟히고, 걷어차이고…… 검댕에 더럽혀져 있었다. 그는 정처 없이 고개를 돌린다.

"닦아야 해……."

불안한 발걸음으로 걷기 시작했을 때 또 다른 구두 소리가 울렸다.

새로 다가온 인물은 불바다 속을 열심히 달리고 있었다. 반지르르한 금발이 거울처럼 불길을 반사해 더욱 빛난다. 그녀는 지나치기 직전에 몰드류 경의 뒷모습을 발견했다.

"──할아버지!!"

메리다는 깜짝 놀라 멈추어 섰고 그리고 안도했다.

관객석에서 블랑망제 학원장 이하 학원 사람들과 합류하고 대강의 상황은 들었다. 전시관에서는 이미 피난이 시작됐다. 남아 있는 사람이 있을 리가 없다……. 다른 사람이 그렇게 알아듣도록 타일러도 좋지 않은 예감이 가슴 안쪽을 쥐어뜯었다.

뛰쳐 나오길 잘했다. 할아버지는 예상대로 당신의 부스에 남아 있었다. 메리다는 어떻게든 그에게 다가가려고 했지만, 무너져 내린 잡동사니가 불길을 걸치고 열풍이 앞길을 막는다.

"할아버지, 빨리 이쪽으로! 같이 도망쳐요!"

"……메리다."

몰드류 경은 멍하니 이쪽을 돌아보았다. 혹시 박람회가 엉망진창이 되어 충격을 받은 나머지 상황이 이해 가지 않는 걸까?

억지로라도 가까이 가고 싶은데. 그렇게 생각한 직후에 불어 닥친 돌풍이 불길의 융단을 말아 올려서 메리다를 주춤하게 한다.

강인하게 돌파하고 싶어도 아까의 격전으로 마나는 마지막 한 방울까지 전부 쥐어 짜낸 상태다.

그리고 몰드류 경의 손에는, 검———.

결국 그는 눈앞이 보이지 않는 것처럼 이야기하기 시작했다.

"메리다…… 나는 말이다, 어렸을 때…… 마나의 기사가 되고 싶었단다."

"네……?"

"멋있잖니? 검에서 빛을 방출해 나쁜 사람을 썩둑! 하고 해치우는 게. 정말 동경했어……. 어른이 되면 기사가 되어 사람들을 지킬 거라고 의심하지 않았지."

몰드류 경은 천천히 검을 휘둘러 전시대를 핥는 불길을 물리쳤다.

아주 잠시 그는 그 검 자체가 마나를 걸친 것 같은 환상을 보았다.

"어린애였으니까 말이야…… 몰랐던 거지. 귀족의 피가 없으면 기사가 될 수 없다는 걸. 조금이라도 그들과 가까워지고 싶어서 무기를 취급하기 시작해 봤지만…… 아무리 상공회를 크게 키운들 마음은 조금도 채워지지 않았어."

도신을 어루만진다. 틀림없는 일급품이다.

하지만 그것을 휘두르는 건, 이 뼈만 남은 앙상한 손이 아니다———.

"그래서…… 기뻤단다. 메리노아에게 페르구스 공이 첫눈에 반했을 때는. 형식적으로라도 귀족이 될 수 있어서, 나, 나도 기사 무리에 들어간 것 같은, 그런 기분이 들었지……."

몰드류 경은 손에서 검을 놓았다. 철로 된 바닥에서 튀어 오르는 금속음이 메리다의 어깨를 들썩이게 했다.

이미 몰드류 경은 메리다 쪽을 보고 있지도 않았다. 활활 타는 금색을 닮은 불길에서 무엇을 찾아낸 걸까. 말투가 공허해진다.

어느 무렵을 떠올리고 있는 걸까?

"아아, 어여쁜 메리노아…… 장사에 관해 눈곱만큼도 모르면서 늘 사업 이야기에 들러붙어서는……『지루해』라며 입을 내밀고 그랬지, 정말 골치 아픈 애였어. 그러다가도 집에 가는 길에 아이스크림을 사 주면 금세 기분을 풀었었지…… 후후후."

기억을 서서히 과거에서 현재로 돌리고 있는 모양이다. 갑자기 눈가가 탁해진다.

"……그 아이가 부정을 저질렀었다니, 나는 믿고 싶지 않았어. 그, 그런 건 당연히 거짓말이지!! 세상이 발밑부터 무너져 내리는 것 같은……━━━━━ 아아, 그래."

몰드류 경은 겨우 현실을 보았다. 눈앞에서 불타 무너지는 세상을 보았다.

"그래서 내가 이런 일을 벌였구나……. 어리석었어………."

"하, 할아버지?"

"미안하다, 메리노아……. 너를 의심하다니, 내가 미쳤었나 봐. 하필이면 메리다를, 내 소중한 보물을……. 아아, 아아아,

내가 대체 무슨 생각을 하고 있었던 거람."

비틀거리면서 발을 내디딘다. 그것이 자신과는 정반대 방향이었기 때문에 메리다는 당황했다. 몰드류 경은 향하는 곳이 불바다일지라도 멈추어 설 기미가 없다.

"곧 사과하러 가마. 용서해 주겠니? 사랑하는 메리노아………."

"잠깐만요!! 할아버지!!"

직후, 굉음과 함께 오른손 쪽의 전시대가 눈사태를 일으켰다.

실제로 굴러떨어지는 것은 불덩어리였지만, 아무튼 메리다는 얼굴을 가렸다. 순간, 메리다의 몸이 뒤로 세게 끌어 당겨졌다. 믿음직한 가슴팍과 체온 그리고 익숙한 군복의 냄새에 감싸인다.

깜짝 놀라 눈을 뜨자 자신을 안는 늠름한 팔이 보였다.

"──선생님!"

쿠퍼는 몸을 비스듬히 기울여 메리다를 감싸면서, 전방을 예리하게 쏘아보고 있었다.

"누구냐!!"

어?! 메리다도 퍼뜩 얼굴을 돌린다.

물론 몰드류 경에게 한 말은 아니었다. 한 명 더 있었다. 잡동사니가 길을 막고, 불길이 쌍수를 들어 시야를 가린다. 그 건너편에서 몰드류 경 옆에 어느 틈엔가 또 다른 인물이 서 있었다.

아지랑이가 심술을 부리듯 그자의 모습을 가린다. 하지만 한쪽 팔을 몰드류 경의 등에 댄 것이 보였다. 그리고 몸을 돌린다. 망연자실한 몰드류 경은 시키는 대로 따른다.

"기다려!! 그 사람을 어디로 데리고 갈 셈이냐!"

쿠퍼의 목소리에 대답이 돌아올 까닭이 없었다. 메리다는 그의 팔에 보호받으면서 필사적으로 손을 뻗었다. 할아버지의 뒷모습이 멀어진다.

"할아버지……!!"

대답해 주지 않는다. 목소리가 들리지 않을지도 모른다. 메리다는 갑자기 어머니와의 사별이 떠올랐다. 소녀의 필사적인 외침이, 비극의 막을 내리듯 불길 속에 울려 퍼진다.

"할아버지이―――――――!!"

이윽고 메리다의 몇 안 되는 육친은, 불의 바다 저편으로 끌려가 버렸다――.

† † †

겨우 불길이 가라앉고 있는 전시관을 성벽 위에서 바라보는 자가 있었다.

망원경을 눈가에서 우아하게 치운 그는, 세르주 쉬크잘이다.

"이제야 정리된 것 같군……."

그 입가에는 평소와 같이 온화한 미소가.

――만족감이 드러나 있었다.

그런 그의 곁에, 배후에서 다가가는 다른 그림자가 있다.

"……이 작전에 허가를 내린 건 자네인가."

세르주는 뒤돌아보고서 환영하듯이 양팔을 벌렸다.

바로 다망하고 다망하신 기병단의 우두머리, 엔젤 가문의 현 당주님이다.

"페르구스 공! 당신까지 이리로 오셨을 줄이야……!"

페르구스의 매서운 눈빛은 흔들리지 않았다. 이목구비가 뚜렷한 얼굴에 음영이 생긴다.

"등화 기병단에 전사자가 몇 명 나왔다."

"안타까운 일입니다."

그러면서 가슴에 손바닥을 대는 세르주는 진심으로 그들을 애도하는 것처럼 보였다.

"하지만 보십시오. 이걸로 프란돌은 깨끗해졌어요!"

무대 위 배우처럼, 전시관 방향을 향해 손바닥을 든다.

몹시 황폐해진 전시장의 어디가 깨끗하다는 걸까? 페르구스에게는 이해가 되지 않았다.

"여명 희병단의 지휘관 클래스는 근절했습니다. 이제 남은 자들은 잔당……! 프란돌 최악의 범죄조직은 오늘을 기해서 《괴멸》이라고 보도해도 지장이 없을 겁니다."

여전히 못마땅한 얼굴을 하고 있는 페르구스에게 세르주는 정취를 음미하며 계속 말했다.

"오늘 이 기회에 그들의 숨통을 끊어놓지 못했다면 사람들은 앞으로도 불안한 밤을 보내야 했을 겁니다. 희생자는 민간에도 이르러 수백 명, 수천 명이 죽었을지도 모르죠……! 하지만 오늘부터! 그들에게는 평온한 내일이 약속되는 겁니다!!"

세르주는 양팔을 들어 있지도 않은 스포트라이트를 받았다.

단 한 명 있는 관객으로부터는 대답이 없다. 김이 샌 세르주는 팔을 내렸다.

걷기 시작한다.

서서히 줄어드는 거리. 페르구스의 허리에는 장검. 세르주의 손에는 홀쭉한 망원경.

교차의 순간, 시간이 멈춘 것 같은 착각——.

그대로 아무 일도 없이 눈을 마주치지도 않고 세르주는 지나갔다. 그의 뒷모습이 멀어지고, 페르구스는 그제야 돌아보며 말했다.

"세르주 쉬크잘…… 무슨 생각을 하는 거냐."

꼼짝없이 드러난 《무능영애》의 클래스, 마침내 괴멸된 흉악한 여명 희병단, 인간과 란칸스로프가 점차 섞이는 세계——.

역사상 최연소 왕작의 탄생을 계기로 프란돌이 유례없는 경지에 나아가려고 하는 것을, 페르구스는 몸서리와 함께 예감하고 있었다.

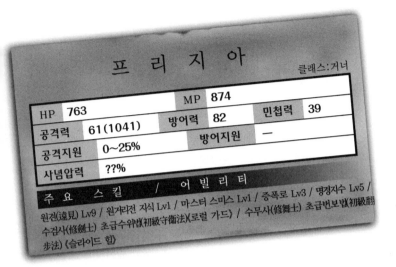

프 리 지 아

클래스:거너

		MP	874		
HP	763				
공격력	61(1041)	방어력	82	민첩력	39
공격지원	0~25%	방어지원	—		
사념압력	??%				

주요 스킬 / 어빌리티

원견(遠見) Lv9 / 원거리전 지식 Lv1 / 마스터 스미스 Lv1 / 증폭로 Lv3 / 명경지수 Lv5 / 수검사(修劍士) 초급수위법(初級守衛法) 《로럴 가드》 / 수무사(修舞士) 초급변보법(初級翻步法) 《슬라이드 힙》

【종사 / 거너】

양한 총기에 마나를 넣어 싸우는 저격수 클래스. 자신의 간격을 유지할 수 있다면 모든 적을 상대로 우위에 서서
울 수 있다. 터득하는 스킬, 어빌리티도 원거리전에 특화되어 있으므로 운용방법이 헷갈리는 일은 없을 것이다.
성 [공격 :C 방어 :C 민첩 :C 특수 : 원거리공격 A 공격지원 :B 방어지원 :—]

Secret Report 망령빙의

여명 희병단이 타도 프란돌을 위해서 내세우고 있었던 최종전략, 일종의 콘셉트다. 그 위력
은 필설로 다 설명할 수 없지만, 다행인 것은 일곱 개 전부가 실용화에 이르지는 않았다는
점이다.

몇 안 되는 성공 사례인 《살을 에는 불길》《임계도달》그리고 《애너벨의 사도》를 일거에
투입한 이번 선택에는 확실히 눈이 휘둥그레지지만, 결국은 그 헛된 집념이 그들 자신을 멸
망시키는 《재해》가 되었다 할 수 있겠다.

HOMEROOM LATER

월리엄즈 저택의 자랑이라고 하면 바로 크리켓 경기가 가능할 정도로 넓은 정원이다.

그 광경이 확실히 대단하긴 한지, 손에 꼽을 만큼 뛰어난 아가씨 학교에서 성장한 셴파 쯔베토크로 하여금 지금까지 본 어느 정원보다도 선선한 바람을 느끼게 했다. 올리브 밭에는 하얀 비둘기가 노닌다.

상류계급에 있어서 정원의 질은 곧 안주인의 스테이터스———.

언젠가 나도 이 정원을 물려받게 되는 걸까, 하고 셴파가 멍하니 생각했을 때.

테이블 맞은편에서 조급하게 들리는 찻잔 소리가 났다.

"저는 뭐가 올바른 일인지 모르겠어요……!"

샴록 월리엄즈는 모처럼 약혼자와 단둘이 갖는 티타임인데도 줄곧 짜증이 난 듯한 태도를 숨기지 못했다. 셴파는 몰래 탄식한다.

그의 화제는 오로지 테이블 한가운데에 펼쳐진 신문기사에 관해서였다.

"기병단의 보이지 않는 활약으로 여명 희병단이 괴멸……?"

1면에 그렇게 칭송되어 있었다. 기사 왈, 범죄자들은 강철궁 박람회를 노린 목숨을 건 테러를 계획하고 있었다. 하지만 그것을 사전에 감지한 기병단의 정예부대가 까딱하면 위험할 순간에 만행을 저지했다. 기적적으로 민간인 사상자는 제로. 그리고 이 작전에 모든 것을 걸었던 여명 희병단은 결국 중핵이 완전히 붕괴하여 실질적인 괴멸에 이르렀다──는 것이다.

이해할 수 없는 점도 많았다. 여명 희병단은 목숨을 건 총력전을 펼쳤다지만, 어떻게 그 많은 숫자가 철벽을 자랑하는 셀레스트렐레스 개선문 지구에 잠입할 수 있었는지. 작전 결행까지 어떻게 잠복해 있을 수 있었는지. 상당한 대규모 전투가 일어났다고 하는데 민간인 사상자가 제로? 직전에 감지한 것치고는 너무나 깔끔하게 처리된 게 아닌지…….

풍자하는 기자는 요새의 허술한 방어망을 철저하게 규탄하기도 했다. 이에 관해서는 기병단 측으로부터도 반론이 있어, 지금도 상당한 설전이 펼쳐지고 있는 모양이다. 그것들의 전말을 장장 쓴 기사 중에…… 조그맣게 아래와 같은 기술도 보였다.

『장 설리번 전문 아카데미 전 교장 펜드래건. 사직』

사자 머리 사진도 첨부되어 있고, '아카데미에서의 생활은 과오로 가득 찬 나의 생애에, 많은 결실이 있는 경험을 가져와 주었다.' 라고 말한 코멘트도 곁들어져 있다. 사직? 많은 결실? 이것만은 학생인 샴록도 배경의 사정을 헤아렸다.

요컨대 서약서가 불완전한 것이었다는 사실을 밝힐 수 없었던 것이다. 까딱하면 그가 다수의 사상자를 낼 뻔했다는 이야기가 알려지면 인간 측과 거래하고 있는 《이웃》은 예외 없이 숙청해야 한다는 방향으로 민의가 움직일 것이다.

그렇게 되면 곤란한 자가 많이 있다. 민간에도, 아마 권력자들 중에도…….

그래서 은폐된 것이다. 퍼레이드 중에 샴록이 의식을 잃은 뒤 펜드래건이 어떤 말로를 겪었는지는 상상하기 어렵지 않다. 장 설리번 강사들은 완상하게 입을 다물 테고, 이사회는 곧장 차기 교장을 선정할 것이 틀림없다…….

"믿을 수 없어요!!"

샴록은 테이블을 두드렸다. 한번 의심해 버리면 모든 기사가 기만으로 보이기 시작하는 법이다. 기병단이 활약했다는 것도, 여명 희병단이 괴멸됐다── 이제 안심하고 살 수 있다는 것조차도.

그가 격앙할 줄 알고 있었던 센파는 미리 컵을 들어 올리고 있었다.

"몰랐었나요? 샴록 님."

센파는 접시에 컵을 되돌리고 말한다.

"세상에는 학교에서 가르쳐주지 않는 일밖에 없어요."

"그건……."

"저는 당신보다 아주 조금 빨리 그것을 배웠답니다."

분한 것처럼 입술을 깨무는 샴록의 모습을 센파는 아주 어린애 같다고 생각했다.

"기억해 두세요, 세상에는 더 지독한 이유로 멸시당하는 사람

도 있어요. 없었던 일로 간주되는 일도 있고요. 물론 저도 그것
이 좋다고는 생각하지 않아요."

"그럼 어떡해야 할까요?!"

"안 이상에는 외면하지 않을 것."

자기 자신을 타이르는 것처럼 센파는 적극적으로 나선다.

"그리고 생각하는 거예요! 그것을 아는 자신에게 무엇이 가능
한지를……."

"……저는 모르겠어요."

"같이 생각해 주세요."

센파는 신문 다발을 몇 장 넘겼다. 여명 희병단의 괴멸과 비슷
한 공간을 할애받은 또 다른 스캔들이 있다.

그것 역시 이제는 외면할 수 없는 《진실》이었다.

『공작 가문 메리다 엔젤의 클래스는 사무라이!! 이것이야말
로 움직일 수 없는 증거인가?』

친절하게도 퍼레이드에서 장검을 든 메리다의 사진이 게재되
어 있었다. 이제부터 그녀에게는 《무능영애》라며 무시당하던
무렵보다도 더 큰 역풍이 휘몰아치게 될 것이다. 그것을 그녀는
그 자그마한 몸으로 계속 뚫고 나가야만 한다.

──쿠퍼 선생님. 제 가련한 후배를 이끌어 주세요……!

센파는 눈을 감고 작은 기도를 올린다.

그리고 결연하게 등을 펴고 말했다.

"샤록 님, 오늘은 사실 이 이야기를 하러 왔어요. ——우리 약혼, 당분간 연기해 주실 수 없을까요?"

"네, 네에……?!"

"당신이 아카데미를 졸업하면 곧장 호적에 올리기로 했었지만, 제 쪽의 사정이 변했어요. 딱히 약혼을 파기하고 싶은 건 아니에요."

셴파는 홍차를 한 모금 머금고 입술을 촉촉이 적신다. 샤록은 쉰 목소리로 물었다.

"그, 그렇다면 어째서……?"

"조금 전 당신이 화낸 것과 똑같은 이유."

가벼운 말투로 대답하고 셴파는 컵에서 입술을 뗀다.

"저도 《아는 자》의 한 명으로서 무언가를 하지 않고는 못 있겠어요."

그녀는 무의식적으로 신문을 어루만졌다. 지면 끝에 자그마한 크기로 아래와 같은 기사가 실려 있었다.

『헤이미쉬 몰드류 경, 행방불명. 추궁으로부터 도주—— 진상은 과연?』

정원에 선선한 바람이 분다. 그러나 이 평화로운 공기를 당장에라도 혼란의 불길이 깡그리 칠해버리는 게 아닐까 하고, 셴파는 이루 말할 수 없는 불안을 품었다.

† † †

　축축한 공기가 가득 찬 어두운 통로. 왠지 모르게 호흡이 무겁고…… 압박감이 느껴진다. 지하겠지, 하고 헤이미쉬 몰드류 경은 눈치챘다.

　통로에 드문드문 배치된 것은 신기하게도 넥타르의 등불이 아닌 전기 빛이었다. 하지만 약하디약해 당장에라도 퓨즈가 날아가 꺼지는 게 아닐까 싶을 만큼 위태롭다.

　"이런 늙은이를 어디로 데려갈 셈이지……?"

　몰드류 경은 생기 없는 목소리로 물어보았다. 통로에 구두 소리는 둘.

　불길에 싸인 전시관에서 구출되고 나서—— 과연 구출된 걸까? 아무튼 몰드류 경은 어디로 가는 건지도 모르고 《그》의 뒤를 따라가는 수밖에 없었다.

　——애당초 무엇 때문에 자신의 목숨을 구한 걸까?

　전방을 선도하고 있었던 인물이 불확실한 어둠의 건너편에서 돌아본다.

　"오호호, 그렇게 경계하지 마시고! 무기 상인끼리 친하게 지내지 않겠습니까!"

　기계음과 함께 몸을 틀고 남자는 묘한 노래를 흥얼거리면서 걸어간다.

　피에로 페인팅을 한 안면이 약동감 넘치는 웃는 얼굴을 만들었다.

"해피이~ 해피 클로버~! 오~호호호호호…………!"

대화가 될 듯 되지 않는다. 몰드류 경은 한숨을 한 번 흘리고 터벅터벅 걸음을 옮긴다. 레이볼트 재단 사장과 몰드류 무구 상공회 전 총수. 무기산업 거두들의 모습은 금세 전깃불조차 비추지 않는 통로 안쪽으로 사라졌다.

어디로 가는지도 명확하지 않은 채……————.

† † †

쿠퍼는 열차의 벽에 기대어 창문의 빛을 쬐고 있었다. 사람이 없는 전망실. 불은 꺼달라고 했다. 단적으로 말해, 남의 눈에 띄면 안 되는 것을 읽고 있기 때문이다.

『몰드류 경의 행방, 여전히 포착하지 못해』——.

바로 백야 기병단으로부터 온 보고서다. 강철궁 박람회로부터 하룻밤 지나고 백야가 밤새도록 조사해도 거처를 파악하지 못했다고 한다. 사망했을 리는 없다……. 역시 잘못 본 것이 아니라 그를 데려간 누군가가 있다고 생각하는 것이 타당하리라.

그렇지 않아도 현재 메리다에겐 걱정거리가 많다. 자, 이것을 어떻게 전하면 좋을까…… 하고 고민하는 동안 당사자인 메리다가 문을 열고 전망실에 찾아왔다.

쿠퍼를 찾고 있었던 모양이다. 눈이 맞은 순간에 입술이 벌어진다.

"선생님."

쿠퍼는 리포트를 집어넣고 그녀를 옆으로 오게 했다.

다시 불을 켤 필요도 없다. 전망실의 벽은 360도 전체가──천장에 이르기까지──유리로 돼 있으니까. 그리고 프란돌 제2층에서 시작되는 선로는 높은 위치에 있다. 눈 아래에 이십몇 개나 되는 캠벨을 바라보는 파노라마는…… 압권이다.

잠시 사제끼리 경치를 즐기고 나서 쿠퍼는 말했다.

"같은 반 친구들과 함께 있지 않아도 괜찮은 겁니까?"

"있기 거북해서요."

메리다는 쓴웃음을 지으면서 솔직히 대답했다.

아스널 스트롱 콘테스트──에서 발단된 어제의 대사건. 그 수라장을 겪은 이튿날의 신문기사는 그야말로 어마어마했다. 사실과 억측, 메리다를 향한 찬미부터 엔젤 가문에 대한 비방까지 아주 그냥 진수성찬이 난무한다. 아침 식사 자리에서 잠깐 첫 페이지를 본 메리다 등은 그 자리에서 "우웩." 하고 신음하며 테이블에 신문을 엎어놓았다.

반대로 면밀히 기사를 읽는 학생도 많았다. 호기심 어린 시선이 따가울 것이다.

게다가 지금은 열차에 탄 사람의 숫자가 갈 때의 배는 된다. 성 프리데스위데 여학원과 성 도트리슈 여학원이 같은 열차를 전세 내어──갑작스레 셀레스트텔레스 개선문 지구에서 나가는 열차가 부족해졌기 때문이다──귀로에 올라 있다. 참고로 장 설리번 전문 아카데미의 학생과 교원들은 아직 개선문 지구에 붙잡혀 있다. ……아마도 펜드래건 교장의 반역 건으로 인해 기병단과 말을 맞출 부분이 있는 것이리라.

겨우 한숨 돌렸다는 듯이 메리다는 어깨를 크게 으쓱한다.

"미안해요, 선생님. 제 클래스는 비밀로 하기로 했었는데……."

"아닙니다, 아가씨. 저도 그것이 옳았다고 생각합니다."

메리다는 뜻밖이라는 듯이 쳐다보았다.

"네? 그래도……."

"기억하십니까? 아가씨에게 클래스에 관해서 함구하게 한 날…… 저는 『당분간만이라도 괜찮습니다』라고 말씀드렸을 겁니다. 이번이 그 좋은 기회였을 뿐……."

애초에 이렇게 되도록 꾸민 것은 바로 쿠퍼다.

──이 상황만이 메리다가 살아남게 할 수 있는, 생각할 수 있는 유일한 길이었다.

몰드류 경은 메리다를 '팔라딘 클래스다'라고 오인하게 하고 매장하려 했다. 그렇다면 진짜 클래스를 드러내 버리면 된다.

그렇게 되면 엔젤 가문의 위신을 지킬 수 없을 텐데? 그럼 거듭해서 증명하면 그만이다……. 메리다는 사무라이 클래스일지언정 다른 공작 가문 영애들과 어깨를 나란히 한다는 것을.

쉬운 길은 아니다. 게다가 몇 가지 제약이 있었다.

무엇보다도 쿠퍼는 표면상으로는 암살자로서 백야의 계획을 따르지 않으면 안 되었다. 메리다가 자신의 의사로 존재 가치를 보이지 못한다면 애당초 전제가 성립되지 않는다. 따라서 쿠퍼가 할 수 있었던 것은 가정교사로서의 입장에서 메리다를 맹훈련시키는 일뿐…….

고로 협력자가 필요했다. 쿠퍼가 말로 할 수 없는 것을 대변해줄 자가.

『장검을 들고 있으면…… 그걸로 어엿한 엔젤 가문의 자식이라고 할 수 있을까?』

애매한 의뢰밖에——대놓고 '메리다를 분발시켜줘.' 라고——할 수 없었음에도 뮬은 완벽한 작업을 해 줬다고 할 수 있을 것이다.

뭐, 그 대가로서 또 터무니없는 업보를 짊어지게 된 기분도 들지만…….

현실로부터 도망치는 의미로 쿠퍼는 머리를 흔든다. 여하튼 이렇게, 무사히 메리다와 둘이서 시련을 극복했다. 위험한 도박이었지만 그녀는 멋지게 완수해 주었다.

덕분에 앞으로도 계속 그녀와 함께 있을 수 있다……————.

"으~음…… 그래도 역시 좀 아쉬워요."

메리다는 해야 할 말을 더 숨기고 있는 것 같았다. 꼼지락 꼼지락 깍지를 낀다.

무슨 말을 하려는지 전혀 가늠할 수 없어서 쿠퍼는 고개를 갸웃거렸다.

"아쉽다는 말씀은?"

"실은 저, 그때 센트럴 아스널에서, 다른 이유로 갈피를 잡지 못했었거든요."

"다른 이유……?"

네, 하고 고개를 끄덕이고서 메리다는 쓴웃음을 지으며 이쪽을 쳐다보았다.

"사실 제 클래스에 관한 거는, 저와 선생님만의 둘만의 비밀
이었는데…… 많은 사람한테 알려지고 마는 것이 왠지 섭섭하
다 싶었거든요……. 에헤헤, 죄송해요. 저, 그때 그런 생각 하
고 있었어요."

메리다는 부끄러운 듯이 얼굴을 숙였다.

그래서 쿠퍼는 그 턱에 손가락을 댔다.

못된 아가씨다, 야단쳐 드려야겠다. 그렇게 생각하며 얼굴을
가까이 가져가──.

"아가씨."

"에? 네──."

그녀에게 이쪽을 보게 한 순간.

──입술이 포개진다.

메리다는 멍하니 있었다. 왼손이 턱이라면 쿠퍼는 자신의 오
른손을 그녀의 후두부로. 어디로도 도망칠 수 없게끔 꽉 껴안으
면서── 듬뿍 키스했다.

쪼옥, 그리고 천천히 입술이 떨어졌을 때는 물론 메리다도 상
황을 파악하고 있었다.

쿠퍼가 하는 대로 가만히 있었던 것은 몸이 완전히 굳어지고,
얼굴이 속수무책으로 뜨거워서 눈앞의 일을 믿을 수 없는데도
입술의 감각만이── 이래도 되나 싶을 정도로 생생했기에.

양 손바닥이 뺨 주변을 떠돈다. 만약 뺨에 닿으면 화상을 입고 말 것이다.

"서, 선생, 님……?!"

"……아가씨."

쿠퍼는 아직 말을 되찾지 못했다. 스스로도 이렇게 하는 것이 당연한 것처럼 생각되어서, 다짜고짜 눈앞의 입술에 달라붙는다. 탐욕스럽게 핥는다.

메리다는 어찌할 방법이 없었다. 신기하게도 입안에서 음란하게 꿀이 미끄러지는 소리가 날 때마다 뇌에 녹는 것 같은 쾌감이 일고 몸의 힘이 빠져 나갔다. 그의 어깨에 올라간 손은 되돌아오지를 않았다. 그저 입술과 혀만이 그에게 반응하는── 문란한 키스에 사로잡힌 메리다는 속절없이 깨닫지 않을 수 없었다.

──나를, 지금, 선생님이 원하고 있다──.

어둠에 두 사람의 실루엣이 포개지고 하염없이 뒤엉킨다. 끊임없는 꿀의 소리와 이따금 소녀의 뜨거운 숨소리가 울리다──

""하아앗."" 하고 예고도 없이 입술이 떨어진다.

쿠퍼는 바로 시선을 돌리고 달콤한 입술을 닦았다.

"죄, 죄송합니다. 무심코."

"무심코?!"

메리다는 눈썹을 곤두세웠다. 멀어져가고 있었던 그의 소매를 붙잡아 도로 끌어온다.

"무심코가 뭐예요! 선생님은 무심코 여자한테 키스하나요!"

"음, 으음, 그건 그…… 아, 아가씨가 잘못한 겁니다!"

"네? 네에에에~?!"

또 말도 안 되는 소릴 하고 메리다의 두 뺨을 손바닥으로 감싸는 쿠퍼였다.

메리다의 뺨을 집고, 어루만지고, 얼굴의 윤곽을 확인하며 턱을 간지럽힌다. 머리카락을 건져 올리자, 사르륵 하고 기품 있는 소리가 났다. 그것들 전부가 쿠퍼의 손가락에 가르쳐준다.

메리다가 아직 살아 있다는 사실을.

"제 긴장이 풀렸을 때! 그런 말을 하니까요……!"

"어, 어어……?"

"요 몇 달, 제가 얼마나 긴장하고 있었는지 모르실 겁니다! 오늘로 마지막일지도 모른, 약속한 날은 오지 않을지도 모른다. 매일 밤 '편히 주무십시오.' 라는 말을 하는 게 어찌나 무섭던지……."

메리다에게는 쿠퍼가 하는 말의 의미가 도무지 이해되지 않았다. 아무튼 한 가지 확실한 것은—— 쿠퍼 선생님이 아, 아직 더 원하고 있다는 것뿐이었다.

얼굴이 가까우니까 알 수 있다. 이마를 문지르고…… 또, 당장에라도 키스해올 것 같은 간격이다.

"아가씨…… 그 급수탑에서의 밤, 제가 어떤 기분으로 아가씨를 바라보았는지, 아가씨는 상상도 못하실 테지요……?"

"네? 어어, 선생님……!"

"아가씨, 어여쁜 아가씨…… 당신이 사라지시면."

——저는 무너져버릴지도 모르겠습니다.

그 속삭임이 귀에 닿았는지 아니면 뜨거운 숨결이 그렇게 느끼게 한 것인지 메리다는 알지 못했다. 닿을 정도로 입술이 끌어 당겨지고, 메리다는 등줄기가 떨리는 기대감과 아주 약간의 두려움을 느꼈다. 그도 그럴 것이 여기서 한 번 더 키스해버리면, 분명.

그의 모든 것을 받아들이고 말 테니까——…………

철커덕, 전망실 문이 열렸다.

"우와악! 여긴 왜 또 이렇게 어두워……??"

그렇게 볼멘소리를 한 로제티를 필두로 우르르 모습을 보인 것은 공작 가문 친구들이었다. 다시 말해 엘리제에 살라샤, 뮬 그리고 인솔자처럼 맨 뒤에서 걸어온 라클라 선생은 어둠 속에서 서로 겹쳐 있는 남녀를 발견하고 천천히 발걸음을 멈춘다.

"……쟤네는 뭐 하는 거냐?"

다른 모두도 당연히 알아채고 한 줄로 나란히 서서 그 모습을 보았다.

쿠퍼와 메리다가 빈틈없이 몸을 하나로 포개 팔다리를 감고, 쿠퍼는 메리다의 손목을 쥐고, 어깨를 밀착시켰으며, 창틀에 밀어붙여 관절을 꼼짝 못하게끔 하고 있는 꼴을.

"자, 아가씨, 관절은 이렇게 누르는 겁니다! 아가씨의 기술은 아직 많이 허술해요!"

"하으으으! 선생님, 지독해요! 이거 못 빠져나가겠어요!"

"당연하죠! 누르기는 지렛대의 요령…… 몇 배의 체격 차를 물리치고 상대의 움직임을 봉쇄할 수 있습니다! 아가씨도 이것을 마스터해서 제 몸을 눌러 보세요!"

"……뭐 하고 있는 거야, 쿠?"

"이런, 로제! 여러분!"

기다리고 있었다는 듯이 쿠퍼는 몸을 뗀다. "어머, 우연이네."라고 말하고 싶은 것처럼 메리다도 돌아본다. ……둘 다 땀투성이인 것은, 그렇다, 격렬한 운동을 하고 있었기 때문임이 틀림없다.

"레슨입니다!!"

쿠퍼는 어깨를 들썩이며 단언했다. 로제티는 눈썹을 찌푸린다.

"……무슨?"

"보시다시피 관절기 레슨입니다! 이야~ 콘테스트를 복기하다 보니 저도 모르게 뜨거워져서 말이죠. 장소가 마땅치 않지만 어떻게든 몸을 움직이고 싶어져서……!"

"선생님도 참! 교육열이 정말 너무 뜨거우세요."

메리다도 열심히 이야기를 맞추었다. "아하하!" "우후후!" 하며 시치미 떼고 마주 웃는 사제에게 다른 사람들──주로 로제티와 공작 가문 영애들은 얼굴을 마주 본다.

라클라 선생 또한 어딘가 불편한 듯이 눈썹을 찌푸리면서도 해야 할 말을 고했다.

"학원장이 호출했어, 《쿠퍼 선생》."

쿠퍼는 즉시 표정을 다잡는다.

"가지요."

필시 이번 강철궁 박람회를 둘러싼 일련의 사건에 관해서 사정 설명을 요구하는 것이리라. 모든 것을 소상하게 밝힐 수는 없지만 가능한 한 성실히 답하고 싶은 바다. 에휴, 일이 하나 더 남아 있었군…… 하고 쿠퍼는 자신의 주인을 돌아본다.

"그, 그럼 메리다 아가씨. 저는 잠시 물러나겠습니다."

"다, 다녀오세요, 선생님."

평소와 같다고 느끼게 하는 대화에, 그러나 주위의 공작 가문 영애들은 눈썹을 찌푸렸다.

──눈을 마주치지 않는다?

쿠퍼는 그대로 허둥지둥 발길을 돌려 버렸다. 고개를 갸웃거리면서도 로제티가 옆에 나란히 서고, 라클라 선생은 '에효.'라고 말하고 싶은 듯이 그 뒤를 따른다. 캄캄한 전망실에 여학생 넷만 남기고 문이 타앙 닫혔다.

"쿠퍼 선생님이랑 무슨 일이 있었던 거지?!"

문이 닫히자마자 다른 세 사람은 메리다에게 달려들어 다그치기 시작했다. 메리다는 양손을 머리 위로 든다.

"바, 박람회, 힘들지 않았냐는 이야기를 하고 있었어…… 윽!"

거짓말은 아니다. 뭐라고 하기도 그런 대답에 단단히 벼르고 있었던 친구들은 메리다에게서 손을 뗐다. 한데 대체 왜── 왜 이렇게 필사적인 걸까? 엘리제는 유독 쿠퍼를 둘러싼 화제가 되면 《메리다와 똑같은 것을》해달라며 정색을 하고, 살라샤가 그를 쳐다볼 때의 넋을 놓은 듯한 눈길은 매번 메리다의 소녀심에 경종을 울리게 한다.

그래도 지금은 내가 한발 리드 중이지 않나? 메리다는 티 안 나게 입술을 누르며 자신감을 갖는다.

아니, 방심할 수 없어—— 곧바로 머리를 흔들고 다시 정신을 바짝 차린다.

뭐니 뭐니 해도 그는 '무심코' 키스할 만큼 여자를 아주 좋아하니까!!

그리고 메리다는 연적이자 친구 그리고 라이벌인 모두와 나란히 서서 창문을 바라보았다.

잠시 경치를 만끽하고 나서 뮬이 말한다.

"어쩌면 하고 생각했었던 건데——."

다른 세 사람이 시선을 모은다. 뮬은 키득 웃었다.

"우리 트러블 메이커 아니니?"

저도 모르게 웃음을 터뜨리고 말았다. 엘리제도 그녀답지 않게 큭큭 웃는다.

"가는 곳마다 큰 소동뿐이야."

"진짜…… 왠지 주위 사람들한테 미안해요……!"

살라샤와 얼굴을 마주 보고 한바탕 웃은 다음 메리다는 밝게 말했다.

"그래도 있잖아, 나—— 확실히 매번 엄청난 일뿐이지만 '모두와 만나지 않아도 좋으니 평온한 생활이 좋았다'고는 눈곱만큼도 생각 안 해."

이번엔 메리다가 주목을 모을 차례였다. 따뜻한 시선이 낮간

지럽다.

"우리 메이드들이 말했었어. 우리는 기구한 운명 아래에 있다고. 하지만 그것이 이렇게 모두와의 인연을 끌어당겨 준 거라면──."

메리다는 일부러 딱 잘라 말한다.

"나, 《무능영애》라서 다행이었을지도."

"나도 그렇게 생각해."

"저도요……."

미소가 되돌아온 것이 기뻐서 메리다는 다시 세 사람을 차례로 바라본다.

"앞으로도 열심히 사고 치자? 뮬 양, 살라샤 양, 엘리!"

그러자 뮬은 새침하게 얼굴을 돌렸다.

"누구를 불렀는지 모르겠네?"

메리다는 순간적으로 무슨 소린지 이해되지 않았지만 이내 퍼뜩 알아챈다.

"아, 그때는 여유가 없어서, 무심코……! 그, 그치, 살라샤 양?"

"흐──응, 이에요."

이런, 살라샤까지 동조할 줄이야. 메리다는 깜짝 놀란 채 엘리제에게 도움을 청하지만 사촌 자매는 어째선지 위엄 넘치게 팔짱을 끼고 있었다. "어쩔 수 없어."라며.

다시 한번 부르려니 부끄럽지만…… 메리다는 마음을 먹고 입술을 뗀다.

"자, 잘 부탁할게……? 사, 사라. 미우."

그렇게 불린 두 사람은 미소를 만발하며 메리다의 양팔에 자신의 팔을 꼈다.

그리고 두 사람 다 남은 한쪽 팔을 펼쳐 마지막 공간에 엘리제가 들어간다. 네 명이 팔짱을 끼면서 원을 이뤘고, 이 자세는 또 뭐냐며 진심으로 웃음을 나눴다.

뮬이 좌우의 팔을 너욱 꽉 끼면서 원의 중앙에 몸을 내민다.

"있잖아, 나, 이번 일로 생각한 게 있는데!"

무슨 말을 꺼내나 하고 모두가 주목한다. 뮬은 빙그레 입술을 치켜들었다.

"넷이 유닛을 짜서 싸웠을 때―― 나, 더할 나위 없는 느낌을 받았어. 이거다! 싶었지. 너희는 어땠어?"

제각기 얼굴을 마주 보고 신비한 표정을 지었다.

설마―― 전원이 같은 생각이리라곤 예상하지 않았기 때문이다. 메리다는 감회에 잠기며 고개를 끄덕인다.

뮬은 만족스러운 듯이 계속했다. 기발한 장난을 털어놓을 때처럼 목소리를 낮추고.

"우리 네 사람이 뭉치면 어떤 강적도 문제없어. ――설령 쿠퍼 선생님이 상대라도."

그 이름에 엘리제와 살라샤가 달려들었다. 엘리제의 눈동자가 번쩍하고 빛난다.

"무슨 말이 하고 싶은지 알겠어. ……후후, 드디어 그 선생님한테 한 방 먹일 때가 왔구나."

"아와와와와……!"

살라샤가 이러는 것은 뮬은 같이 지낸 지 오래이기 때문이리라, 쿠퍼를 공략하기 위해서 뮬이 무엇을 제안하기 시작할까를 상상하고 벌써 얼굴이 끓어오른다.

참, 하고 뮬은 문득 생각난 것처럼 상체를 뺐다.

"승부의 보수가 방치되고 있었네. 지금부터 받도록 해볼까?"

메리다는 무슨 말인지 곧바로 이해되지 않았지만 번뜩 생각해 냈다. 그러고 보니 자신들은 박람회에서 사랑하는 사람과의 입맞춤을 걸고 결투를 벌이지 않았던가.

그렇다면 《지금》은 더욱 안 된다! 메리다는 뮬의 한쪽 팔을 꽈악 끌어안았다.

"그건 무승부야! 아직 승부 안 났다고!"

"어머, 아쉬워라. 그러면 절반만 받아야지——."

절반? 무엇을 가지고 《절반》이라고 하는 건지, 메리다에겐 이해가 되지 않았다. 그 순간까지 알아채지 못했다.

자신의 뺨에 "쪼옥." 하고 키스 소리가 울릴 때까지 뮬의 입술이 닿아 있다고는 꿈에도 생각지 않았으니까——.

살라샤가 얼굴을 새빨갛게 물들인 것을 보고서야 메리다도 간신히 상황을 깨달았다. 얼굴이 순식간에 뜨거워진다. 만약 뺨에 손을 대고 있었다면 꿀에 손가락이 촉촉해졌겠다.

"뭐, 뭐, 뭐, 뭐, 뭐야……!!"

메리다가 당황하는 것이 유쾌한 듯 뮬은 입술을 날름 핥아 올렸다.

"어머? 난 『좋아하는 사람과』라고 말했을 뿐, 쿠퍼 선생님이라고 단정하진 않았었는데?"

한 번 더 키스할 듯한 거리에서 입김을 분다.

"난 메리다도 진~짜 좋아하는걸."

"배짱 한번 좋군………."

엘리제가 어째선지 투지를 어른거리고 있었다. 이글이글, 불길을 짊어지너니 오른팔을 세게 끌어당긴다. ──즉, 거기에 팔짱을 끼고 있는 살라샤를.

"미우가 내 보물을 노린다면 나도 미우의 보물을 절반 받을래. ──쪼옥."

"하와와와와와왕?!"

이번엔 엘리제가 살라샤의 뺨에 키스를── 뭐, 뭔가 터무니없는 상황이 되었다. 디아볼로스와 팔라딘이 각자의 양보할 수 없는 것을 안고 서로 노려본다.

엘리제가 선제공격을 날렸다.

"실은 전부터 사라의 폭신폭신한 가슴에 흥미가 있었어. 쿵, 쿵……."

뮬은 바라는 바라며 가슴을 뒤로 젖혔다.

"잘 부탁할게, 엘리. 우리는 넷이서 한 몸……! 쿠퍼 선생님한테 효과적인 어택을 걸려면 서로의 강점을 속속들이 알고 있을 필요가 있겠지?"

"아으, 아으, 아으으으……읏!"

살라샤는 엘리제에게 계속 당하는 중이라 이미 울상이다. 메

리다는 그녀의 손목을 쥐었다.

"사라── 울고 있을 때가 아니야, 도망치자!!"

금색과 벚꽃색 불길이 솟구쳤다. 스프링처럼 튀어 나간다. 곧바로 백은과 칠흑의 불길이 문 앞에 미끄러져 들어간다. 어둠 속에 네 가지 색의 빛이 교차하고 뒤섞인다── 모두 온힘을 다하고 있다.

"아하하! 도대체, 진짜, 뭐야, 이거!"

어느 틈엔가 융단 위를 구르며 교복이 구겨지는데도 메리다는 웃었다. 뮬은 칠칠치 못하게 누워 있다가 갑자기 벌떡, 경쾌하게 일어났다. "컴 온." 하고 손가락을 비튼다.

"어머, 그야 우리는 단순히 친한 그룹이 아닌── 공작 가문의 혈족이자, 친구이자, 라이벌인걸. 싸움 정도야, 뭐?"

핑계처럼 들렸다. 메리다는 구르듯이 일어난 다음 그녀에게 정면으로 매달린다.

"그거 뭔가── 가족 같은데!"

뮬은 진심으로 만족한 것처럼 메리다의 등에 팔을 둘렀다.

"하나도 안 쓸쓸하고 좋지?"

† † †

결국 넷만의 대소동은 누구에게도 들키는 일 없이 쿠퍼가 돌아올 때까지 계속됐다. 전망실의 문을 열고 들어왔을 때 그는 여전히 어두운 실내에 눈썹을 찌푸리고──.

"아이고야…… 손이 많이 가는 자매라니까."

　소파에서 나란히 선잠을 자는 천사 네 명의 모습에 저도 모르게 쓴웃음을 흘렸다고 한다.

후기

독자 여러분, 저자 아마기 케이입니다.

어새신즈 프라이드 제7권, 전에 없는 볼륨으로 보내드렸습니다. 어떠셨는지요? 이 페이지까지 함께해 주신 《귀하》── 당당하게 서서 읽는 중인 귀하에게도 최고의 감사를 드립니다.

1권 후기에서 '아무쪼록' 이라고 소망했던 대로 쿠퍼와 메리다의 여로는 여기까지 놀랄 만큼 순조롭게 한 권 한 권 쌓아 올릴 수 있었습니다. 이것도 저것도 전적으로 관계자분들의 도움과 독자 여러분의 성원이 있었기 때문입니다…….

극중의 등장인물들이 웃고, 울고, 때로는 주저앉을 뻔하는 것처럼 저자인 제 창작활동도 결코 평탄한 길은 아니었습니다.

그래도 저는 펜을 들고 새로운 이야기를 계속 써왔습니다.

왜냐면 즐거웠기 때문입니다.

소설을 쓰는 것 이상으로 저의 하루하루를 충실하게 만들어 주는 일은 없을 겁니다. 새 페이지에 아무도 본 적 없는 세계를 창조하고, 아직 아무도 모르는 이야기를 처음부터 만들어나가는…… 그, 가슴 뛰는 시간이야말로. 말미에 마침표를 찍었을 때의 성취감으로 말할 것 같으면!

동시에 몇 번이고 제 창작을 격려해준 목소리──.

'재미있다.' 라는 여러분의 성원이 또 하나의 원동력입니다.

그 한 마디가 얼마나 저를 지탱해 주고 있는지, 새삼스럽지만 한 번 더 전하고 싶었습니다. ──아니, 실은 최근 동종업자분의 가치관을 느낄 기회가 있어서요. 다시금 자신이 하는 일을 돌이켜보고 여기까지 쌓아온 것들은 나 하나의 힘이 아니구나 하는 것을 재확인했답니다.

변변치 않은 작품에 황공하게도 상을 수여해 주시고 데뷔의 문을 열어주신 편집부.

캐릭터들에게 일곱 가지 색의 생명력을 불어넣어 주시는 니노모토니노 님.

더할 나위 없이 깊은 이해로 만화의 무대를 펼쳐주시는 카토 요시에 선생님.

출판, 유통, 판매에 종사하고 계신 모든 분에게──.

그리고 지금 이 페이지를 넘기는 《귀하》에게 '감사의 말씀' 을.

아무쪼록 새로운 지평에 발걸음을 내디딘 암살교사를 앞으로도 지켜봐 주시길.

아마기 케이

어새신즈 프라이드 7

2018년 08월 25일 제1판 인쇄
2018년 09월 01일 제1판 발행

지음 아마기 케이 | **일러스트** 니노모토니노 | **옮김** 오토로

펴낸이 임광순 | **제작 디자인팀장** 오태철
편집부 황건수 · 신채윤 · 이병건 · 이홍재 · 김호민
디자인팀 이종훈 · 박진아 · 한혜빈 · 김태원 | **국제팀** 노석진 · 엄태진

펴낸곳 영상출판미디어(주)
등록번호 제 2002-000003호
주소 21311 인천광역시 부평구 평천로 132 (청천동)
전화 032-505-2973(代) | **FAX** 032-505-2982

ISBN 979-11-319-8689-9
ISBN 979-11-319-6068-4 (세트)

ASSASINS PRIDE Volume 7 ANSATSU KYOUSHI TO GOUKA KENBUSAI
ⓒKei Amagi, Ninomotonino 2017
First published in Japan in 2017 by KADOKAWA CORPORATION, Tokyo.
Korean translation rights arranged with KADOKAWA CORPORATION, Tokyo.

 노블엔진(NOVEL ENGINE)은 영상출판미디어(주)의 라이트노벨 및 관련서적 브랜드입니다.

아마기 케이
작품리스트

2018년 10월부터 애니메이션 방영 예정!
라이트노벨 작가 남매(?)의 우당탕탕 러브&코미디 라이프, 개막!

내가 좋아하는 건 여동생이지만 여동생이 아니야

2

라이트노벨 공모전에서 상을 탄 여동생 스즈카를 대신해 라이트노벨 작가로 데뷔한 나, 나가미 유우. 그리고 처음부터 가장 큰 위기가 찾아온다. 라이트노벨 작가인 히무로 마이에게 "네가 진짜 토와노 치카이 작가야?"라고 의심받은 것이다. 스즈카는 그런 내 부주의함을 탓하고…….

마침내 발동되는 〈여동생물을 쓰는 라이트노벨 작가는 당연히 여동생을 좋아해요〉 작전. 나와 스즈카는 쇼핑몰에서, 바다에서, 뜨거운(?) 모습을 마이에게 보여주게 됐다——?!

**이거 다 연기거든?!
내가 좋아하는 건
여동생이 아니니까, 착각하지 마!**

©Seiji Ebisu, Gintarou 2016
KADOKAWA CORPORATION

 에비스 세이지 지음 | **긴타로** 일러스트 | **2018년 9월 출간**
청춘의 상상, 시동을 걸어라!